Axel Vilde

Älska din fiende eller dö för den du älskar

Omslagsfoto: iStock
Förlag: BoD – Books on Demand, Stockholm, Sverige
Tryck: BoD – Books on Demand, Norderstedt, Tyskland

ISBN: 978-91-7969-289-6

Kapitel 1

Peter och Helena Grevsjö hade varit tillsammans sedan högstadiet. Det var på en klassfest i nian som de blivit ihop. Helena var den som tagit första steget efter att så smått börjat ledsna på Peters tafatthet. Redan när de börjat i sjuan och hamnat i samma klass, hade ett slags kamratskap börjat utveckla sig och de båda upptäckte att de trivdes väldigt bra i varandras sällskap. Peter var lite blyg men hade ändå lätt för att uttrycka sig och verkade inte lika barnslig som sina kamrater. Helena var mer framåt och då hennes känslor för Peter övergick i något som börjat likna förälskelse, bestämde hon sig för att det skulle bli de två. Peter hade länge gått och hoppats och nu när det äntligen blev av, var lyckan total. Det kärvade lite i början på grund av hans blyghet, men Helena, som var mer erfaren, såg till att han började känna sig bekväm i förhållandet och snart var all blyghet för henne som bortblåst.

De var nu i sextioårsåldern och bodde i ett villaområde mitt mellan landsbygd och stad. Det hade aldrig blivit några barn vilket varit en stor sorg, men de hade för länge sedan förlikat sig med tanken och inrättat sitt liv efter den förutsättningen. Båda hade genomgått ett flertal fertilitetsundersökningar utan att något fel hade hittats. Det är klart att frågan om adoption hade kommit på tal ibland, men åren gick och snart hade de insett att det var för sent. Nu levde de ett i deras tycke gott liv och saknaden efter barn hade med tiden sakta bleknat bort.

De var båda trädgårdsintresserade men på lite olika sätt. Helena tyckte om det som var vackert och blommor var hennes stora passion. Hon var kunnig och efter mycket experimenterande och många misstag, hade hon nu uppnått så goda resultat att det ibland gav henne en inre tillfredsställelse som var svår att sätta ord på. Det lilla växthuset bågnade av färgprakt och altanen var överfylld av blommor.

Peter tyckte att det var fint och berömde henne ofta för hennes gröna fingrar och smakfullhet. Själv var han mer intresserad av sådant som gick att äta. Han gillade att laga mat och att göra det med egenodlade primörer gav en extra krydda åt intresset.

Det hade inte varit helt enkelt att få någon plats i den lilla trädgården. Helena bredde ut sig och ville inte gärna dela med sig av ytorna. Blommorna krävde sitt och att behöva dela plats med potatisblast och dillkvistar som störde synintrycket, var uteslutet. Helena var bestämd på den punkten, men då hon gillade maten som Peter brukade laga och var särskilt förtjust i färskpotatis och nyplockad sallad, hade hon tilldelat ett hörn i trädgården som han kunde betrakta som sitt. Där stod odlingslådor i prydliga rader och en komposttunna de båda hade stor glädje av när det skulle gödslas.

**

Peter arbetade som kontorschef på ett tryckeri. Han hade börjat där som sommarjobbare redan på sjuttiotalet och aldrig känt någon längtan efter förändring. Han trivdes bra och efter hans befordran för två år sedan, var han även ganska nöjd med lönen. Trygghet var hans motto. Ett arbete och familjeliv utan större överraskningar passade honom perfekt. Han var väl medveten om att Helena ibland kunde känna att hon inte riktigt fick den uppmärksamhet hon förtjänade. Det tyngde honom lite, men det var inget som han riktigt visste vad han skulle göra åt. Som han såg det, gjorde han så gott han kunde och om hon någon gång tvivlat på hans kärlek, lyckades han för det mesta få henne på andra tankar.

Han avgudade sin fru. Hon var vacker med sitt långa mörka hår och att det på sista tiden börjat komma lite gråa hårstrån här och där störde inte helhetsintrycket på något vis. Hon beklagade sig ofta över att hon vägde för mycket, men Peter hade aldrig tyckt att för smala kvinnor varit särskilt attraktiva. I hans ögon var hon perfekt med sina mjukt rundade höfter och fylliga barm. Hade hon vägt tjugo kilo mer hade det kanske varit ett gränsfall, men med sina sextioåtta kilo på helt rätt ställen kunde det inte bli bättre. Hennes smakfulla sätt att sminka sig gjorde också att hon såg yngre ut än hon var och glasögonen verkade på något vis förstärka glansen i hennes intensivt blå ögon.

Ibland hände det att Peter stod framför den stora spegeln i hallen och betraktade sig själv. Det han såg var en gråhårig pösmunk med något för stor mage. I sin ungdom hade han sett bra ut och det var väl en anledning till att Helena blivit intresserad. Nu hade det gått utför med en hiskelig fart, det var i alla fall vad han själv tyckte. Helena påpekade ofta att han var lik Bengt Magnusson på TV 4. Det var inget som han själv reflekterat över men när hon sagt det så kunde han i viss mån hålla med. Om det var positivt eller inte kunde han inte riktigt avgöra.

Ibland kunde han nästan känna att hon förtjänade något bättre. En kväll då de druckit lite mer vin än vanligt, hade han beklagat sig över att han kände sig otillräcklig och att han förstod om hon börjat ledsna. Konsekvensen blev att Helena tog det i hans tycke på fel sätt och det uppstod ett mindre och onödigt gräl som slutade med att de den kvällen somnade rygg mot rygg i tysthet. Morgonen därpå var allt som vanligt igen och de insåg att alkoholens påverkan inte alltid var av godo. De var överens om att ungdomens vilda festande inte längre var kompatibelt med den ålder de nu befann sig i. Annars var det sällan de grälade. De få gånger det skedde, hade det rört sig om ytterst triviala saker. De viktiga frågorna var de alltid varit rörande överens om.

***

Helena hade efter gymnasiet utbildat sig till biolog och jobbade sedan lång tid tillbaka i laboratoriet vid kommunens reningsverk. Hon hade liksom Peter, inte haft någon längtan efter förändring, i alla fall inte de första trettio åren av deras förhållande. Efter att hon kommit i klimakteriet hade emellertid en viss längtan efter lite mer passion i förhållandet, börjat göra sig gällande. Inte några vidlyftiga drömmar, utan mer en önskan om lite mera glöd och passion i samlivet. Kanske något så enkelt som att variera sin klädstil lite eller varför inte ha mysigt någonstans utanför sängkammaren.

Ungdomens minnen for ibland igenom hennes huvud och påminde om den passion och nyfikenhet som präglat den tiden. Nattliga eskapader med Kir och hasch. En experimentlusta på det intima planet som ibland gått överstyr, men som nu utgjorde spännande och ibland roliga minnen.

De hade provat att göra det i trädgården med insyn från grannens köksfönster för några år sedan, men det hade slutat med sendrag, ömma knän och inte givit någon mersmak. Nu för tiden var det ordning och reda på sexlivet. Kontinuitet och trygghet.

Hon hade inga problem med att prata med Peter om sådana saker och han var heller inte helt ointresserad. Det var bara det att det oftast stannade vid prat, och det var nog inte bara den enes fel. I alla fall var hon i stort sett nöjd med sitt liv. Utlopp för sina fantasier fick hon genom ett flitigt läsande av romaner och noveller.

Slentrian är nog vad som kännetecknade deras liv tillsammans men då inte enbart i negativ bemärkelse. De skulle lätt kunnat förändra sin tillvaro om de bara ville. De ekonomiska förutsättningarna fanns där och inga barn eller barnbarn att behöva känna ansvar för. Det var nästan som att själva vetskapen om att de skulle kunna göra vad de ville, hindrade dem för att förändra något.

Kapitel 2

Det var i början av augusti och semester. Peter och Helena hade haft tur och lyckats få fyra veckor ledigt tillsammans. De första två veckorna hade vädret varit dåligt, det regnade mest hela tiden. Det blev tid för avkoppling inomhus med läsning och en del tittande på tv. Det var något de båda kunde känna behov av efter en ganska hektisk försommar. Tryckeriet där Peter jobbade, hade bytt ägare och expanderat så Peter hade varit tvungen att jobba mycket övertid. På reningsverket hade många blivit fast i en elak sommarförkylning. Helena hade klarat sig, men fick i stället jobba mer för att kompensera för frånvaron. Ingen av dem kände att det varit särskilt betungande men nu när semestern kom, var det ändå skönt att bara koppla av och glömma allt som hade med jobb att göra.

Nu hade halva semestern gått och det såg ut som om det skulle bli bättre väder. Några dagsutflykter var planerade, men annars tänkte de tillbringa större delen hemma. Trädgården krävde sitt och det fanns också en del på huset att fixa med.

En morgon väcktes de av strålande sol. Peter sträckte på sig och gav ifrån sig ett knorrande ljud som han brukade göra när han vaknade och kände sig extra utvilad. Kvällen innan hade de ätit gott och druckit vin. Det hade slutat med en trevlig stund under täcket. Det hade varit ovanligt bra den här gången. Inget som han direkt kunde sätta fingret på, men han visste att Helena på sista tiden varit mer eller mindre uppslukad av en novellsamling av erotisk karaktär, så han misstänkte att engagemanget från hennes sida kommit därifrån.

Han vände sig på sidan och såg in i hennes ögon som ännu kisade lite.

"God morgon och tack för i går."

Helena log ett yrvaket leende.

"Tack själv. Vad var det som hände?"

"Ingen aning. Jag gjorde ju bara som jag brukade."

"Ja ja, skönt var det i alla fall. Kan du göra frukost så får jag ligga och morna mig en stund?"

"Det kan jag visst det. Vill du ha som vanligt?"

"Ja, men snåla inte på kaffet. Du vet att jag gillar starkt."

Peter tog en snabbdusch och satte igång med frukosten. Kaffe och rostat bröd med marmelad och varsitt glas apelsinjuice. Det var standardfrukosten de haft sedan urminnes tider.

Helena stapplade ut i köket iklädd en marinblå morgonrock som hon fått i födelsedagspresent för ett par år sedan, och sina slitna fårskinnstofflor som hon vägrade göra sig av med trots att ena stortån tittade fram ur ett hål. Hon var rufsig i håret och såg yrvaken ut, fast med en belåten uppsyn.

"Vad gott det luktar. Har du gjort starkt kaffe som jag bad dig om?"

"Det kan du vara säker på. Om inte tungan krullar sig nu, är det något fel på dina smaklökar."

"Ja, vi får väl se om du lyckats den här gången, det vore ju sensation."

De smågnabbades på ett lättsamt sätt under frukosten, precis som de alltid brukade göra. Peter påpekade ofta att hans hjärna inte fungerade mer än till tio procent innan han ätit frukost och såg detta som en anledning att vara lite extra barnslig. Det verkade som om Helena var road av hans små infall och sjuka resonemang, men egentligen tyckte hon bara att han var tröttsam. Visst kunde hon ibland tycka att han var rolig, men det var likadant varje morgon och lite variation skulle ju inte skada.

Den här dagen blev det lätt klädsel och inspektion i trädgården. Det hade regnat kraftigt på natten och Helena var ivrig att se om det gjort någon skada. Det hade läckt in lite i växthuset och runnit ner i en kruka med Pelargoner som nu inte mådde så bra, med det skulle nog gå att rädda. För övrigt var det ingen fara. Hon gick runt och vattnade övriga växter och plockade bort lite vissna blad.

I växthuset kände hon harmoni. Att bara vara där i sina egna tankar och plocka lite här och där gav en härlig känsla av välbefinnande. I början hade det varit lite stressande och en aning nervöst då det inte alltid gick som hon ville med växtligheten. Men nu hade hon lärt sig av sina misstag och det var mycket sällan hon inte lyckades få det resultat hon eftersträvade.

Peter hade inte så mycket att göra. Grönsakslandet skötte sig själv förutom lite ogräs som behövde rensas bort. Han hade lovat att dammsuga men det tänkte han göra efter lunch. Visserligen skulle altanräcket skrapas och målas men det skulle de göra tillsammans och det var det ingen brådska med.

Han öppnade frysen för att se vad han skulle laga till lunch. Kokt torsk med äggsås var en favorit och det kände han skulle passa bra i dag. Men det började sina på hyllorna. Där fanns bara en halv falukorv och några påsar frysgrönsaker. I kylen började det också se torftigt ut. Det var alltså dags att fylla på. Han gick ut på altanen och ropade på Helena.

"Du! Jag måste åka och handla. Är det något särskilt du vill ha?"

Helena vaknade upp ur sitt drömska tillstånd och gick ut från växthuset.

"Vad säger du?"

"Jo, jag sa att jag måste handla. Det börjar bli tomt och behöver fyllas på. Är det något speciellt du vill ha?"

Helena funderade en stund.

"Jag kan följa med. Jag behöver hårfärg och en bh. Det kan väl inte du handla?"

" Inte gärna. Okej, ska vi åka på en gång?"

"Nej, jag ska duscha och tvätta håret först. Vi åker i eftermiddag."

15

"Ja, men då får du nöja dig med makaroner och falukorv. Det är det enda vi har."

"Det duger bra."

Peter passade på att dammsuga då Helena stod i duschen. Lunchen skulle gå snabbt att laga och det skulle kännas skönt att ha det gjort då de kom tillbaka efter handlingen. Egentligen tyckte han att det var ganska tråkigt att dammsuga. Det hade alltid Helena tagit hand om förut. Men efter att han en gång haft en dålig dag och klagat över oväsendet från dammsugaren då han tittade på nyheterna, hade Helena blivit arg och sagt åt honom att han kunde göra det själv. Det var ju typiskt att hon tagit det på det sättet, men nu var det som det var och det var inget att göra åt. Det hade säkert gått att lirka så att hon skulle återta den sysslan, men efter moget övervägande hade han kommit fram till att det var lika bra att fortsätta. Då hade han i alla fall något att komma med då det blev tal om arbetsfördelningen i hemmet. Det fanns ju det som var värre och det ville han helst slippa.

Efter lunch bar det iväg mot stan. Köpcentret och ICA-butiken låg lite utanför centrum och det var bara tio minuters resa dit. Peter hade inköpslistan klar i sin mobil. Då det var han som mestadels lagade maten, låg det på hans lott att se till så att nödvändiga varor fanns hemma. Så hade det varit under många år och det var en ordning han tyckte var helt okej. Någon gång hade det hänt att Helena handlat på egen hand, men då hade hon tagit fel saker och det hade slunkit med sådant som inte alls behövdes. Det var lite irriterande och Peter tyckte det var säkrast att han ensam fick ha ansvar för matinköpen. Det passade Helena bra och hon litade helt och fullt på att Peter hade koll.

Det var inte så mycket bilar på parkeringen den här dagen. Troligen var många på semester och det verkade mest vara pensionärer som var i farten. Skönt att slippa barnfamiljer med skrikande ungar, tänkte Peter då han stoppade en tiokrona i kundvagnen. Speciellt en del utlänningar med stora barnaskaror eller småfeta tatuerade blondiner i rosa mjukisbyxor som verkade ha dålig ordning på sina glin.

I entrén satt som vanligt en tiggare inlindad i en grov filt trots det varma vädret.

"Hej hej," sa han och tittade vädjande på dem med sina sorgsna ögon. Helena fnyste och tittade åt ett annat håll. Peter nickade försiktigt en hälsning tillbaka. Det var sällan han kunde se att någon gav pengar och de hade aldrig gjort det själva. Helena blev bara irriterad av att han satt där och störde, medan Peter ibland kunde tycka synd om honom. Det var förmodligen inte på eget initiativ han kommit hit och troligtvis fanns personer i bakgrunden som skodde sig på hans förnedrande sysselsättning. Att inte bidra till slavarbete var skäl nog för Peter att aldrig ge några pengar.

Inne i butiken var det ganska lugnt. Precis som utanför, var det mest äldre människor som rörde sig. Peter brukade irritera sig på pensionärerna som gick sakta och ofta stod i vägen. Han kunde inte begripa varför det var så svårt att bestämma sig för vilken sorts mjölk man ville ha eller stå och plocka länge bland smörgåsmat för att försöka hitta något som var en krona billigare. Han ogillade att stå och vänta och ibland hände det att han med flit puttade till den kundvagn som stod i vägen. Visst hade det slagit honom att han själv inte hade så långt kvar till pensionen, men han lovade sig själv att aldrig bli lika saktfärdig när den tiden kom. Det hade flyttats om lite i butiken sedan sist och Peter kände en lätt irritation. Det var ju själva fan att de skulle ändra precis när man börjat lära sig var allt fanns. Men så var det ofta. Något bra skäl hade de väl förmodligen, annars skulle det ju vara bortkastat arbete.

Peter brukade handla själv, men nu när Helena var med så var det bara att inse att det skulle ta lite längre tid.

"Du! Jag ska bara kolla efter en bh. Du kan väl gå till fritidsavdelningen en stund så ses vi vid grönsakerna sedan. Börja inte plocka ner något i matväg, för jag vill att vi gör det tillsammans. Det händer ju inte så ofta."

Peter lommade iväg till hyllorna med fiskeutrustning. Någon spinnare och en ny lina till kastspöt kanske skulle vara bra att ha. Det var ju ett par veckor kvar på semestern och nog skulle det väl bli tillfälle att vid någon dagsutflykt kunna prova fiskelyckan vid ett lämpligt vattendrag.

Han plockade ner en rulle nylonlina och en förpackning med spinnare i olika färger. Något mer behövde han inte så han knallade tillbaka till Helena. Det var ju ingen lätt sak för ett fruntimmer att hitta rätt bland underkläder och skönhetsprodukter så hon skulle säkert vara kvar.

Där fanns hon inte och han var lite förvånad över att det hade gått så fort, så han skyndade sig till grönsaksavdelningen. Där fanns hon inte heller. Han suckade tungt och började leta.

När han letat runt en stund och inte hittat henne tog han upp mobilen och ringde. Det gick fram några signaler innan mobilsvar kopplades in.

"Förbannat också! Vart hade människan tagit vägen?"

Peter hade nu lagt in en högre växel och hastade runt överallt. Han fortsatte ringa men det blev bara mobilsvar. Efter en kvart gav han upp, skjutsade med kraft in kundvagnen i ett hörn och trängde sig ut genom den närmsta kassan. Hon kanske blivit illamående och gått ut till bilen, var hans första tanke. Visserligen blev hon sällan bakis, men hon hade ju druckit en del kvällen innan så det var inte omöjligt.

Bilen var tom och hans irritation började övergå i ren ilska. Han satte sig vid ratten och dunkade huvudet i nackstödet, tog upp mobilen och ringde igen. Då blev han varse att hennes mobil låg i mellanrummet mellan sätena.

Kapitel 3

Nu var Peter arg så han skakade. Det hade börjat regna och Helena gick säkert omkring i någon av butikerna i närheten och strosade. Hur i helvete kunde hon vara så omdömeslös? Det var inte likt henne.

Han misstänkte starkt att hon kilat in i blomsteraffären som låg vägg i vägg med ICA. Kanske hade hon där hamnat i ett drömlikt tillstånd och helt glömt av tid och rum? Han gick med raska steg men hann ändå bli ordentligt blöt innan han var framme.

Butiken var ganska liten och han fick genast en god överblick och kunde konstatera att någon Helena inte fanns där. Han gick tillbaka in på ICA och började leta på nytt. Det borde väl ändå vara det mest logiska att hon skulle hålla sig där, när de nu kommit ifrån varandra.

Efter att ha sökt av varje meter av butiksytan utan att ha sett skymten av henne, gick han till kundtjänst och bad dem att ropa efter henne i högtalarsystemet. Där var man först lite avvaktande. Visst hände det ibland att man fick efterlysa folk, men då var det alltid barn som kommit ifrån sina föräldrar. Att man skulle behöva ropa efter en vuxen människa som kommit bort hade nog aldrig hänt förut. Men Peter var ihärdig och lyckades till slut få dem att göra det.

"Helena Grevsjö, var vänlig att kontakta kundtjänst" ekade det i lokalen. Peter var på helspänn. Han försökte lägga band på sin ilska, för inget skulle bli bättre om han skällde på henne när hon kommit till rätta. Hon skulle säkert ha en rimlig förklaring och vis av tidigare erfarenheter visste han att vredesutbrott från hans sida sällan eller aldrig brukade föra något gott med sig.

Det blev en lång väntan utan resultat. När han förstått att hon omöjligt kunde vara kvar, gick han ut och började leta i alla andra butiker som låg i köpcentret. Det var högst osannolikt att Helena skulle irra runt i affärer där det inte fanns något som intresserade henne, men Peter tog det säkra före det osäkra och genomsökte samtliga butiker.

Som han misstänkt, fanns hon inte någonstans. Hon var som uppslukad och han kunde för sitt liv inte begripa var hon tagit vägen. Han fortsatte leta en bra stund innan han gav upp och åkte hem. Kanske hon av någon anledning tagit en taxi?

När han började närma sig hemmet, väcktes en stark förhoppning om att hon skulle sitta i köket och vänta på honom. Det ska bli mycket intressant att höra hennes förklaring. Han hade bilden klar för sig när han slog igen bildörren och sprang fram till entrén. Det måste ju vara så att hon blivit illamående och behövt kräkas. Kanske hade hon fått i sig någon bakterie kvällen innan och att den inte gjorde sig påmind förrän långt efteråt? Så måste det naturligtvis ha gått till och nu skulle hon vara hemma.

Han ropade så fort han kommit innanför dörren, men det kom inget svar. Sängen var prydligt bäddad precis som de lämnat den och i badrummet var hon inte.

Peter satte sig i soffan och stirrade rakt fram. Ilskan hade nu försvunnit och ersatts av en stor oro. Han letade i adressboken på mobilen och ringde de som förhoppningsvis skulle kunna ha hört något, men ingen visste någonting. Då ringde han polisen.

Där verkade man inte ta så hårt på det hela utan försökte lugna honom. Det hade ju bara gått några timmar och ett köpcentrum mitt på eftermiddagen brukar inte utgöra någon riskfylld plats att vistas på, speciellt inte för en kvinna i sextioårsåldern. Det sa de inte till honom rakt ut, men han förstod att det var vad de tänkte. Om det mot förmodan skett en olycka, skulle han förmodligen ha blivit kontaktad.

En olycka, kanske kunde det ändå vara så? Eller så hade hon blivit så sjuk att hon tappat medvetandet och inte kunnat kommunicera. Han ringde genast sjukhuset för att få besked. Efter lång väntan fick han äntligen tala med en person, men fick då veta att ingen som stämde in på hans beskrivning kommit in under dagen. Han ringde till några sjukhus i andra kommuner, utan resultat. Han hällde i sig ett glas mjölk, gick på toaletten. Sedan gick han ut i bilen för att fortsätta sökandet.

Det började bli glest på köpcentrets parkering då det närmade sig stängningsdags. Några stressade individer skyndade sig mot ingången och tiggaren höll på att plocka ihop sina saker. Han haltade iväg med ena benet släpandes i marken, men när han kommit en bit bort var benet plötsligt bra. Peter hade noterat det där beteendet tidigare och tyckt att det var bedrövligt.

Timmarna gick och Peter började bli uppgiven. Han hade letat överallt och kände att han inte skulle orka så mycket längre och efter en stund körde han till polisstationen.

En sur polisman som verkade något för gammal för att fortfarande vara i tjänst, tog emot och började ställa frågor. Det verkade mest gå ut på att få fram om det varit något tjafs tidigare på dagen. Peter kunde till viss del förstå vart polismannen ville komma. Det var nog inte helt ovanligt att någon avvikit i affekt efter ett gräl, men han blev ändå irriterad över att inte riktigt bli tagen på allvar. Till slut lyckades han i alla fall övertyga mannen om att be patrullerna som var i tjänst att hålla ögonen öppna. Mycket mer fanns inte att göra och Peter åkte hem.

Den här gången kände han sig inte lika hoppfull när han närmade sig hemmet, men förhoppningen fanns där. Kanske hon ändå kommit till rätta?

Det var lika tomt som tidigare och Peter kastade sig utmattad på sängen.

Trots att han var så trött var det omöjligt att somna. Tankarna for runt i huvudet och en efter en lades frågorna på hög. Till slut somnade han i alla fall, men vaknade nästan genast av att en spyfluga surrade ovanför sängen.

Natten blev i stort sett sömnlös och tidigt på morgonen klev han upp för att fortsätta leta.

Han satte sig först vid datorn och tog fram ett foto på Helena och skrev vid bilden att hon var försvunnen. Han uppgav där sitt mobilnummer med stora siffror, varefter han skrev ut ett antal kopior.

I bilen ringde han polisen och undrade om de hört något mer, men där hade det inte hänt något nytt.

Precis då han skulle svänga in på den stora parkeringen vid köpcentret, såg han en ensam kvinna på avstånd. Det högg till i honom för han var nästan säker på att det var Helena som gick där. Han trampade gasen i botten, körde mot kvinnan och stannade med en tvärnit strax bakom. Kvinnan vände sig om och såg alldeles förskräckt ut. Peter blev oerhört besviken när han såg att det inte var Helena. Han klev ur bilen för att ursäkta sig. Kvinnan gick med bestämda steg fram mot honom.

"Är du inte riktigt klok din idiot! Försökte du köra på mig?"

"Förlåt, men jag trodde det var min fru. Hon är försvunnen."

Kvinnan tittade med avsmak på Peter.

"Det kan jag mycket väl tänka mig. Jag skulle också försvinna om jag var hon."

Det skulle vara meningslöst att försöka förklara eller komma med ytterligare ursäkter, så Peter satte sig i bilen utan att säga något mer. Han såg i backspegeln hur kvinnan glodde efter honom då han parkerade i en ledig parkeringsficka en bit därifrån.

Kapitel 4

Helena hittade genast det hon sökte. Med lite oväntad egen tid, passade hon på att titta runt bland hudkrämer och schampon. En ny deodorant till Peter skulle inte vara helt fel. Det var inget större fel på den sort han själv brukade köpa, men en ny doft kanske skulle pigga upp en smula. Hon öppnade locket och luktade på några stycken, men hittade ingen som föll henne i smaken.

Nu tänkte hon att Peter tittat klart på det han skulle, så hon började gå mot grönsaksavdelningen. På vägen dit, kände hon efter sin mobil och upptäckte att den inte låg i fickan.

"Skit också" tänkte hon. "Jag måste ha glömt den i bilen. Bara den nu inte ligger synlig och blir stulen."

Hon ställde ifrån sig kundkorgen och småsprang till kassan, nickade lite skamset mot kassörskan och skyndade sig mot utgången.

Det tidigare så vackra vädret hade nu övergått i duggregn. Bilen stod en bit bort så hon skyndade sig ifall det skulle börja regna mer. I samma ögonblick som hon tog tag i bildörren kom hon på att det var Peter som hade bilnyckeln.

Det var det sista hon mindes innan det stack till i nacken och allt blev svart.

***

Helena vaknade och kände hur hon mådde illa. Det var så mörkt att hon inte kunde se handen framför sig och hon undrade var hon befann sig. Hon kisade med ögonen och upptäckte en svag ljusstrimma en bit bort. Efter att ögonen börjat vänja sig, förstod hon att hon befann sig i ett rum och låg i en säng. Ljusstrimman kom från en liten dosa som kunde vara en klocka eller någon slags radio. Hon försökte minnas vad som hade hänt, men det sista hon kom ihåg var att hon och Peter varit och handlat och att hon glömt mobilen i bilen. En svag förnimmelse av att någon gått efter henne till bilen fanns där, men att hon inte tyckt att det var något konstigt.

Hon försökte resa sig upp, men kroppen ville inte lyda. Det var som om hon var förlamad.

Nu började hon bli rädd på allvar och koncentrerade sig intensivt för att försöka minnas vad som hänt. Var det en olycka och hon befann sig på sjukhuset? Men det kändes inte rimligt. Det var mörkt och lite rått och ingen personal syntes till. För ett ögonblick slog det henne att hon kanske hade dött. Blotta tanken fick henne att bli fullständigt skräckslagen och hon försökte skrika. Det kom inget ljud utan bara ett svagt väsande. Hon andades djupt några gånger och blundade hårt. Kanske var det hela bara en otäck dröm? Men sakta började det gå upp för henne att det var på riktigt och det gjorde henne ännu mer skräckslagen.

Helena låg som förlamad i som hon uppfattade det flera timmar. Sakta började känseln komma tillbaka och hon märkte att hon kunde börja röra på fingrar och tår. Det var i alla fall en liten tröst i allt elände. Hon hade börjat fantisera om att hennes kropp var totalförlamad och den tanken hade skrämt henne mer än allt annat.

Det hördes steg långt borta. Tysta men tydliga, nästan som träskor som klapprade mot en matta på ett stengolv. Stegen blev starkare och svagare om vartannat. Någon mer fanns alltså där och hon hoppades innerligt att det inte skulle vara någon med onda avsikter.

En dörr öppnades sakta med ett knarrande ljud. Ett ögonblicks tystnad följt av en knäppning och så tändes ljuset. Det starka ljuset bländade henne för ett ögonblick och hon blundade hårt för att bli kvitt smärtan i ögonen. Hon kisade försiktigt och tyckte sig se konturerna av en man vid fotänden av sängen. Mannen stod tyst och betraktade henne. Sakta men säkert klarnade bilden och snart kunde hon se honom. En lång man i läkarrock och med ett vänligt leende på läpparna.

"Hallå där," sa mannen med en djup röst. "Jag förstår att du känner dig lite förvirrad, men du har fått starka mediciner så det är fullt naturligt och inget konstigt."

Helena var mer än förvirrad. Den värsta skräcken hade släppt något när hon såg den vänlige mannen med sin vita rock och namnbricka. Han var uppenbarligen läkare, men när hon såg sig omkring i rummet kunde hon inte få det till att hon befann sig på ett sjukhus. Hon öppnade munnen för att fråga vad som hänt, men inga ord gick att få fram. Det bara väste på samma sätt som då hon försökt skrika. Mannen log och skakade på huvudet.

"Var inte orolig, rösten kommer snart tillbaka. Du har fått muskelavslappnande och det påverkar även stämbanden. Försök ligga still och vila så ska du se att du snart kommer att känna dig bättre. Jag låter dig vara ifred en stund men kommer snart tillbaka och förklarar situationen för dig. Vill du att det ska vara tänt?"

Helena nickade försiktigt och mannen lämnade rummet.

Nu började hennes hjärna att arbeta febrilt. Vad var det som hade hänt? Var befann hon sig, och vem var mannen som just talat till henne? Hon ansträngde sig så mycket hon förmådde för att försöka få igång de sovande kroppsdelarna och snart började hon märka att både känseln och rörelseförmågan var på väg tillbaka. Hon kunde lyfta armarna en liten bit och efter ytterligare ansträngning kunde hon även lyfta benen, åtminstone några centimeter. Hon tog ett djupt andetag och ropade försiktigt "Hallå" Det var nästan så att hon hoppade till av sin egen röst. Hon hade förväntat sig ett svagt väsande, men rösten var klar och tydlig förutom en viss heshet. Påverkan av något muskelavslappnande läkemedel började framstå som en rimlig förklaring till hennes tillstånd, men hon kunde inte för sitt liv begripa vad som hade hänt.

Nu hördes de klapprande fotstegen och mannen kom in i rummet igen. Han satte sig försiktigt på sängkanten och kände på hennes panna.

"Det verkar gå åt rätt håll och det ska vi vara tacksamma för. Det kunde varit betydligt värre."

Helena såg på mannen som log vänligt och nästan genast var hennes rädsla som bortblåst. Hon kände sig trygg mitt i all förvirring.

"Vad är det som har hänt?"

Mannen tog hennes hand och kramade den försiktigt med sina båda händer.

"Du fick en stroke på parkeringen vid köpcentret. Turligt nog var jag i närheten och kunde gripa in. Annars kunde det ha gått riktigt illa."

"Ringde du efter ambulans? Det här verkar inte vara något sjukhus?"

"Det är riktigt uppfattat, du är hemma hos mig. Det var det säkraste sättet att rädda dig från svåra komplikationer. Det är tiden som är den avgörande faktorn i sådana här fall och hade du varit tvungen att vänta på ambulans så hade ditt liv kanske inte gått att rädda. Åtminstone inte utan allvarliga följder. Jag är specialist inom området och har både utrustning och läkemedel hemma, så det var ett lätt beslut."

Helena kände hur hans stora händer släppte greppet och han reste sig.

"Nu ska du bara ligga och ta det lugnt så ska du se att du kommer att känna dig mycket bättre i morgon bitti. Så fort du känner att du kan stå på benen så kan du gå på toaletten om du behöver. Den ligger strax utanför dörren. Och behöver du något så är det bara att ropa. Jag finns på övervåningen."

"Men är min man underrättad? Jag skulle vilja ringa honom."

Läkaren stannade till.

"Det är han naturligtvis och han är också informerad om att du måste vara i fullständig vila både mentalt och fysiskt i några timmar framåt. Du får träffa honom i morgon. Försök att sova lite nu. Det påskyndar tillfrisknandet"

Äntligen kunde hon känna sig lugn. Hon hade fått förklarat vad som hänt och blivit omhändertagen av en skicklig och vänlig läkare som verkade vara specialist på stroke. Hon måste ha haft en osannolik tur.

Med lite ansträngning lyckades hon snart att sätta sig upp. Hon reste sig och försökte ta några korta steg. Det kändes lite osäkert så hon satte sig genast igen. Efter ytterligare några försök började hon känna sig så pass säker att hon bestämde sig för att försöka komma till toaletten. Det började trycka på ordentligt nu och om hon väntade längre så skulle det kunna sluta illa.

Allt gick bra trots att det var ansträngande och så snart hon kommit tillbaka till sängen, kände hon hur trött hon var. Det skulle bli skönt att sova en stund till och hon drog upp täcket och borrade ner huvudet i kudden.

Sömnen föregicks av tankar som inte riktigt ville släppa taget. Var detta verkligen ett rimligt förfarande av en läkare? Borde han inte ha kontaktat sjukhuset och sett till att hon fått komma dit om det nu var så allvarligt?

Kapitel 5

Carl-Henrik Wiberg skulle precis sätta sig i sin bil då han fått syn på kvinnan. Han hade lagt märke till henne många gånger tidigare, både på parkeringen och inne på ICA, men då hade hon alltid varit i sällskap med sin man. Den här gången var hon ensam och det högg till i bröstet på honom. Han såg sig omkring och kunde konstatera att det inte var många som rörde sig på parkeringen. Han hade planerat en länge tid och var fullt förberedd på vad som skulle komma, men att det skulle ske just nu, kom lite som en överraskning. Han tvekade några sekunder och försökte se klart på situationen. Skulle någon kunna se vad som hände och fatta misstankar? Hans slutsats blev att det förmodligen inte skulle bli något bättre tillfälle än just detta.

Han tog upp en liten ask ur kavajfickan, öppnade den och tog fram en kanyl, knäppte lite med pekfingernageln på sprutspetsen samtidigt som han med raska steg började gå mot kvinnan. Hon vände sig mot honom när han började närma sig, men då log han och tittade sedan åt ett annat håll. Sedan tog han några långa kliv och kom ifatt henne. Han fattade tag i hennes ena axel och sköt samtidigt in kanylen i hennes nacke. Hon hann bara stöna till innan hon var borta. Med ett kraftigt tag om hennes midja ledde han henne mot sin bil. Han såg sig oroligt omkring men vad han kunde se, verkade han inte ha blivit iakttagen.

När han kört ut på parkeringen kände han sig lugn. Ingen bil som följde efter och kvinnan satt väl fastspänd i framsätet, till synes sovande, med ett förnöjsamt ansiktsuttryck.

Färden pågick i en dryg halvtimme innan han var framme vid sin ensligt belägna villa uppe vid sjön.

Han hade valt sin bostad med omsorg. Inga grannar i närheten och nästan ingen insyn från omgivningen. Det var inte med tanke på vad som skedde nu han valt denna plats. Han hade under lång tid letat efter ett boende där han kunde få vara i fred och inte behövde bekymra sig över något annat än sina egna tankar. Här hade han funnit sin plats på jorden. Så nära ett paradis man kunde komma.

Kvinnan var tung i sitt avslappnade tillstånd så han fick jobba ordentligt i uppförsbacken från garaget till entrén. Men han var stark och hade bra kondition efter alla timmar på gymmet, så ansträngningen blev inte övermäktig. Värre var det då han skulle få ner henne för källartrappan. Den var smal och han var tvungen att släpa henne försiktigt och det gick hårt åt ryggen.

Till slut kunde han lägga ner henne på sängen i källarrummet han iordningställt. Han pustade lite och betraktade henne där hon låg. Glasögonen hade åkt lite på snedden och hennes långa hår hade blivit en aning rufsigt. Men det gjorde inget. Hon var helt perfekt.

***

Carl-Henrik Wiberg var trettioåtta år. Han hade arbetat som läkare på Norra sjukhuset sedan fyra år tillbaka. Han var lite av en auktoritet och många såg upp till honom som en mycket skicklig och samtidigt väldigt sympatisk läkare och kollega. Att han hade utseendet med sig gjorde inte hans popularitet mindre. Han var lång och muskulös med varma gröna ögon, skarpa anletsdrag och stora händer. Rösten var djup men ändå mild och hans sätt att vidröra den han pratade med, förstärkte ytterligare intrycket av att han var en människa att känna förtroende för. Det var flera ur den kvinnliga personalen på sjukhuset som fantiserat om honom och vissa hade försökt att närma sig på ett mera personligt plan, men utan resultat. Carl-Henrik var noga med att inte blanda ihop arbete med privatliv och hans återhållsamhet fick inte precis intresset från omgivningen att bli mindre. Han deltog aldrig i nöjes eller fritidsaktiviteter utanför arbetet och om han någon gång blivit bjuden på en privat tillställning, hade han vänligt men bestämt tackat nej. Han var helt enkelt ouppnåelig och med tiden hade kvinnorna börjat inse detta trista faktum. Det hindrade inte nyanställda från att göra tappra försök och besvikelsen blev alltid lika stor när de blev varse att hans vänliga sätt att bemöta dem aldrig resulterade i något mer.

Arbetskamraterna visste inte så mycket om honom utom att han var singel och inte hade några barn. Spekulationer om att han var homosexuell hade florerat, men de flesta var nog överens om att så inte var fallet. Varken hans sätt att prata eller något annat, gav någon ledtråd i den riktningen.

***

Carl-Henrik växte upp i ett litet samhälle i Västmanland. Mamman var rektor i en landsortsskola och var en mycket bestämd och dominant kvinna. Pappan var lastbilschaufför och sällan hemma under Carl-Henriks uppväxt. Som enda barnet blev han behandlad med en nästan överdriven omsorg av sin mor. Han fick alltid som han ville och om han någon gång blivit illa behandlad av något annat barn, skred den dominanta modern alltid till verket och såg till så att Carl-Henrik fick upprättelse. Även vid de tillfällen då han inte förtjänat det.

Carl-Henriks uppväxt kan nog beskrivas som trygg och lycklig även om saknaden efter den frånvarande pappan ibland gjorde sig gällande.

Det var då Carl-Henrik kom i puberteten som det började bli problem. Intresset för flickor kom som ett brev på posten och till en början hade allt gått bra. Carl-Henrik var populär och hade inga bekymmer med att få utforska både det ena och andra om det kvinnliga könet. Det var först då han börjat sällskapa med en särskild flicka som allt förändrade sig. Det var modern som blev käppen i hjulet. Hon försökte på alla sätt att hindra Carl-Henrik från att träffa flickan i fråga och till slut lyckades hon. Carl-Henrik förstod aldrig varför mamman var så avigt inställd till att han skulle kunna ha en flickvän, men på något sätt lyckades hon i alla fall få honom att göra henne till lags. Hon insåg naturligtvis att naturen måste ha sin gång så hon tog helt enkelt saken i egna händer och såg till så att hennes son aldrig behövde känna sig otillfredsställd på något vis. Denna osunda ordning pågick under hela tonårstiden ända tills den dag då pappan under ett av sina sällsynta besök hemma fått kännedom om vad som pågick.

Han hade kommit hem flera dagar innan planerat och för att överraska familjen hade han parkerat en bit därifrån och smugit sig in i huset. Han hade letat en stund och tyckt sig höra ljud från sovrummet. Då han slet upp dörren för att överraska med ett rungande "Hallå!" blev han stående tyst och begrep först inte vad det var han såg. I sängen låg hans ende son naken och med sin frustande moder ovanpå sig i en rasande galopp.

Det som sedan hände hade Carl-Henrik mer eller mindre förträngt. I mörka stunder kunde minnet av det hemska ibland komma upp till ytan och det var vid några av dessa tillfällen han ibland övervägt att ta sitt liv.

Pappan hade i vilt raseri tagit en golvlampa och slagit den i ansiktet på sin hustru. Carl-Henrik hade flytt ut på gatan och fått fatt i en granne som larmat polisen. Det hela hade slutat med att mamman avlidit av sina skador och pappan fått tio års fängelse.

Carl-Henrik placerades hos en fosterfamilj där han trivdes bra och gick sedermera ut gymnasiet med högsta betyg. På dagen då han fyllde arton, flyttade han till en egen lägenhet och fortsatte sina studier på högskola.

Pappan hade hängt sig i cellen efter några år i fängelset. Carl-Henrik hade planerat att besöka honom men det beslutet kom för sent. Kanske hade det kunnat bli någon form av försoning som skulle göra det lite lättare att komma vidare i livet, men så blev det inte.

I alla fall så gick studierna bra och Carl-Henrik fick sin läkarlegitimation och fasta tjänst på sjukhuset, samma dag som han fyllde trettiofyra år.

Kapitel 6

Peter hade maniskt fortsatt att leta efter Helena. Till en början hade polisen visat stort intresse för hans förehavanden dagen då hon försvann. På sätt och vis kunde han förstå deras agerande, men han var rasande över att det tog så lång tid innan han blev trodd.

Missing People hade engagerats och sökinsatsen var omfattande under några dagar, dock utan minsta resultat. Nu var han nästan ensam i sitt sökande. Några grannar och avlägsna släktingar hade gjort honom sällskap, men då hela närområdet var mer eller mindre finkammat, återstod snart inte många platser att leta på.

Efter semestern tog Peter tjänstledigt från sitt arbete och tillbringade nästan all sin tid framför datorn. Han lusläste allt som skrevs på olika hemsidor som handlade om försvunna personer. Det kom en del tips som han vidarebefordrade till polisen. Några försökte han följa upp på egen hand, men det hade hittills inte gett något. Han fick erbjudanden från både privatspanare och medium, men misstänkte att de bara var ute efter egen vinning och att chansen att de skulle hitta något var i det närmaste obefintlig. Dock gjorde han ett försök med ett medium som lyckats övertyga honom om sina färdigheter. Det som fick honom att hoppas, var att mediet i fråga hade figurerat på tv och där visat prov på insikter som varit svåra att förklara. Prislappen hade väl inte varit något att bekymra sig över, däremot resultatet som visade sig vara totalt värdelöst. Det kvinnliga mediet hade vandrat runt i huset och påstod sig komma i kontakt med en förskräcklig massa döda människor som Peter inte hade en aning om vilka de kunde vara. Mediet hade fått till sig att Helena förmodligen skulle finnas bland dessa osaliga andar och i ett försök att förmedla kontakten, hade hon fallit i trans och betett sig så underligt att Peter nästan blivit rädd. När hon kommit till sans fick Peter möjlighet att ställa frågor till anden. Svaren han fått hade övertygat Peter om att det hela varit ruffel och båg och han hade skyndat sig att avsluta seansen. Tretusen bortkastade kronor och två timmar bortkastad tid.

All tid framför datorn började tära ordentligt på psyket och den tidigare så regelbundna mathållningen var ett minne blott.

Polisen var innerligt trött på hans ständiga påringningar och hans dagliga besök nere vid köpcentret resulterade bara i att folk han tidigare frågat, blev irriterade på honom. Det var av ren utmattning han somnade den natten som skulle visa sig bli lite av ett genombrott.

Peter hade slevat i sig en burk ravioli och tagit några öl. Han var så slut att han knappt orkade gå till sängen och när han väl kommit dit, kastade han sig ner med kläderna på och somnade som en stock. Plötsligt vaknade han mitt i natten och satte sig spikrakt upp. Något hade väckt honom. Om det var en dröm eller något annat visste han inte, men han var klarvaken. Han försökte minnas och koncentrerade sig allt han kunde och nästan genast kunde han komma på vad det var. Han såg parkeringen framför sig och entrén till ICA. Tiggaren som satt där, sträckte fram sin pappmugg och sa "Hejhej".

Han satt ju alltid där. Från morgon till kväll och med full insyn över hela parkeringen. Om någon sett något så måste det vara han.

Peter fumlade efter sin mobil som låg på nattygsbordet och ringde polisen. Där var man inte så entusiastisk över den sena påringningen och hänvisade till att återkomma dagen därpå då utredarna skulle vara på plats. Det fanns väl inte så mycket annat att göra än att ge sig till tåls. Att somna om verkade omöjligt, men konstigt nog så gick det.

Han sov länge och när han vaknade kände han sig förvånansvärt utvilad. Efter en snabb frukost, småsprang han ut till bilen och styrde kosan mot polisstationen.

Den utredare som var ansvarig för fallet hade nyss kommit och var i full färd med att ta sitt morgonkaffe. Han insåg snart att Peter inte skulle ha tålamod att vänta, så han tog kaffemuggen med till sitt rum och lät Peter komma in.

"Nå, vad har du på hjärtat som är så viktigt!"

"Jo, jag kom på att vi kanske glömt bort att höra ett viktigt vittne."

"Jaså, vem skulle det vara?"

"Tiggaren vid ICA. Han sitter där jämt och måste ha sett något."

Utredaren suckade och rättade till sina glasögon.

"Jag är ledsen, men vi har hört honom och det var inte mycket han hade att komma med. Han kan bara några ord svenska och verkar inte vara intresserad av att figurera i polisärenden. Så att han skulle kunna vara till någon hjälp kan du nog glömma."

"Men ni tog väl in honom och skaffade fram en tolk?"

Utredaren lutade sig tillbaka och klapprade med pennan mot bordskanten. Han började tycka att det blev lite jobbigt med den ihärdige maken.

"Peter, du måste försöka förstå att vi gör allt vi kan för att hitta din hustru. Det är många som är engagerade i fallet och så fort vi har något nytt så kontaktar vi dig. Jag förstår om du är otålig, men låt oss bara göra vårt jobb i lugn och ro. Vi är proffs på det här."

Peter suckade. Han insåg att det inte gick att komma längre. Om det skulle hända något var han tvungen att gå vidare på egen hand.

Han reste sig, men innan han stängde dörren, vände han sig om.

"Kan du åtminstone säga vad han är för landsman, tiggaren?"

Utredaren skruvade på sig kliade sig irriterat i skägget.

"Han är troligtvis rumän. Och du, man säger inte tiggare utan EU-migrant"

Peter slängde igen dörren. "Troligtvis" det var just ett tjusigt svar. Det visar bara att de inte ens tagit reda på vad han talade för språk. Nu fanns bara en sak att göra och det var att själv fråga ut tiggaren och höra vad han

eventuellt sett den aktuella dagen. Att bara gå fram och
börja prata skulle nog vara tämligen meningslöst. Nej,
här gäller det att få tag i någon som kan tolka och det
kanske inte blir det lättaste.

Peter avsatte ett antal timmar till att försöka formulera
frågor som skulle kunna vara relevanta. Han letade i
olika register efter tolkar i närområdet som man kunde
anlita och hittade till slut en i Västerås. Det blev bestämt
att tolken skulle komma om två dagar och Peter
hoppades innerligt att tiggaren skulle vara på plats då
och förhoppningsvis vara villig att svara på frågor. För att
göra det hela lite lättare, åkte han till köpcentret för att
handla lite mjölk. På vägen in till ICA, passade han på att
lägga en hundring i tiggarens mugg. Det kanske var lite
snålt men förhoppningsvis skulle det räcka för att han
skulle bli välvilligt inställd till att svara på frågor.

De två dagarna gick långsamt, men nu var det äntligen
dags. Peter hade en lapp med frågor klar och han
vankade av och an på parkeringen i väntan på tolken.

Så ringde mobilen och tolken visade sig vara framme.

Peter hälsade och visade lappen. Han hade tidigare
förklarat vad saken gällde. Tolken läste noggrant och
nickade.

Tiggaren var på plats och väl framme böjde sig tolken ner
och började lågmält tala till honom. Tiggaren skakade på
huvudet och rabblade något som för Peter var obegripligt.
Tolken reste sig och såg bekymrat på Peter.

"Jag är ledsen, men han är från Albanien och det språket talar inte jag."

Kapitel 7

Helena vaknade av att dörren öppnades och läkaren klev in. Den här gången hade han inte läkarrocken på sig utan var klädd i jeans och en kortärmad skjorta med ett psykedeliskt mönster. Han satte sig på sängkanten och kände på hennes panna.

"Nå, hur känns det? Du har sovit ganska länge nu och är säkert hungrig? Jag ska snart laga mat och under tiden kan du duscha och klä på dig. Min bedömning är att du är så pass återställd att du snart kan åka hem."

Helena kände hur alla spänningar släppte. Den märkliga känslan av att allt inte var som det skulle, var som bortblåst. Hon såg på läkarens vänliga ansikte och nästan drunknade i hans intensiva ögon och avväpnande leende. Det var länge sedan hon sett en sådan vacker man. Hon kände hur hon blev varm inombords och fick nästan kämpa med att mota bort de förbjudna tankar som snurrade i hennes huvud. Tankar som påminde om hur hon känt när hon läst den senaste novellen som handlat om doktor Stuart på Mayokliniken i USA och hans vidlyftiga erotiska äventyr bland kvinnliga patienter och personal.

"Men vad skönt. Vet min man om att jag kommer hem?"

Läkaren log och reste sig från sängen.

"Det vet han. Jag har precis pratat med honom och mejlat recept på medicin du måste ha. Han är nog redan på apoteket."

"Jag skulle vilja ringa honom. Du har möjligen inte min mobil?"

"Du hade ingen på dig. Kanske tappade du den när du föll ihop på parkeringen?"

Helena suckade. Mobilen var nästan som en del av kroppen och innehöll det mesta som var viktigt för henne. Läkaren noterade hennes besvikelse.

"Se så, det är inte mycket att hänga upp sig på. Materiella ting som enkelt kan ersättas. Var i stället glad över att du är vid liv."

Helena skämdes en smula.

"Det är klart att jag är glad och oerhört tacksam. Tänkte mest på allt besvär med att lägga in appar och allt annat som man behöver."

Läkaren lade huvudet på sned.

"Jag förstår precis. Jag har själv upplevt det flera gånger. Men tänk inte på det nu. Jag ska fixa lite att äta så kan du komma upp när du är klar."

Helena hejdade honom innan han hunnit ut genom dörren.

"Kan jag låna din mobil?"

"Ja visst, men den ligger på laddning. Vi fixar det efter maten."

Det ljumna duschvattnet sköljde behagligt över hennes kropp. Hon tvålade in sig med en kraftigt löddrande tvål som hon kände igen lukten på från sitt arbete på laboratoriet. När hon torkat håret nästan torrt, tittade hon sig i spegeln. Allt smink var borta och hon var inte helt nöjd med det hon såg, men tänkte att det var ett litet bekymmer precis som det med mobilen. Hon klädde sig och kammade till sig med handen så gott hon kunde. I fickan hade hon sitt läppstift och lade på ett tunt lager så att hon i alla fall såg lite friskare ut.

Det var med en lätt spänd känsla som hon öppnade nästa dörr i källarhallen och gick upp för trappan.

En ljus hall med väldigt många oäkta blommor och gröna växter tog emot henne. På väggarna hängde konst av det lite modernare slaget och det rena och vackert mönstrade marmorgolvet gav intryck av att det här bodde en person som brydde sig mycket om sitt hem. Ett valv ledde in till köket där läkaren stod vid spisen och visslade på en glad melodi samtidigt som han vant vände på köttbitarna i stekpannan.

Köket var stort och modernt med en köksö i mitten och barstolar utplacerade runt om.

Helena såg sig förundrat omkring. Det var inte precis hennes stil, men hon kunde se hur allt var noga planerat och att det fanns en tanke bakom inredningen. Hon harklade sig för att ge sig till känna.

”Så fint du har det. Bor du här ensam?”

Läkaren såg på henne med en lätt road blick.

”Ja, vill du flytta in?”

"Ja, om jag vore singel skulle jag lätt kunna tänka mig det. Jag har alltid önskat mig ett större kök och det här är ju stort så det förslår."

"Ja, lite väl stort för ett enmanshushåll, men vem vet, någon gång kanske det blir fler här? Sätt dig ner så kommer maten. Vad vill du dricka till?"

"Det spelar ingen roll. Jag tar det du tar."

Läkaren ställde fram tallrikarna med tunna välstekta köttbitar och potatispuré, kantade med kokta grönsaker och några kvistar färsk timjan. Han böjde sig ner och tog upp en flaska rödvin.

"Romanée-Conti från Frankrike. Kan det vara något som faller damen i smaken?"

Helena hajade till.

"Det låter fantastiskt, men är det verkligen lämpligt med vin nu efter allt som hänt?"

"Det går alldeles utmärkt. Ett litet glas rödvin då och då är bara hälsosamt. Det har du väl hört?"

"Jo, det är klart, men om du ska skjutsa hem mig kanske det inte är så bra?"

"Ta det lugnt. Maten hjälper till att bryta ner alkoholen snabbt och det kommer inte att finnas ett spår kvar då vi åker."

Det lät trovärdigt och mannen var ju faktiskt läkare. Men ändå infann sig en känsla av att allt inte var som det skulle.

Helena skakade snabbt av sig alla tvivel då hon smuttat lite på vinet. Det fullkomligt exploderade i gommen och gifte sig så otroligt väl med läckerheterna på tallriken.

Läkaren berättade i korta drag om sitt arbete på sjukhuset men var också väldigt nyfiken på vad Helena hade att säga om sig själv. Det var sällan hon upplevt en känsla av att stå i centrum och bli lyssnad på. Samtalen som hon och Peter brukade ha, berörde mest det vardagliga och planering inför kommande dagar. Visst hände det att de ibland diskuterade saker av djupare innebörd. Peter var ingen dålig lyssnare men hon kunde ibland uppleva att det hon sa inte alltid verkade gå in. Det här var något helt annat. Det kändes nästan som om varje ord hon sade var viktigt. Läkaren lyssnade och kommenterade på ett sätt som fick henne att känna sig mer betydelsefull än hon någonsin känt sig förut.

Helena uppbådade all sin kraft för att stå emot den känsla som sakta men säkert började bubbla upp inom henne, men hon lyckades inte. Hon såg in i hans varma ögon då han lyfte glaset.

"Skål min sköna."

Vinet slank ner som friskt källvatten och omslöt alla smaklökar som bara ett mycket gammalt årgångsvin kan göra. Helena kände hur hon blev varm i hela kroppen och hon började svettas oroväckande under armarna. En lätt dåsighet grep tag i henne och det började flimra för ögonen. Därefter blev allt svart.

Kapitel 8

Det började tryta i kassan så Peter var tvungen att återgå till sitt arbete. Det intensiva sökandet hade tärt hårt på ekonomin och de tillgångar som fanns, var bundna i huset och i pensionsfonder som inte gick att lösa ut i förtid. På sätt och vis kändes det ändå ganska skönt att börja jobba igen. Att få skingra tankarna en aning och kanske få ny energi och nya idéer. Han hade gjort det mesta som gick att göra. Annonserat i varenda tidning som erbjöd den möjligheten, gått ut i lokalradion och till och med hört av sig till "Efterlyst," men där hade han ännu inte fått något svar om när de skulle kunna ta upp fallet. Det enda han nu kunde komma på och som var ogjort, var att konfrontera tiggaren och höra vad han eventuellt sett. Det var lättare sagt än gjort att få tag i någon som kunde prata albanska. De han pratat med, hade inte visat något större intresse av att medverka. Visserligen fanns det auktoriserade tolkar att anlita, men de verkade ha fullt upp och väntetiden för att få ta del av deras tjänster var ganska lång.

I samma ögonblick som han kom in genom entrédörren till tryckeriet och hälsade på Ludmilla i receptionen, slog det honom. Att han inte tänkt på det. Hade inte Ludmilla nämnt vi något tillfälle att hon hade släktingar i Albanien? Jo, visst var det så, men det var inget han tidigare reflekterat över. Han stannade till.

"Hej Ludmilla. Är allt bra?"

Hon såg på honom över glasögonen som satt långt nere på näsan.

"Hej Peter. Jo tack bra, förutom att det ibland varit lite småstökigt. Du vet Henriksson som vickat för dig är ju inte precis den vassaste kniven i lådan trots att han varit här så länge."

"Nej, jag vet det, men han var den ende som ville ta sig an uppdraget och han kan i alla fall branschen på sina fem fingrar även om han kan vara lite motsträvig."

Ludmilla log ett sarkastiskt leende och rättade till glasögonen.

"Motsträvig är väl milt uttryckt, men skit samma, nu är du tillbaka och det har i alla fall funkat någorlunda bra. Men hur är det med dig då? Vi vet ju alla vad du går igenom."

"Ja, det är väl som det är. Jobbigt så klart, men ännu har jag inte förlorat hoppet."

"Du vet att vi alla känner med dig och är beredda att stötta dig."

"Ja, jag vet det och det är skönt att höra. Men du, det var en sak jag tänkte fråga dig om. Är det inte så att du pratar lite albanska?"

"Jodå, det gör jag. Jag är född där och jag lärde mig språket som liten. Inte för att jag pratar så bra, men tillräckligt för att göra mig förstådd. Varför frågar du?"

"Skulle jag kunna få be dig om en tjänst? Det är så att jag försöker få kontakt med tiggaren som sitter utanför ICA Maxi, för att höra om han möjligen inte lade märke till något avvikande den dagen då Helena försvann. Skulle du kunna hjälpa mig att tolka?"

"Men det är klart att jag kan. När ska vi göra det?"

"Så fort som möjligt. Gärna i dag efter jobbet om du har tid?"

Ludmilla kollade lite hastigt i sin kalender.

"Det går bra. Jag har inget särskilt för mig. Hämtar du mig hemma eller åker vi direkt efter jobbet?"

"Det får du avgöra. Du får givetvis betalt, så du vet."

"Det behövs inte. Det är klart att jag hjälper dig. Vi kan snacka mer på lunchen för nu ringer det visst."

Peter kände sig upprymd när han gick igenom lokalen och hejade på arbetskamraterna. När han kom in på kontoret drog Henriksson en lättnandes suck.

"Skönt att du är tillbaka. De har ringt från huvudkontoret och undrat, så du kanske ska slå dom en signal."

"Det ska jag göra. Hur har det gått annars då?"

Henriksson suckade tungt.

"Jodå, det har gått skapligt, men det har varit lite jobbigt med Petterson nere på lagret, du vet fackgubben. Han trodde nog att han skulle kunna husera hur han ville när du var borta, men det satte jag stopp för, och nu verkar han ha ett horn i sidan till mig."

Peter ryckte på axlarna.

"Det var väl nästan väntat. Vad ville han den här gången då?"

"Det var samma visa som sist. Kaffeautomaten förstås."

"Jaja, vi får väl se till att få det där ur världen någon gång. Du kan väl dra det viktigaste så länge så kan du återgå till ditt eget rum sedan, om du inte vill sitta kvar här? Du kanske ha fått mersmak för chefsjobbet?"

"Nej, bevare mig väl. Det kan du behålla själv."

Det gick lättare än han trott att sätta sig in i rutinerna. Allt satt i bakhuvudet och vad han kunde se så fanns inga större problem att ta itu med. Efter samtalet med huvudkontoret och genomgång av dagboken var det redan dags för lunch.

Peter och Ludmilla kom överens om att först åka och få en bit mat på pizzerian efter jobbet och sedan försöka få kontakt med tiggaren. Han brukade sitta kvar tills stängningsdags så de skulle ha god tid på sig.

Arbetsdagen gick fort och Peter kom på sig själv med att inte ha tänkt så mycket på Helena. Det hade varit ett skönt avbrott efter all inre stress. Nu kände han sig oerhört taggad och väldigt förväntansfull över vad tiggaren skulle ha att säga.

Ludmilla lämnade sin cykel på jobbet och Peter lovade att hämta upp henne morgonen därpå. Då hon satte sig i framsätet och spände på sig säkerhetsbältet, kunde Peter känna en mild parfymdoft som nästan påminde om hur

Helena brukade dofta. Han startade bilen och började rulla mot Pizzerian som låg några kilometer bort.

"Du tycker inte att det här blir jobbigt då?"

"Nej inte alls, snarare lite spännande. Tänk om han sett något som polisen missat."

"Ja, det är det jag hoppas på."

"Du förresten, har inte polisen förhört honom?"

"Jo, dom säger det, men det tvivlar jag på. Det lät inte särskilt övertygande när jag ställde frågan."

"Vad är det du vill att jag ska fråga honom om?"

"Jag har skrivit ner några frågor. Det viktigaste är att försöka få honom att dra sig till minnes vad han såg den aktuella dagen. Hoppas bara att han har bra minne."

Pizzerian låg inklämd mellan en musikaffär och en frisersalong längst nere på gatan som gick igenom den gamla stadsdelen. Peter och Helena brukade ta hämtpizza där ibland och någon gång hade det hänt att de ätit på plats. Det var en ganska sunkig lokal med trist inredning och lite för skarp belysning, men pizzorna var oftast väldigt goda.

De beställde och satte sig vid ett fönsterbord. Ludmilla tog av sig glasögonen och tittade ut genom fönstret.

"Det är ganska mysigt häromkring. Synd att de inte försöker piffa till stället lite så att det blir trevligare."

"Jag håller med, men maten är i alla fall bra. Vi brukar mest hämta och äta hemma. Brukar du gå hit?"

Ludmilla tog på sig sina glasögon igen och såg på Peter.

"Det händer, men inte särskilt ofta."

Peter hade aldrig lagt särskilt märke till henne trots att det var han som anställt henne och hon jobbat på tryckeriet i flera år. Nu var hon plötsligt en viktig person och han betraktade henne med nya ögon. Hon var, vad han kunde minnas i fyrtioårsåldern och så vitt han visste, var hon ogift. Förmodligen hade hon inga barn, men det var han inte säker på. Det kändes nästan lite förargligt att han inte visste mer om sina anställda. Han hade aldrig tidigare reflekterat över hennes utseende, men nu kunde han se att hon såg ganska bra ut. Hennes hårfärg och frisyr påminde faktiskt lite om Helenas. Inte för att han på något vis hade några andra avsikter än att dra nytta av hennes språkkunskaper, men han kunde inte undgå att notera det. Peter skakade snabbt av sig de tankarna. Ett sting av dåligt samvete gjorde det hela lite lättare.

Pizzan smakade som förväntat utmärkt. Peter betalade för båda, trots protester från Ludmilla, och de lämnade lokalen.

Det var med spänning de närmade sig köpcentret. På långt håll kunde de se tiggaren, men ju närmare de kom, desto större blev tvivlet och när de nästan var framme kunde Peter konstatera att det satt en annan person där.

Kapitel 9

Helena öppnade försiktigt ögonen. Hon hade ingen aning om vad som hänt, men märkte snart att hon låg i sängen nere i källaren igen. En sprängande huvudvärk fick henne nästan att skrika av smärta. Det bultade och sprängde och hon blev livrädd. Hon låg blick stilla och vågade inte röra minsta kroppsdel. Snart kunde hon höra det välbekanta klapprandet av fotsteg ute i källargången och dörren öppnade sig. Läkaren kom in och hade nu sin vita rock på sig och ett stetoskop hängande kring halsen.

"Hej Helena. Nu ska du inte bli rädd, men det tillstötte en komplikation som vi måste vara observanta på. Men du kan vara lugn, jag har läget under kontroll och har varit i kontakt med sjukhuset. Vi kom överens om att du får fortsätta under min vård tillsvidare. Det är det säkraste under rådande omständigheter."

Helena kunde inte riktigt ta in det han sa. Det var ett enda stort kaos i hennes huvud. Hon mindes den utsökta maten och det goda vinet. De förbjudna tankarna som tagit henne med överraskning. Sedan mindes hon inte mer. Hon böjde på nacken och tyckte sig känna att huvudvärken gett med sig en aning.

"Vad var det som hände?"

Läkaren satte sig försiktigt på sängkanten, tog hennes hand och såg på henne.

"Det blev ett mindre återfall. Det är ganska ovanligt att det händer, men så blev det i alla fall den här gången. Nu var det bara en mindre bristning som inte gjorde någon skada, men det finns anledning att vara stilla och inte anstränga sig. Så vi får tyvärr skjuta upp hemfärden ytterligare någon dag."

Helena blev utom sig och tårarna gick inte att hålla tillbaka. Läkaren tog upp en pappersservett och torkade försiktigt hennes kinder.

"Jag förstår att det känns tungt, men det kommer att ordna sig, det lovar jag."

"Har du underrättat min man?" Snyftade hon fram."

"Ja, naturligtvis. Han blev väldigt orolig men jag förklarade att det inte var någon fara."

"Är han på väg hit?"

"Inte just nu. Jag diskuterade på telefon med mina kollegor och vi var överens om att avråda från besök det närmaste dygnet. Men sedan bör det vara fritt fram för din man att komma och hämta dig."

Det kändes betryggande mitt i all bedrövelse. Helena märkte nu att huvudvärken nästan var helt borta.

"Kan jag röra mig eller måste jag ligga still?"

"Det är bäst om du ligger still i åtminstone någon timme, tills du känner att huvudvärken försvunnit. Jag kommer att titta till dig med jämna mellanrum. Tänk på något trevligt så går tiden fortare."

"Men det verkar som om huvudvärken redan blivit bättre."

"Det är bra det, men nu ska vi inte hasta."

Han släppte hennes hand och reste sig.

"Ta det lugnt nu. Jag kommer tillbaka om en stund."

Tankarna for runt i hennes huvud. En stroke, så förskräckligt. Hon mindes en granne som för några år sedan blivit drabbad och hamnat i rullstol och inte kunde kommunicera med omgivningen. Han hade varit otroligt social och nästan trakasserat sina grannar med ett överdrivet behov av att prata. Hans påträngande nyfikenhet hade gjort att han blivit illa omtyckt och folk tog omvägar när de fick se honom. Så en dag hade han bara fallit ihop och en konstaterad stroke hade gjort honom oförmögen att kunna göra sig förstådd. Om han begrep vad som sades rådde det delade meningar om, men alla pratade om hur hemskt det måste vara för en sådan person att drabbas på det sättet. Helena ryste vid tanken på att hon själv skulle kunna hamna i den situationen. Tänk att bli förlamad och inte kunna göra sig förstådd. Skulle Peter kunna stå ut med det? Skulle han kunna sköta om henne och vara till hands och tillgodose alla de behov som skulle uppstå? Han skulle säkert göra så gott han kunde, men det skulle hon inte vilja. Hellre dog hon. Och hur skulle det gå med sexlivet? Peter skulle ju fortfarande ha sina behov trots att hennes skulle vara borta.

Hon lyckades vända den negativa tanken då hon insåg att hon inte drabbats på det viset. Många som fick en stroke hade ganska snabbt kommit tillbaka till ett normalt liv och hon skulle säkert tillhöra den kategorin.

Snart hördes steg igen och läkaren kom in.

"Du, jag ber om ursäkt, men jag kom på att jag nog inte presenterat mig. Carl-Henrik heter jag, med efternamnet Wiberg."

"Det visste jag redan. Det står på namnbrickan."

"Ja, det är klart, så dum jag är."

"Men hur vet du vad jag heter?"

"Körkortet."

"Ja, det är så klart."

"Vet du vad, nu ska jag känna lite på dig och lyssna på hjärta och lungor. Försök att slappna av."

Läkaren knäppte försiktigt upp hennes blus och satte stetoskopet strax intill hennes vänstra bröst. Han flyttade runt det och nickade menande medan han lyssnade intensivt.

"Det låter bra det här. Kan du ta några djupa andetag?"

Helena fyllde lungorna med luft och andades ut långsamt.

"Såja, det räcker. Nu ska du få en spruta som gör att du slappnar av och kan sova en stund. Det kommer att sticka till lite men det är inte så farligt."

Det stack till lite i överarmen och nästan genast kunde hon känna ett lugn som inte alls var obehagligt.

Då hon vaknade, kände hon att huvudvärken var helt borta. Hon knyckte lite lätt med axlarna och sträckte ut kroppen i sin fulla längd. Det fanns inte tillstymmelse till att hon skulle ha drabbats av något allvarligt och hon kunde till och med känna att hon var sugen på kaffe. Det kändes som om hon sovit i flera timmar trots att det förmodligen bara gått en kort stund. Tankarna var tydliga och klara och plötslig slog det henne det läkaren sagt om körkortet. Det låg alltid i mobilfodralet och var det inte så att han sagt att hennes mobil var borta? Det gjorde henne betänksam och hon ansträngde sig för att hitta en vettig förklaring. Hade kanske körkortet ramlat ut då hon fallit i marken? Nej, så kunde det inte vara. Hon gick ju till bilen för att hämta sin kvarglömda mobil. Naturligtvis måste det finnas en förklaring men hon kunde inte komma på vad det skulle vara.

Ju mer hon analyserat situationen och allt som hänt, desto tydligare blev känslan av att allt inte var som det skulle. Hon gick igenom sina minnesbilder gång på gång och hela tiden dök det upp saker som gjorde henne förbryllad. Var det kanske så att hon trots allt blivit så påverkad av det hon drabbats av, att minnet svek henne och att hon uppfattat situationen på ett sätt som inte överensstämde med verkligheten? Eller var det så att det var något helt annat? Något som hon inte ville tänka på?

Längre hann hon inte i sina funderingar innan Carl-Henrik kom in på nytt.

”Du tycker väl att det är ett förskräckligt spring, men det kan inte hjälpas. Jag är mån om dig och det är bättre att titta till dig en gång för mycket. Hur känner du dig nu?”

”Det känns bra. Hur länge har jag sovit?”

"Ett par timmar bara. Längre räcker inte sprutan. Men nu så ska vi se till så att du får röra lite på dig. Res dig och gå lite fram och tillbaka så får jag se."

Helena satte sig försiktigt upp i sängen och satte ner fötterna i golvet. Det kändes inget konstigt så hon reste sig lite försiktigt upp och började gå. Carl-Henrik följde henne intensivt med blicken och nickade belåtet.

"Det var precis som jag trodde. Det här återfallet verkar inte ha påverkat dig i någon större omfattning. Du kan förmodligen åka hem i morgon bitti. Jag ska varsko din man och be att han är beredd på att hämta dig."

Helena kände sig lättad men tvivlet hon tidigare känt ville inte riktigt släppa taget.

"Du Carl-Henrik, om jag får säga så. Nu är väl din mobil laddad. Kan jag låna den och ringa till min man?"

Hon kunde inte riktigt sätta fingret på det, men hon tyckte sig se en lätt irritation i läkarens ansikte.

"Självklart får du det. Jag ska hämta den."

Han gick ut ur rummet och den här gången stängde han inte dörren lika försiktigt som han tidigare gjort. Hon hörde hur den andra dörren slog igen och det tydliga ljudet av en nyckel som vreds runt i ett lås. Det fick henne att rysa.

Kapitel 10

Peter hade svårt att hålla inne med sin frustration. Den där förbannade tiggaren hade suttit där varenda gång han besökt butiken och det var väl ändå typiskt att han just i dag inte skulle vara på plats. Ludmilla noterade hans besvikelse.

"Men du, han kommer nog snart tillbaka. Jag ska fråga han som sitter där."

Hon gick fram till den luggslitne mannen, böjde sig ner och började prata. Han sken upp då han fick höra sitt eget modersmål. De talade ganska länge medan Peter stod bredvid och klapprade med foten mot en lös stenplatta.

"Då så. Han säger att mannen som brukade sitta här har blivit krasslig och behöver vila några dagar. Jag frågade om det går att få tag i honom och då beskrev han var de har sitt läger. Det ligger vid det lilla fältet alldeles ovan ridhuset. Det vet du var det är va?"

"Jodå, det har man ju sett. Det har ju stått i tidningen om nedskräpningen och trakasserierna mot hästtjejerna. Konstigt att inte kommunen har sett till att rensa stället. Det finns väl bättre platser de kunde husera på."

"Det är väl ingen som har lust att ta i ärendet, men du! Ska vi åka dit?"

Peter kände sig lite tveksam.

"Vi kanske ska vänta tills han är tillbaka här?"

"Jo, men det kan ju dröja flera dagar. Nu när vi är på gång, kan vi lika gärna fortsätta."

Peter tvekade en stund. Tanken på att de skulle kunna bli rånade fanns där i bakhuvudet, men han ville inte framstå som en fegis.

"Okej då! Har du tid?"

"Ja visst, jag har inget annat för mig."

De satte sig i bilen och styrde kosan mot ridhuset som låg någon kilometer bort.

Det gick inte att köra ända fram så de fick parkera en bit ifrån och gå den sista biten. Det var lerigt på stigen som ledde till lägret. Peter tittade ner på Ludmillas skor. Hon hade ganska höga klackar som sjönk ner i den mjuka marken så att hon fick en något märklig gångstil. Det såg lite roligt ut och han skrattade till lite.

"Vad är det som är så roligt?" Frågade Ludmilla och såg nästan lite förnärmad ut.

Peter pekade på hennes skor.

"Du är inte precis klädd för friluftsaktiviteter ser jag. Nu känner jag mig lite dum som dragit med dig hit."

"Det är ingen fara. Skorna går att tvätta och det var faktiskt jag som föreslog att vi skulle gå hit."

Det stod några husvagnar tätt intill varandra och två gamla bilar som hade sett sina bästa dagar. Utanför var det inte lika stökigt som Peter förväntat sig. En rostig klotgrill och några trädgårdsmöbler var det enda som fanns.

Det var ingen ute, men det rykte lite från takluckan på en av husvagnarna. Ludmilla gick fram och knackade på dörren. En liten gumma som såg ut att vara minst hundra år, öppnade och tittade med pliriga ögon på henne. Precis som tiggaren nere vid ICA verkade hon glad över att höra sitt eget språk och de båda pratade högljutt och med yviga gester. Strax öppnades dörren på husvagnen intill och mannen de letat efter tittade ut. Ludmilla förklarade vad saken gällde och mannen bjöd in dem till sin husvagn. Den gamla damen följde med.

Det luktade unket där inne och Peter kväljdes nästan av den fräna lukten från armsvett och tobaksrök. Mannen bad dem sitta ner och plockade fram ett paket mariekex som han skickade runt.

Ludmilla undrade om han möjligtvis kunde dra sig till minnes om han sett något annorlunda den aktuella dagen. Mannen tuggade sakta på sitt kex medan han tittade ner i golvet och försökte sortera sina minnesbilder. Plötsligt sken han upp och började prata oavbrutet. Peter försökte få Ludmilla att översätta, men hon hyssjade åt honom. När mannen pratat klart berättade Ludmilla vad han sagt.

"Nu ska du få höra. Han säger att han såg din fru gå till bilen och att en man gick efter henne. Sedan verkade det som om hon följde med honom till hans bil."

Peter blev alldeles till sig.

"Fråga om han skulle känna igen honom."

Ludmilla hann bara säga några få ord innan mannen satte igång med en lång utläggning. Han verkade ganska irriterad, på gränsen till arg och Peter undrade vad det var frågan om.

"Han säger att det är mycket oartigt att du ber honom om en tjänst då din fru uppträtt så föraktfullt och fnyst åt honom varje gång hon passerat."

Peter förstod vad han menade. Han hade påpekat det där några gånger, men det står ju var och en fritt att tycka vad man vill.

"Säg till honom att jag förstår och att jag beklagar, men att han naturligtvis ska få betalt om han hjälper mig."

Ludmilla framförde budskapet och genast fick mannen ett mildare uttryck i ansiktet. Han pladdrade på och verkade nu nästan entusiastisk.

Ludmilla plitade ner något på en lapp som hon gav till honom, reste sig och nickade åt Peter att det var dags att gå. Peter fiskade upp en hundring ur jackfickan och gav till mannen, som bockade djupt flera gånger.

När de skulle kliva ner från husvagnen fastnade Ludmilla med klacken i trappsteget och föll pladask ner på den smutsiga marken.

"Aj då, gjorde du dig illa?"

"Nej, det är ingen fara, men klacken gick visst av så nu blir det besvärligt att gå. Du får nog stötta mig."

Peter tog henne runt midjan och hon lade sin arm runt hans hals. Det gick lite styltigt, men det var inte så långt till bilen.

"Vad sa han? Skulle han hjälpa mig?"

"Han hade sett mannen flera gånger och skulle säkert känna igen honom och han var villig att hjälpa till. Han fick numret till min mobil och lovade ringa om mannen skulle dyka upp."

Peter kände en oerhörd tillfredsställelse. Så lång tid av bakslag och besvikelser. Nu fanns äntligen något som kanske skulle kunna ge en förklaring till försvinnandet.

"Men så jag har ställt till det för dig. Trasiga skor och smutsiga kläder. I morgon går vi ut på lunchen så får du köpa lite nytt. Jag betalar."

Ludmilla log och tog ett fast grepp om hans arm.

"Det behövs inte. Jag har tvättmaskin och skorna sjöng på sista versen."

"Jag insisterar! Det är klart att du ska ha nya skor. Det är väl det minsta jag kan göra."

"Vet du vad ett par nya skor kostar?"

"Ja, det är väl olika, men sex sju hundra skulle jag gissa."

"Dom här kostade fyratusen."

Peter hajade till men försökte diskret dölja sin förvåning. Ludmilla började skratta.

"Jag skojar, fattar du väl. Men du skulle kunna få bjuda mig på middag någon kväll. Det skulle vara trevligt."

"Det var en utmärkt idé. Vi kan snacka vidare på jobbet och bestämma tid."

Peter släppte av Ludmilla utanför hennes port. Hon haltade in och samtidigt som hon öppnade porten, vände hon sig om och vinkade hjärtligt med ett stort leende på läpparna.

Det hade ännu inte hunnit sjunka in, det som tiggaren sagt. Det var först när Peter slagit sig ner framför teven med en öl, som tankarna började snurra. Vad var det han hade sagt egentligen? Hade Helena frivilligt följt med en man till hans bil och bara försvunnit utan att ge ifrån sig ett enda livstecken? Vem var mannen? Möjligheten fanns förstås att hon i hemlighet träffat någon, men sannolikheten var liten. Visserligen hade hon på sista tiden blivit bra mycket hetare på gröten, men att hon skulle vara otrogen, nej det kunde inte vara möjligt. Så väl kände han henne att han visste hur hon skulle agera om det varit på det viset. Hon skulle berätta som det var. Aldrig att hon skulle smyga bakom hans rygg. Vad som än hade hänt, måste det vara något allvarligt, annars skulle hon gett sig till känna.

Det blev ännu en svår natt. Det snurrade i skallen och olika scenarion radades upp för hans inre. Först fram på småtimmarna lyckades han somna till och när väckarklockan ringde på morgonen, tvekade han länge om han ens skulle gå till jobbet. Men pliktkänslan segrade över tröttheten och han satte sig långsamt upp och gäspade så att käken nästan gick ur led.

Kapitel 11

Helena kände hur ångesten tog ett fast grepp om henne. Ju mer hon tänkte på det, desto tydligare blev bilden av att allt det som hänt var onormalt. Hon fick inte ihop det. Varför skulle en läkare hålla henne fången hemma hos sig? Han hade inte visat minsta tecken på att han skulle ha några skumma avsikter. Tvärtom hade han uppträtt väldigt professionellt och trovärdigt. Att han verkligen var en riktig läkare hade hon tidigt förstått. Så mycket kunskap inom medicin hade hon från sin utbildning att det inte gick att lura henne på den punkten. Men varför hade han inte sett till att hon fick komma till sjukhuset och varför hade hon inte fått ringa till Peter? Frågorna hopade sig och snart visste hon varken ut eller in. Kanske var det ändå så att det inte var något skumt och att hon kunde tacka sin lyckliga stjärna för att hon vid helt rätt tillfälle träffat en läkare som var specialist på precis det hon råkat ut för.

Nu kunde hon höra fotsteg och låset som vreds om. Det var som om alla tankar sögs in i ett svart hål och hon blev alldeles tom. Hon låg blickstilla och stirrade mot dörren.

"Hej igen. Sorry att jag dröjde, men jag ringde sjukhuset och diskuterade ditt fall. Vi kom överens om att det kanske vore bäst om vi åkte in i alla fall, så får du ligga under observation en stund. Vad säger du om det?"

Helena visste inte vad hon skulle tro. Helt plötsligt kändes det inte så konstigt längre.

"Jo, det vore väl bra. Hur länge skulle jag få ligga där?"

"Det vet jag inte, men ett par dagar verkar rimligt. Även om jag har bra utrustning här så finns det bra mycket mer på sjukhuset. Och dessutom kan din man besöka dig. Jag kan förstå om du tycker det är en aning märkligt att det blev på det här viset, men det är inte första gången ska du veta."

Carl-Henrik började berätta om tidigare fall där han tagit hem patienter och om andra fall där kollegor till honom gjort samma sak. I Helenas öron lät det trovärdigt och hon kände hur hon blev lugn och faktiskt lite upprymd. Carl-Henrik kunde lägga ut texten så den blev både rolig och intressant och hon kom på sig själv med att hon helt tappat all misstänksamhet.

Han kände på hennes panna och strök henne lätt på kinden.

"Nu är du väl riktigt hungrig? Jag ska förbereda lite mat så kan du ta en dusch under tiden om du vill."

Helena kände efter och visst fanns där en liten tillstymmelse till hungerkänsla.

"Tack, det skulle smaka bra. Men får jag fråga om en sak?"

"Javisst, fråga på du bara."

"Sist du var här så hörde jag att du låste dörren där ute. Varför?"

Läkaren började skratta

"Jo, du förstår att katten kom in. Han har varit borta i flera dagar men det är inget ovanligt. Han kan hoppa upp på handtaget och öppna dörrar och jag ville inte utsätta dig för hans sällskap innan du lärt känna honom. Han kan vara ganska så påflugen när han sätter den sidan till. Har du katt?"

Helena skakade på huvudet.

"Nej, men jag känner igen det där. En granne har en katt som gör likadant."

Det var som om en tung börda lyfts från hennes axlar. Nu kändes plötsligt allt väldigt bra och hon såg fram mot att få lite god mat i magen.

Det varma duschvattnet strilade nedför hennes kropp och hon tvålade in sig från topp till tå. Lite bekymrad blev hon då hon såg sig i spegeln och kunde se hur sliten hon såg ut. Hon kände sig inte trött, men allt sovande hade satt sina spår. Nu spelade väl det ingen större roll, det var ju ingen dejt hon skulle på, men ändå.

I källarkorridoren kunde hon känna lukten av matlagning från övervåningen och hon hörde slamret från kastruller och porslin.

"Men se där har vi ju vår lilla patient. Hur känns det nu då? Lite hungrig kanske?"

Carl-Henrik log och hans vita tänder blänkte i skenet från spisbelysningen. Han var ledigt klädd i jeans och en enfärgad åtsittande t-shirt som framhävde hans vältränade överkropp. Helena svalde och kunde inte släppa honom med blicken. Om situationen varit annorlunda, att hon varit singel och lite yngre, skulle det här kunnat sluta på ett mycket trevligt sätt. Hon fick nästan anstränga sig för att skaka av sig dessa tankar.

Carl-Henrik drog fram stolen och bad henne ta plats.

"Hoppas att du gillar italienskt för jag har lagat lasagne."

"Det är en av mina favoriträtter. Peter och jag brukar äta det ofta."

"Se där, då har jag hittat rätt. Är det du som lagar maten?"

"Nej, faktiskt inte, det är för det mesta Peter. Han är jätteduktig."

"Då får vi se hur jag står mig i konkurrensen. Nu blir jag nästan lite orolig."

"Det ska du inte vara, det ser väldigt gott ut."

Lasagnen visade sig vara i en helt annan klass än hon var van vid. Redan vid första tuggan kände hon hur gommen omslöts av smaker från medelhavet. Minnet från en semesterresa till Rom, poppade upp. Resan där hon och Peter förlovat sig för många år sedan.

"Det här var fantastiskt, hur har du burit dig åt?"

Carl-Henrik ryckte på axlarna.

"Äsch! Det är inget märkvärdigt. Man gör så gott man kan."

Helena såg sig om på bordet för att se om det fanns något att dricka.

Carl-Henrik reste sig hastigt.

"Men Herregud! Jag har ju glömt vinet. En lasagne kräver ett strävt rödvin från Toscana, håller du inte med?"

Helena hade inte räknat med att det skulle serveras vin igen så hon blev lite tagen på sängen. Med tanke på vad som hände tidigare, kanske det inte vore så lämpligt.

"Jag vet inte. Kanske det är bäst att jag hoppar vinet den här gången?"

"Tok heller, lite kan du ta. Om du är orolig att det på något vis skulle påverka ditt tillstånd, kan jag säga att det snarare är tvärt om. Dessutom är det ju vår sista kväll här och det måste väl firas?"

Utan att vänta på hennes svar, hällde han upp ett halvt glas åt henne.

Helena lät sig övertygas och njöt till fullo av det som serverades.

Värmen i köket, Carl-Henriks lugna stämma och vinets påverkan, fick Helena att känna sig fullständigt trygg och avslappnad. Innan hon viste hur det gått till, var vinflaskan tom och en behaglig berusning omslöt henne som en mjuk filt.

"Nu blir det dessert. Vad sägs om lite crème caramel?"

Helena hade nu släppt alla spärrar och hade inte en tanke på något annat än det trevliga sällskapet och den goda maten. Hon ville inte att det skulle ta slut.

"Gärna, det låter väldigt gott."

Carl-Henrik rumsterade om vid spisen och kom snart med två små skålar efterrätt.

"Kom så avnjuter vi desserten i finrummet."

Helena protesterade inte utan följde villigt med.

En stor skinnsoffa med fårskinsfällar var det mest utmärkande i rummet förutom den stora teven på väggen.

"Så det är här du kopplar av efter jobbet?"

"Ja, här trivs jag bra. Jag brukar halvligga i soffan med katten i knät, ta en whiskey och kolla på någon bra film. Det är avkopplande."

"Ja, det måste vara krävande att vara läkare."

"Det har sina sidor, men nu ska vi avnjuta desserten. Sedan vill jag höra mer om dig, dina drömmar och framtidsplaner."

Han gick fram till ett hörnskåp fyllt med flaskor och glas, funderade en stund och tog upp en flaska som han studerade noggrant.

"Madeira från 1994, tror du det skulle gifta sig med crème caramel?"

Helena nickade entusiastiskt. Hon var ingen vinkännare, men som det kändes nu, skulle vad som helst smaka gott.

Det var precis så utsökt som hon gissat och vinet var starkt. Carl-Henrik var frågvis och hans frågor fick henne att öppna sig mer och mer. Hon kände sig väldigt uppskattad. Han visste verkligen hur han skulle föra sig med kvinnor.

Efter en stund tog Carl-Henrik fram en fjärrkontroll, bollade lite med den för att sedan bestämt rikta den mot en högtalare under teven. Det klickade till och Whitney Hustons ljuva stämma fyllde rummet. Han såg på Helena och fick ett mer allvarligt uttryck i ansiktet.

"Vill du dansa?"

Det kom så oväntat att Helena inte hann reagera. Plötsligt stod hon bara där, tätt emot honom och kände hur hans armar omslöt henne. Hans milda rakvatten kittlade lite i näsan när han böjde sig ner och lade sin kind mot hennes och långsamt började röra på kroppen.

Kapitel 12

Varje lunch och alla eftermiddagar, direkt efter jobbet, åkte Peter förbi köpcentret för att se om tiggaren kommit tillbaka. Det kändes frustrerande att vänta och ibland började han tvivla. Kanske skulle han inte komma tillbaka alls? Då skulle det vara kört och det sista halmstrået skulle försvinna.

Ludmilla märkte hur ivrig och orolig han var och försökte lugna honom och ingjuta lite hopp. Det hjälpte för stunden och han kunde fokusera på sina arbetsuppgifter. Då och då kom tanken på den utlovade middagen upp till ytan. Den skulle naturligtvis bli av, men kanske inte just nu. Han hade funderat en del på vad som hände den kvällen då han och Ludmilla konfronterat tiggaren. Utan att han haft den minsta tanke på något annat än uppdraget, hade han inte kunnat undgå att känna en viss attraktion. Om det var hennes utseende, hennes sätt att prata eller helt enkelt att personkemin stämde, kunde han inte riktigt sätta fingret på. Något var det i alla fall och han kände sig inte alls bekväm med det. Tänk att han i flera år gått förbi receptionen, hejat och skyndat vidare till sitt kontor, utan att ens lägga märke till henne. Det skulle säkert ha fortsatt så om inte Helena försvunnit och han önskade att det varit så. Nu var det annorlunda och Ludmilla var inte längre bara "hon i receptionen" utan någon som stöttade och var till stor hjälp i allt det svåra. Allt skulle kännas annorlunda om situationen varit en annan. Om han varit singel och lärt känna henne under andra omständigheter. Nu var det bara en enda röra i skallen och han hade svårt att sortera den mix av känslor som for omkring. Sorg, förtvivlan, hopp, saknad, attraktion, spänning, ja säg vad som inte fanns där?

Han satt insjunken i en rörig ekonomisk rapport när mobilen ringde. Det var Ludmilla.

"Nu ska du få höra. Tiggaren är tillbaka. Han ringde mig och lovade hålla ögonen öppna, så nu är det bara att vänta."

Peter drog en lättnadens suck. Nu var han på banan igen.

Det blev en kort väntan. Redan nästa kväll då Peter precis klivit innanför dörren, ringde Ludmilla och nästan skrek i telefonen att tiggaren sett mannen då han gick in på ICA. Peter rusade ut och kastade sig i bilen utan att avsluta samtalet.

"Var är du? Jag åker nu."

"Hemma. Jag går ut på gatan."

"Okej jag är där om tio minuter."

Det var tur att inga poliser fanns i närheten för Peter gasade på långt över hastighetsbegränsningarna och var framme hos Ludmilla efter en kort stund. Han tvärnitade och hon var tvungen att hoppa åt sidan.

"Hoppa in! Nu är det bråttom."

Ludmilla spände fast säkerhetsbältet och Peter tryckte gasen i botten.

"Men ta det lite lugnt. Vi hinner nog ska du se."

"Ja, jag hoppas det, men tänk om han bara skulle in och köpa snus eller nått."

"Jo, men då får vi hoppas på nästa gång. Han lär väl komma tillbaka."

Peter höll så hårt i ratten att knogarna vitnade och Ludmilla stirrade rakt fram och var ganska rädd. När de såg ICA-skylten slog han av på gasen och svängde in på den stora parkeringen. Han släppte av Ludmilla nära entrén och parkerade en liten bit bort men med full insyn över vad som försiggick vid ingången.

Ludmilla växlade några ord med tiggaren för att sedan göra tummen upp till Peter. Mannen hade inte kommit ut och nu var det bara att vänta. Ludmilla gick lugnt och satte sig i bilen.

"Men ska du inte vara kvar så han kan peka ut mannen för dig?"

"Nej, det skulle nog se lite konstigt ut. Han ringer så fort han ser att han kommer ut. Ta det lugnt nu."

Peter tog ett djupt andetag. Så här nervös kunde han inte påminna sig att han någonsin varit förut.

Det var ganska mycket folk som gick ut och in. Peter blev lite orolig att de kanske skulle tappa bort mannen i vimlet, men precis då Ludmillas mobil ringde, var det lite glesare med folk.

"Okej! Det är han, den där långa med den gröna tröjan. Ser du?"

Peter kunde direkt lokalisera mannen då han var ett huvud längre än de flesta andra. Han startade bilen och rullade framåt lite sakta. Mannen satte sig i en vit Audi och då han backade ut från parkeringsrutan, tog både Peter och Ludmilla foton på bilen och registreringsskylten.

Peter suckade tungt.

"Så där ja, nu kan vi få fram vem det är."

"Ska vi följa efter?" Frågad Ludmilla ivrigt.

"Ja, en liten bit, men vi får inte röja oss så att han blir misstänksam."

Mannen körde iväg och Peter följde efter på behörigt avstånd. Då Audin svängde av på en mindre avfartsväg som var glest trafikerad, beslöt Peter att avbryta förföljandet.

"Nu ska jag ta reda på vem han är så ska Polisen få något att bita i."

"Men tänk om det inte är hans bil då?"

"Risken finns, men den är nog i det närmaste obefintlig. Nu drar vi hem och googlar. Har du tid?"

"Javisst!"

Ludmilla började knäppa på mobilen och skrek plötsligt till.

"Japp! Jag vet vem det är. Åtminstone vem som äger bilen"

Peter hoppade till av hennes plötsliga utrop.

"Han heter Carl-Henrik Wiberg"

Peter letade i minnet men kunde inte komma på om han hört namnet förut.

"Står det något mer?"

"Nej, inte här på Trafikverket, men det blir enkelt att få fram alla upplysningar vi behöver, på nätet."

Peter svängde hastigt in på sin parkering och tvärnitade.

"Ta det lugnt vet jag, nu kan du väl slappna av lite."

Han hade ingen lust att slappna av utan skyndade sig ut. Dörren var upplåst och han kom på att han glömt att låsa då Ludmilla ringt.

Han satte sig framför datorn och började söka på namnet, men var allt för snabb så det blev fel. Ludmilla suckade.

"Flytta på dig så gör jag det i stället, det där är jag bra på. Sätt på lite kaffe så länge."

Peter insåg att han nog var lite för ivrig för att kunna fokusera på uppgiften, så han gjorde som han blivit tillsagd.

I väntan på att kaffebryggaren skulle sluta puttra, tog han några djupa andetag för att lugna ner sig. Nu fanns ingen anledning att hetsa och skulle man tänka klart vore det bra att vara lugn. Han hällde upp två muggar, ropade till Ludmilla och frågade om hon ville ha socker och mjölk.

"Bara mjölk tack."

Ludmilla rättade till sina glasögon och tittade koncentrerat på skärmen medan hon smuttade på sitt kaffe.

"Då ska vi se, här har vi allt vi behöver veta. Carl-Henrik Wiberg, trettioåtta år och läkare. Ensamstående och utan barn. Jobbar på Norra sjukhuset och bor på Släntmyran Valtorp. Vet du var det är?"

Peter funderade.

"Nej, ingen aning."

Ludmilla dansade med fingrarna över tangentbordet.

"Titta här så ska du få se. Det är uppe vid Kvarnsjön. Kolla vilket maffigt hus. Pool har han också."

Peter tittade på bilden från Google Earth.

"Men vad det går att få fram? Man ser ju till och med vad som står framme på gården."

Ludmilla log.

"Ja, visst är det fantastiskt. Man kan ju till och med se vad folk har för sig på tomten."

För ett ögonblick for hans tankar flera år tillbaka i tiden och tillfället då han och Helena skulle ha det lite mysigt ute på gräsmattan. Hon hade fört det på tal vid flera tillfällen och till slut hade han gett med sig, trots att han tyckte att det var lite pinsamt om de skulle bli upptäckta. Enligt Helena var det visst det som var själva grejen och skulle hon vetat att man kunde fastna på foto också, skulle hon nog kommit riktigt i gasen.

Ludmilla smuttade på sitt kaffe och såg på Peter.

"Vad händer nu då? Vad blir nästa steg?"

"Peter nickade belåtet. Nu ska polisen få lite att bita i. Det är bevisligen han som tog med Helena i bilen och du kan ge dig fan på att det inte var frivilligt."

"Men tänk om det var frivilligt? Det är väl inte första gången som en kvinna blivit förälskad fast hon varit gift?"

Peter skakade på huvudet.

"Helena och jag har varit gifta i över fyrtio år. Om det skulle varit någon fnurra på tråden och hon skulle ha fått för sig att lämna mig, så skulle jag vetat det."

"Ja, kanske det, men det kan ju också vara ett önsketänkande. Ibland kan ni karlar ha lite svårt för att tyda våra signaler."

"Ja, det ska gudarna veta, men i det här fallet så är det inte så. Helena är rakt på sak och inte mycket för att gå och fundera. Om hon skulle velat lämna mig, hade hon sagt det rakt i ut."

Ludmilla såg sorgsen ut.

"Hoppas du har fel."

"Vad menar du?"

"Om det inte var frivilligt, vad är det då som hänt?"

Kapitel 13

Helena befann sig i ett drömlikt tillstånd. Den tilltagande berusningen, musiken, ja hela atmosfären fick henne att släppa allt annat. Carl-Henriks fingertoppar smekte hennes nacke och hans långsamma andetag kändes som en ljum sommarvind i hennes öra. Det var först när musiken tystnat som hon kom till sans och började tänka på vad det egentligen var som hände.

Carl-Henrik tog ett steg tillbaka men släppte inte hennes hand. Han såg henne djupt och ömt i ögonen.

"Tyckte du om det?"

Helena nickade försiktigt.

"Du dansar väldig bra. Kom så sätter vi oss och vilar en stund."

Han ledde henne till skinnsoffan och lade en kudde bakom hennes rygg.

"Jag går och blandar till varsin drink. Har du något önskemål?"

Helena skakade på huvudet. Hon uppfattade inte riktigt vad han sa. Sakta hade en olustkänsla börjat gnaga inom henne. Det som hände var visserligen underbart, men det var något som inte stämde. Här satt hon, en sextioårig kvinna som nyss fått en stroke, hemma i finrummet hos en ung och mycket attraktiv läkare som vårdat henne i sitt hem och som just var i färd med att förföra henne. Det hela kändes så främmande, nästan som om allt bara var en dröm. Men långt där inne i medvetandet skavde det, och tanken på Peter dök plötsligt upp. Hon hade aldrig varit otrogen förut om man bortser från lite fyllehångel då de båda varit unga. Nog för att tillfällen funnits, men hon hade alltid stått emot. Nu var frestelsen nästan smärtsamt stor samtidigt som hon kämpade mot sitt samvete. Hon ville så gärna, men ändå inte.

Det klirrade från köket och Carl-Henrik kom in med två stora glas med ljuslila innehåll.

"En specialare som jag komponerat själv. Hoppas du tycker om den. Det är inte så mycket alkohol så du behöver inte vara orolig."

Helena smuttade på drinken och nickade.

"Jo, den var god."

Carl-Henrik knäppte på fjärrkontrollen och soft jazzmusik började strömma ur högtalaren. Helena avskydde jazz och det var kanske det som fick henne att bestämma sig. Hon tog några klunkar till och ställde ner glaset.

"Det här var mycket trevligt, men undrar om det inte börjar bli dags att avrunda?"

Carl-Henrik lade en arm runt hennes hals och innan hon visste ordet av, drog han henne intill sig och tryckte sin mun mot hennes. Det kom så plötsligt och oväntat att hon inte hann reagera. För ett kort ögonblick kändes det nästan som om hon bara ville kapitulera och ge sig hän, men när greppet om hennes nacke hårdnade och hans tunga började göra allt för vida svängar, ryggade hon tillbaka. Han tog tag om hennes kinder med sin stora hand och pressade så hårt att hon var tvungen att öppna munnen. Med ett fast grepp om hennes kinder, tryckte han sin mun hårt mot hennes, släppte den andra handen bakom hennes nacke och började hårdhänt ta på hennes bröst.

Nu var förtrollningen bruten och Helena kände hur obehaget växte. Hon insåg att hon var på väg att bli våldtagen och att hon inte skulle ha tillräcklig med styrka att värja sig, men hon bestämde sig för att inte bli något lätt byte. Med all kraft hon kunde uppbåda, knuffade hon Carl-Henrik i bröstet så att han släppte sitt grepp. Hon fick en liten lucka och rusade upp ur soffan. Med gråten i halsen sprang hon ut i köket och vidare till hallen där hon kastade sig på ytterdörren. Den var låst och hon hittade inte vredet. Hon sjönk ner vid dörren och kröp ihop som en skrämd kattunge.

Carl-Henrik kom gående med raska steg och nu var all mildhet i hans blick borta. Han var svart i ögonen och munnen var som ett smalt streck. Han lyfte upp henne i håret och gav henne två kraftiga knytnävslag på hakan och hon tappade medvetandet.

Det var som om en tät dimma börjat lätta från marken. Så uppfattade hon det då hon kvicknade till. Hon kisade mot den skarpa taklampan och det började långsamt gå upp för henne vad hon varit med om. Hon försökte resa sig ur sängen men hindrads av en fruktansvärd huvudvärk och smärta i käken. När hon lättade på täcket kunde hon se att hon var naken och hon kände att det inte fanns någon tvekan om vad hon råkat ut för. Samtidigt som skräcken tagit ett fast grepp om henne, växte också vreden och hatet. Denna hemska samling av känslor fick henne att bara vilja somna om och aldrig mer vakna.

Med stor ansträngning lyckades hon till slut ta sig upp ur sängen och stappla in i duschen. Flera gånger hade hon sett på film hur våldtagna kvinnor stått i timmar i duschen för att tvätta bort den smuts som fastnat på dem. Hon brukade tänka att hon själv aldrig skulle låta sig hamna i den situationen, men nu stod hon där. Hon brydde sig inte om att vattnet var kallt, det fick bara rinna och rinna. Tiden existerade inte, men det kändes som en evighet innan hon började skaka av det kalla vattnet och hon var tvungen att stänga av. Hon torkade sig hastigt och gick tillbaka för att leta rätt på sina kläder. De låg prydligt hopvikta på en stol.

Tankarna for runt i hennes huvud och ville inte riktigt samla sig. Att hon måste bort så snabbt som möjligt var i alla fall det hon fokuserade på. Hon klädde på sig, öppnad försiktigt dörren och klev ut i hallen där hon så tyst som möjligt smög fram till dörren som ledde till övervåningen. Sakta tryckte hon ner handtaget och drog i dörren. Det knäppte till lite men den var låst. Då brast det för henne och hon sjönk ner på golvet och började gråta hejdlöst. Det fanns ingen annan väg ut och snart skulle han komma ner igen och gud vet vad han då skulle kunna ta sig till.

Det fanns inget annat att göra än att gå tillbaka och lägga sig på sängen. Helena såg sig omkring efter något att kunna försvara sig med, men allt som fanns var mjukt förutom några böcker med hårda pärmar, men de skulle nog vara ganska värdelösa som vapen.

Efter någon timme utan att något mer hänt, hade den värsta skräcken lagt sig och hon märkte hur tankarna blev klarare och mer konstruktiva. Hon målade upp olika scenarion om vad som skulle kunna hända och hur hon skulle agera i olika situationer. Att med våld försöka värja sig och ta sig därifrån var det första som slog henne, men efter en stund hade hon slagit den tanken ur hågen. Carl-Henrik var stor och stark och hennes sparkar och klösningar skulle bara göra saken värre. Nej, här gällde det att vara slug och beräknande. Att undvika att bli dödad hade högsta prioritet och fast det bar emot, bestämde sig Helena för att spela med. Bara låtsas som om hon uppskattat hans närmanden och att hon tyckte att det var skönt det han gjorde med henne. Kanske skulle hon då kunna få honom att bli ouppmärksam så att hon kunde få en möjlighet att fly.

Mer hann hon inte tänka innan det hördes ljud från övervåningen. Skräcken grep återigen tag i henne med full kraft då låset i hallen knäppte och dörren öppnades.

Han hade kostym på sig och höll en stor blomsterkvast i famnen. Med ett stort varmt leende gick han fram till henne där hon satt hopkurad under täcket.

"Jag vill be om ursäkt. Jag vet inte vad som flög i mig, men det ska aldrig hända igen det lovar jag dig. Jag har inte för vana att ta till våld mot någon, speciellt inte kvinnor och jag ska göra allt jag kan för att du ska förlåta mig."

Helena vågade till slut titta upp. Svärtan i hans ögon var borta och de lyste återigen varma och klara.

Hon undrade hur hon själv såg ut då hon mötte hans blick och ansträngde sig för att se glad ut. Det var inte lätt att få ansiktet att spegla en annan känsla än den hon bar på.

"Jag förlåter dig."

Kapitel 14

Peter ringde jobbet och meddelade att han skulle vara ledig på förmiddagen. Därefter åkte han direkt till polisstationen och väntade i bilen tills de öppnade för allmänheten. Utredaren hade redan sett från sitt kontorsfönster att Peter var på väg in, så han skyndade sig att dricka upp sitt kaffe och startade datorn. Inom kort ringde det från receptionen.

"Peter Grevsjö är här och vill träffa dig."

Utredaren suckade tungt.

"Ja, han kan komma upp."

Peter hade tidigt insett att han var besvärlig. Polisen gjorde säkert så gott de kunde med de resurser de hade, men vem skulle inte ligga på i en sådan här situation? Han kunde knappt bärga sig då han klev in på kontoret.

"Nu ska du få höra. Jag vet vem som har tagit Helena."

"Jaså det vet du, ja men låt höra då."

"Han heter Carl-Henrik Wiberg och är läkare på Norra sjukhuset. Det finns ett vittne så det råder ingen tvekan om att det är rätt person."

Utredaren tog av glasögonen och gnuggade sig i ögonen. Han såg på Peter med en uppgiven min.

"Jag är ledsen att göra dig besviken Peter, men Carl-Henrik Wiberg tog kontakt med oss så fort Helenas bild kom i tidningen. Han berättade att han träffat henne på parkeringen vid köpcentret dagen då hon försvann. Hon hade tydligen tappat sin mobil så hon hade frågat honom om hon kunde låna hans för att ringa sin man."

Besviken var nog en underdrift. Peter kände sig fullkomligt förkrossad. Så mycket hade han hoppats och trott på att de nu var någon på spåren.

"Men varför i helvete satte hon sig i hans bil?"

"Ja, säg det? Det sa han inget om, men i alla fall så har han alibi både före och efter försvinnandet. Han var på sitt arbete. Det bekräftar både personal och journaler, så honom kan vi avfärda."

"Så ni har inte varit hemma hos honom och gjort någon husrannsakan?"

"Nej, och hade det funnits minsta misstanke skulle vi naturligtvis ha gått vidare. Du måste tro mig när jag gång på gång förklarar att vi gör allt vi kan för att lösa det här."

"Jo, jag förstår det, men försök att sätta dig in i min situation. Är det så konstigt att jag griper efter minsta halmstrå?"

Utredaren nickade medlidsamt.

"Jag förstår dig och vi ska lösa det här. Ge inte upp hoppet. Förresten, en positiv nyhet har jag i alla fall. Efterlyst hörde av sig i går. De kommer att ta upp fallet nästa torsdag. Då kanske det bli något som vi kan gå vidare med."

Den nyheten fick Peter att känna lite mer förtröstan. Kanske det då skulle komma in något tips som kunde få fart på utredningen.

Han åkte till jobbet och där berättade han för alla att Efterlyst äntligen skulle ta upp fallet. På fikarasten berättade han för Ludmilla om sitt besök hos polisen och vad det mynnat ut i.

Ludmilla såg lite frågande ut.

"Konstigt det där med att hon satte sig i hans bil. Tror du de kände varandra?"

Peter funderade en stund.

"Nej, det kan jag inte tänka mig. Helena hade en husläkare och via jobbet var hon ansluten till företagshälsovården. Vad jag vet, så var det åratal sedan hon besökte sjukhuset."

"Det var inte så att den här Carl-Henrik hade egen praktik vid sidan om och var hennes husläkare?"

"Nej, han hette något utländskt."

"Ja, jag försöker bara utesluta alla möjligheter."

Peter flinade.

"Du låter nästan som en polis. Det kanske vore något för dig?"

"Kanske det. Men du, jag tycker ändå att det är konstigt. Tiggaren sa ju att hon satte sig i mannens bil. Varför skulle en kvinna sätta sig i en främmande mans bil? Det verkar inte rimligt. Som jag ser det, finns bara två möjligheter. Hon kände honom eller så blev hon tvingad in i bilen."

Peter försökte se synen framför sig.

"Men vad sa tiggaren ordagrant? Verkade det som om hon satte sig frivilligt?"

"Han sa bara att hon satte sig i bilen. Det var ju på ganska långt avstånd så han såg nog inte så noga."

Peter kliade sig i huvudet.

"Om vi nu antar att hon blev bortförd mot sin vilja, skulle hon väl försökt göra motstånd? Det borde tiggaren ha sett."

"Hon kanske blev drogad? Han är ju läkare."

"Det har du rätt i. Hon kanske fick en spruta så hon tuppade av och sedan låtsades han leda henne till bilen."

De satt tysta en lång stund och försökte smälta det som sagts.

Ludmilla tog tag i Peters arm.

"Du! Har du betalat honom?"

"Nej, inte än, men om jag svischar dig, skulle du kunna fixa det och samtidigt försöka få fram något mer?"

Ludmilla nickade.

"Det kan jag väl. Hur mycket ska han få?"

"Jag vet inte. Vad tycker du?"

"Nej, det är upp till dig."

"Okej femtonhundra. Tror du han blir nöjd med det?

"Det tror jag nog. Det är mycket pengar för honom."

"Bara de nu inte hamnar i fel fickor."

"Jag ska försöka förklara att han ska gömma undan dom. Svischar du snart så kan jag fixa det efter jobbet? Det finns en bankomat alldeles bredvid där han sitter."

"Jag gör det på en gång."

När Peter kommit hem från jobbet, kände han sig ovanligt trött. Det var väl allt som hänt under dagen, alla nya saker att fundera över som tagit på krafterna. Han åt upp sin medköpta pizza, tog en dusch och satte sig framför teven med en öl. Han somnade till och när han vaknade hade det börjat mörkna. Tröttheten fanns fortfarande kvar så han bestämde sig för att gå till sängs. Precis när han kände att han skulle somna, ringde mobilen. Det var Ludmilla.

"Hej! Stör jag?"

"Nej, inte alls."

"Jag var vid ICA och betalade tiggaren. Han blev jätteglad."

"Så han var nöjd med summan då?"

"Ja, verkligen. Jag passade samtidigt på att fråga lite mer och vet du vad han sa?"

Nu blev Peter genast klarvaken.

"Nej, berätta."

"Jo, när han tänkte efter, tyckte han att det såg lite konstigt ut när de båda gick till bilen. Hon verkade nästan full och det var hon inte då hon kom ut från ICA."

Peter reste sig spikrakt upp i sängen.

"Men vad säger du! Kan det vara så som vi spekulerade på jobbet, att han kanske drogade henne?"

"Ja, inte vet jag, men det verkar ju inte otroligt. Tror du polisen kan ha nytta av den informationen?"

"Tveksamt. Utredaren verkade ganska säker på sin sak så jag tror inte han är mottaglig för fler spekulationer. Det är nog konkreta bevis som gäller nu."

Det blev tyst i luren en stund.

"Då får vi väl skaffa det då. Ska vi åka dit och spana på honom?"

Peter behövde inte fundera länge.

"Ja, varför inte? Men jag vill inte dra in dig för mycket. Du har säkert annat att göra."

"Nej, jag hjälper jättegärna till, det är bara roligt."

"Bra att du ser det på det sättet, men för mig är det allt annat än roligt."

"Ja, förlåt, det fattar jag väl. Jag menade inte så, men det känns bra att få göra något som betyder så mycket. Du förstår vad jag menar va?"

"Ja, det är klart, men jag tycker vi väntar tills efter helgen så får vi se om Efterlyst ger något."

"Bra idé. Vi ses i morgon."

"Det gör vi. God natt."

Det var omöjligt att somna om. Peter låg och tänkte på hur de skulle göra. Att smyga och spana var något som barn brukade roa sig med. Han hade själv aldrig tänkt tanken, men nu när polisen verkade så ointresserad så var han nog tvungen att ta saken i egna händer om det skulle hända något. Förmodligen skulle det inte komma fram någonting, men inget fick lämnas åt slumpen. Han blev svettig när han tänkte på vad som skulle kunna hända om de blev upptäckta. Om nu läkaren var den som höll Helena fången, hur farlig kunde han då inte bli? Eller om han, gud förbjude, var en mördare?

Tanken på att Helena skulle kunna vara död, fanns i bakhuvudet hela tiden, men Peter hade alltid kunnat skjuta den åt sidan. Nu kom den upp igen och gjorde resten av natten till en plåga.

Kapitel 15

Carl-Henrik förstod att spelet var över. Nu fanns inget annat att göra än att berätta sanningen för Helena. Att komma med ytterligare lögner skulle bara kännas löjligt och att försöka släta över och förringa det som hänt skulle hon aldrig ta till sig. Han såg hur rädd och förvirrad hon var och hennes spelade förlåtelse genomskådade han enkelt. Om han bara hade kunnat behärska sig och inte slagit henne, skulle allt ha kommit i ett annat läge. Men nu var det gjort och förr eller senare hade det ändå hänt. Nu var det början på ett nytt kapitel och nu krävdes det fingertoppskänsla för att få henne dit han ville.

Han satte ner blommorna på nattduksbordet och satte sig på sängkanten.

"Har du ont?"

Helena ryggade tillbaka och pressade sig mot sänggaveln det hårdaste hon kunde. Carl-Henrik såg på henne med mild blick.

"Du behöver inte vara rädd. Gör bara som jag säger så kommer allt att bli bra. Om du vill så kan du klippa till mig i ansiktet som jag gjorde med dig, det vore rätt åt mig."

Helena skakade på huvudet.

Carl-Henrik skrattade.

"Nej, det förstår jag. Det ligger inte för dig och du ska veta att det inte ligger för mig heller. Jag kan inte förklara

vad det var som flög i mig, annat än att jag blev så
oerhört frustrerad när du avvisade mig. Jag kände en
sådan stark attraktion som jag aldrig tidigare upplevt och
jag kan ärligt säga att jag inte förstår eller kan förklara
mitt beteende."

Spänningen började långsamt släppa. Helena var
visserligen fortfarande spänd men det kändes som om
den akuta faran var över och att risken att bli våldtagen
och misshandlad inte var så stor. I alla fall inte just nu.
Hon försökte slappna av och lättade lite på trycket mot
sänggaveln.

"Vad vill du egentligen? Vad är du ute efter?"

Carl-Henrik log men aktade sig för att ta i henne.

"Jag vill att det ska vara du och jag. Aldrig i mitt liv har
jag träffat någon som berört mig så starkt och jag längtar
så oerhört efter att få lära känna dig på djupet. Få ta del
av dina tankar och funderingar och att medverka till att
dina drömmar uppfylls."

Helena visste inte vad hon skulle tro. Var karln
fullständigt galen på något vis? Inte kan väl en
sinnessjuk person bli läkare?

"Men jag är gift och så är jag så mycket äldre att jag
skulle kunna vara din mamma."

Carl-Henriks leende var som fastklistrat.

"Det är jag medveten om och det är just därför som jag
var tvungen att agera på det här sättet, det fanns ingen
annan möjlighet. Och det här med ålder är inget jag bryr
mig om. Jag ser bara människan och hos dig ser jag en

kvinna som uppfyller alla de önskningar en man kan ha. Du är så oerhört vacker och har en personlighet som för mig är helt oemotståndlig."

"Men hur kan du säga så när du inte känner mig?"

"Skönheten ser jag och personligheten känner jag, det räcker för mig."

"Hade det inte varit enklare om du tagit kontakt och försökt på vanligt sätt?"

Carl-Henrik började skratta.

"Kanske det, men skulle jag ha haft en chans?"

Förmodligen inte, tänkte Helena, men hon höll tyst.

Han sträckte hastigt fram handen och kände på hennes haka. Hon ryggade tillbaka av den plötsliga smärtan.

"Såja, ta det lugnt, jag vill bara känna. Gör det ont?"

Helena nickade.

"Du ska få något mot smärtan. Vad jag kan se så är det inte något brutet och tänderna verkar ha klarat sig bra. Det var ett par ordentliga hurringar du åkte på, men du tog dem bra. Du är en riktig tigerkvinna och det gillar jag. Ta det lugnt nu så ska jag hämta något smärtstillande och ett glas vatten så ska du se att det snart känns bättre."

Helena hörde hur dörren där ute låstes. Hon tittade på de vackra blommorna och såg inget annat än taggiga pinnar fyllda med förödmjukelse. Hur var det ställt i huvudet på karln? Trodde han verkligen på allvar att han skulle kunna få henne att bli hans kvinna?

Nu när den mesta av rädslan var borta, började hjärnan arbeta febrilt. Hur skulle hon bära sig åt för att ta sig ur detta? Hon var inlåst och hade ingen mobil inom räckhåll. Det fanns inget fönster och dörren var låst. Något som kunde användas som vapen fanns inte heller. Den enda möjligheten att fly var uppifrån och för att komma dit måste hon spela med och inte på något vis avslöja vad hon planerade. Det skulle inte bli enkelt. Några skådespelartalanger hade hon inte begåvats med och vem vet vad han skulle kunna ta sig till om han blev misstänksam. Hon hade redan blivit misshandlad och våldtagen så den skadan var redan skedd. Om han fick för sig att göra det igen, skulle det kunna gå riktigt illa. Om han var kapabel till att förgripa sig på och slå en försvarslös kvinna, vad mer skulle han då kunna ta sig till? Hon bestämde sig för att inte göra motstånd så länge hon inte hade något att försvara sig med. Om hon bara kunde få tag i ett hårt föremål att slå honom i huvudet med, skulle hon inte tveka en sekund. En kniv däremot kändes tveksamt. Hon tyckte det var obehagligt med blod och hon kanske skulle bli så nervös att hon bara skadade honom lindrigt och då var det nog kört.

Mer hann hon inte tänka innan hon hörde att han var på väg ner igen.

Han gav henne en tablett och ett glas vatten. Hon tvekade lite. Tänk om han skulle droga henne på nytt.

"Se så, ta den nu. Den innehåller en gnutta morfin så du kommer kanske att känna dig lite dåsig, men det går snart över."

Helena svalde tabletten och sköljde ner den med vattnet.

"Lägg dig ner nu och försök slappna av. Tabletten kommer att börja verka inom några minuter och då kommer du att må som en prinsessa."

Hon kände nästan genast ett lätt illamående och hur det började kännas konstigt i kroppen. Carl-Henrik satte sig på sängkanten och kände efter pulsen på hennes hals. Han drog ner handen och kände på hjärtat, men i stället för att sluta, fortsatte han att ta på henne. Han lät sin hand gå på upptäcktsfärd över hela hennes överkropp och när han kom ner till magen, knep hon ihop benen allt vad hon förmådde. Han reste sig hastigt och slet av henne täcket. Nu hade det vänliga leendet försvunnit och ögonen var lika svarta som de varit kvällen innan. Han klädde raskt av sig, lade sig ovanpå henne och försökte pressa isär hennes ben.

Helena var förvirrad och kände sig matt, men trots det lyckades hon spjärna emot ända tills hon fick en så kraftig örfil över örat att det började tjuta i huvudet. Då tappade hon all kraft och Carl-Henrik kunde fullborda ännu en våldtäkt.

Det var snabbt avklarat och han rev åt sig sina kläder och skyndade sig ut.

Helena låg som i trans och stirrade i taket. Det fanns inte längre någon rädsla, bara en uppgivenhet och ett brinnande hat. Nu visste hon vad han var kapabel till och vilken farlig person hon hade att göra med.

Kapitel 16

Klockan åtta på torsdagskvällen satt Peter som klistrad framför teven. Efterlyst skulle strax börja och hur han än försökte, kunde han inte få stopp på sitt högerben som skakade nervöst. Han uppfattade inte mycket av det som sades innan fallet med Helena togs upp. När Hasse Aro uttalade hennes namn, slutade skakningen och han blev fullständigt fokuserad.

Beskrivningen var ungefär som han tänkt sig, med undantag från det tiggaren sett. Ett foto på Helena visades upp och man ville ha tips på om någon sett henne på köpcentrets parkering vid den aktuella tidpunkten. Det hela var över på mindre än en minut. Peter hörde hur telefonerna ringde i bakgrunden och han hoppades innerligt att någon sett något. Det gick inte att koncentrera sig på resten av programmet. I slutet av programmet då Hasse Aro frågade den kvinnliga polisen vid sin sida vilka tips hon fått in, nämnde hon inget om Helena. Det var en stor besvikelse men Peter hade nästan haft på känn att det skulle bli så. Men nu fanns det i alla fall med på Efterlyst Facebooksida och möjligheten att någon skulle höra av sig ökade.

Peter tog en halv ostfralla, ett glas mjölk och en sömntablett och gick sedan till sängs.

Dagen därpå var det uppståndelse på jobbet. Alla hade sett programmet och var mycket ivriga att få höra om det hänt något. Peter tyckte det var tråkigt att inte kunna ge ett positivt besked, men uppskattade att så många brydde sig. Ludmilla noterade att han var nedstämd och gav honom en kram. Den värmde men på ett sätt som han inte var alldeles bekväm med. Hur han än försökte mota bort tankar som inte var önskvärda, så fanns de där ändå. Han hade ända sedan den kvällen då de ätit pizza tillsammans, försökt att inte tänka på henne annat än som en arbetskamrat och en god vän, men det var omöjligt och han hade svåra samvetskval för det. Det bästa vore förstås om han förklarade för henne att de skulle avbryta samarbetet och inte träffas utanför jobbet. Men hur skulle han uttrycka sig utan att det blev fel? Det kändes i alla fall nödvändigt och han bestämde sig för att prata med henne på lunchen. Peter bad henne att komma till sitt kontor när hon ätit. Själv var han inte hungrig utan hoppade över att maten den här gången.

”Hej Ludmilla, slå dig ner. Jo, det var en sak jag skulle vilja tala med dig om.”

”Ja, prata på du bara, jag är idel öra.”

”Jo, jag vet inte riktigt hur jag ska framföra det här, men det känns inte riktigt rätt att du engagerat dig så mycket i det här med Helena. Jag är förstås jättetacksam men jag vill inte att du ska offra din fritid på mig.”

Ludmilla skrattade.

”Men herregud, jag gör ju det för att jag inte har så mycket annat att göra och för att det är intressant. Varför ska jag sitta hemma i min etta och glo på tv när jag kan vara delaktig i något sådant här? Mig behöver du inte bekymra dig om, det är ju frivilligt.”

Peter harklade sig och kände hur han rodnade.

"Det är svårt att förklara, men jag känner lite dåligt samvete gentemot Helena, om du förstår vad jag menar."

Ludmilla såg frågande ut.

"Nej, det förstår jag inte. Det får du förklara."

Nu tog det stopp och han insåg att han hamnat i en återvändsgränd. Om han skulle berätta att han kände attraktion och hon inte alls kände på samma sätt, skulle det bli väldigt pinsamt.

"Hur ska jag säga, du är kvinna och jag är man och med det sagt så, ja du kanske förstår?"

Ludmilla stirrade på honom ovanför glasögonen.

"Vad menar du egentligen? Tror du att jag försöker lägga an på dig? Är det vad du försöker säga?"

"Nej nej, inte alls, tro för all del inte det. Jag kan bara känna att vi kommer varandra lite för nära och det är väl där som samvetet reagerar.

Ludmilla skrattade igen.

"Men vad är du för en gammal stofil? Vad spelar det för roll att jag är kvinna? Det viktigaste är väl att vi får reda på vad som hänt Helena. Eller du kanske går och tänker på mig som en potentiell ersättare om du skulle bli ensam, är det vad du menar?"

Peter gav ifrån sig ett nervöst skratt som lät ungefär som när en häst gnäggar.

"Du missförstår mig. Jag tycker bara att det känns som om jag utnyttjar dig. Jag är ju ändå din chef."

Det var det enda han kom på att säga och det stämde inte alls, men han insåg att någon vidareutveckling av resonemanget inte skulle leda till något bra.

Ludmilla lade huvudet på sned.

"Så får du inte tänka. Jag skulle säga ifrån om jag kände mig utnyttjad, det kan du vara säker på."

"Skönt att höra. Jag ville bara förvissa mig om att du inte gjorde det här för att du kände dig tvungen."

"Nej, då det är lugnt. Vad blir nästa steg nu då, ska vi bege oss upp till Kvarnsjön och ta reda på vad som försiggår där?"

"Ja, vad säger du om lördag, har du tid?"

"Jadå, på kvällen eller?"

"Ja, kanske innan det börjar skymma så att vi hinner rekognosera lite. Vi måste ju hitta en bra plats där vi har insyn och inte riskerar att bli upptäckta."

Ludmilla såg lite frågande ut.

"Ska vi bara ligga och titta på avstånd?"

"Ja, det är så klart, eller tänkte du att vi skulle smyga fram och kolla i fönstren?"

"Nått i den stilen ja. Vi får inte vara för fega då lär vi inte få reda på så mycket."

"Nej det är klart, men vi börjar lite försiktigt. Jag har en kikare så vi kan nog få en ganska bra överblick om vi hittar en lämplig plats. Det vore ju tråkigt om vi skulle råka röja oss innan vi ens hunnit börja."

Ludmilla tyckte att planen lät bra. De kom överens om att Peter skulle hämta upp henne på lördag eftermiddag och att de skulle promenera lite i omgivningen tills de hittat ett lämpligt gömställe.

När Peter vaknade på lördagsmorgonen var han spänd som en fiolsträng. Han hade legat vaken halva natten och sökt på nätet om det framkommit något nytt om Helena. Han hade också skummat igenom allt som fanns att läsa om Carl-Henrik Wiberg. Det fanns en del, men det handlade mest om hans yrkesutövning och en del medicinska artiklar. Inget hade framkommit som kunde kasta ljus på vad han var för slags person. Det var ju mycket möjligt att han var fullständigt oskyldig, men det lilla tvivel som Peter kände, räckte för att övertyga honom att det var det rätta, det som de nu planerade.

Timmarna gick långsamt och Peter ringde Ludmilla en timme tidigare än de bestämt. Hon var redo och han behövde inte vänta länge innan hon kom ut, klädd i träningsoverall och gummistövlar.

"Bra att du inte hade högklackat som när vi var vid tiggarlägret."

"Då kunde jag ju inte veta hur lerigt det var. Den här gången är jag förberedd. Har du kikaren med dig?"

Peter nickade. Han hade även tagit med en matsäckskorg med en kaffetermos och ett par ostfrallor.

På vägen dit påminde han sig om att han och Helena för några år sedan plockat svamp i närheten. Han kom ihåg den långa uppförsbacken där man kunde skymta Kvarnsjön då man kom upp på krönet.

De passerade postlådan och avtagsvägen som ledde in till läkarens hus, fortsatte ett hundratal meter och hittade ett lämpligt ställe att parkera på. Peter tog matsäckskorgen och hängde kikaren runt halsen.

"Vi går upp så vi ser huset och sedan försöker vi hitta en plats där vi ska gömma oss, men vi fortsätter sedan så vi inte väcker misstanke om han skulle se oss. Sedan kommer vi tillbaka när det börjar skymma."

"Vad gör vi om vi skulle råka på honom? Han kan ju också vara ute och gå i skogen."

"Då hälsar vi och låtsas som om vi bara är ute och promenerar. Det är väl inget som är särskilt konstigt?"

"Nej, vi kan ju säga att vi är fågelskådare."

"Det behövs nog inte. Kom så går vi."

Det var ganska varmt, trots att det var i slutet av september. Solen var på nedgång och det började bildas ett vackert smaragdgrönt skimmer vid horisonten. Terrängen var inte helt enkel att ta sig fram i så de beslöt att sätta sig ner och fika. Ludmilla tuggade raskt i sig sin fralla innan Peter ens hunnit till hälften.

"Var du så hungrig? Hade jag vetat det skulle jag ha gjort fler mackor."

Ludmilla sörplade i kaffemuggen.

"Inte överdrivet, men det är ju extra gott att äta ute i naturen."

Peter nickade. Han och Helena brukade då och då bege sig ut på picknick och det hade verkligen gjort gott för både kropp och själ. Det hade till och med hänt att de någon gång avslutat utflykten med att ha en skön stund på filten. Han bet sig i läppen för att den minnesbilden skulle försvinna. Det var inte läge att ha sådana tankar just nu.

När solen var på väg att försvinna, plockade de ihop sina saker och började se sig om efter den perfekta platsen att spana från. Det dröjde inte länge innan de fann den. Cirka tvåhundra meter från huset fanns en liten sänka med buskar runt om. Peter bredde ut filten och de lade sig till rätta.

Efter en stund tändes ljuset i ett av fönstren och de kunde se att det rörde sig där inne. Peter tittade i kikaren och vred försiktigt på inställningen.

"Du, man ser faktiskt jävligt bra. Kolla får du se."

Han räckte över kikaren till Ludmilla.

"Ja, verkligen. Vad är det vi ska kolla efter?"

"Vad som helst som verkar onormalt, men framförallt om det rör sig någon mer i huset."

Det gick lång tid utan att något hände och det började mörkna ordentligt. De turades om med kikaren och det började nästan kännas lite hopplöst, när Ludmilla hojtade till.

"Du! Jag såg något."

Kapitel 17

Carl-Henrik hade än en gång förlorat slaget mot sina demoner. Han hade kämpat emot och för ett ögonblick trodde han att han hade haft kontroll över situationen, men han hade misstagit sig. Det var som om en stark inre kraft plötsligt tog över hans medvetande och styrde honom i en viss riktning. Han hade genom åren skaffat sig mycket kunskap om vad som kan hända i medvetandet och han var tämligen säker på vad det var för slags personlighetsstörning han led av. Under flera års tid hade han experimenterat med olika slags läkemedel och vissa hade haft effekt, men över tid fanns inte något som tycktes fungera. Det värsta var att det blivit svårare med åren. I sin ungdom hade han inte levt ut sina fantasier även om de ibland varit svårt att stå emot. Men det verkade nästan som om allt lagrades på hög och växte till en vulkan som till sist måste brisera. Nu hade det hänt och han hade blivit överväldigad över de starka känslor som sköljt över honom. Kampen som pågick i hans inre var hård och smärtsam men han visste redan vilken sida som skulle gå segrande ur striden.

***

Tiden gick så oerhört långsamt och det kändes nästan som om hon inte kunde röra sig. Helena blundade och försökte samla sina tankar. Vreden hade vunnit över rädslan och det kändes på något vis bra mitt i allt elände.

Hon insåg nu att allt bara var en kamp för att överleva och att ta sig därifrån fortast möjligt. Hade Carl-Henrik varit en annan, kanske någon som var galen rakt igenom, skulle det nog varit lättare. Men nu hade hon att göra med en schizofren typ som var ytterst intelligent och förmodligen inte lämnade något åt slumpen. Det skulle krävas mycket av henne, inte minst att hålla sig lugn och inte bryta ihop, vad som än hände. Om hon bara spelade medgörlig och inte gjorde något förhastat, borde det säkert kunna dyka upp något tillfälle då hon skulle lyckas fly.

Hon hade inte haft någon möjlighet att se på tv eller kolla på nätet, men hon var övertygad om att sökandet efter henne måste vara omfattande. Om hon kände Peter rätt, och det visste hon att hon gjorde efter så många år tillsammans, så skulle han inte ge upp i första taget. Även om han ibland verkade loj och inte särskilt företagsam, skulle han kämpa på så mycket han orkade. Han kunde vara nog så envis när han satte den sidan till. Men nu kunde hon inte förlita sig på någon annan än sig själv. Hon stålsatte sig och gick in i duschen.

I spegeln kunde hon se en människa hon nästan inte kände igen. Ögonen hade på något vis ändrat utseende och anletsdragen var inte längre så mjuka och släta som förut. Det var alltså så här som beslutsamhet formad av vrede såg ut. Hon tyckte inte om det hon såg, men det gav henne styrka.

Det gick flera timmar och hon kände hur hungern började göra sig påmind. Inte för att hon såg fram emot att äta tillsammans med Carl-Henrik, men det gällde att

hålla sig i god form. Om hon blev utmärglad och svag
skulle chansen att fly minska.

Hon lade sig på golvet och gjorde några snabba situps.
Det värkte i höften efter att hon tidigare knipit så hårt,
men hon fortsatte tills hon inte orkade mer. Efter att ha
vankat fram och tillbaka i rummet säkert hundra gånger,
lade hon sig i sängen. Hon bearbetade allt som hänt och
försökte hitta olika strategier för hur hon fortsättningsvis
skulle agera. Helena ryckte till då hon hörde stegen.

Det knackade försiktigt på dörren innan den öppnades.

"Hej Helena. Jag har gjort middag så du är välkommen
upp. Det blir inte så avancerat den här gången, bara en
enkel torskrygg med kokt potatis."

Helena reste sig och följde efter honom upp. Hon försökte
iaktta så mycket som möjligt av omgivningen utan att
väcka misstänksamhet. Det fanns inte så mycket att ta
fasta på, men hon noterade i alla fall att entrédörren inte
hade något vred på insidan, bara ett handtag och ett
nyckellås.

Bordet var dukat och på spisen ångade det från grytan.
Det luktade gott och såg inbjudande ut. Carl-Henrik
serverade henne och hällde upp ett glas lingondricka. Det
blev tydligen inget vin och det hoppades hon skulle
betyda att hon skulle få vara ifred den här gången.

"Varsågod och ät nu. Jag hoppas att det ska smaka. Det
finns mer om du vill ha."

Helena tittade upp från tallriken. Hon ville inte se på
honom men insåg att det var nödvändigt. Hon hade läst i
någon bok om vikten av att lära känna sin fiende och nu

var det förmodligen viktigare än någonsin. Han verkade frånvarande på något vis, inte alls som han varit vid andra tillfällen då de ätit. Han satt tyst och verkade fokuserad på det han stoppade i munnen. Helena harklade sig och han tittade upp.

"Ja, ville du något?"

Helena harklade sig igen.

"Jag undrar om vi kan prata?"

"Ja, självklart. Vad vill du prata om?"

"Jag skulle vilja veta varför du håller mig inspärrad?"

Carl-Henrik log och lade ner besticken.

"Ja du Helena, vad skulle du göra annars, sticka härifrån eller stanna kvar?"

Svaret var så givet att hon inte besvarade frågan.

"Men har du inte tänkt på konsekvenserna av ditt handlande? Förstår du inte att det pågår ett intensivt sökande efter mig och snart är man nog här?"

"Jo, jag tänker en hel del ska du veta. Naturligtvis är jag medveten om konsekvenserna men om jag väger det mot lyckan av att ha dig här hos mig så blir det mycket enkelt."

"Men jag förstår inte riktigt hur du har tänkt dig att det ska fungera? Kan du inte inse att ett förhållande måste bygga på samförstånd. Hur skulle jag kunna finna mig i att du håller mig inspärrad?"

"Du har inget annat val."

"Hur menar du då? Det är klart att jag har. Jag kan sticka härifrån vid första bästa tillfälle. Du kommer inte att kunna vakta på mig hela tiden."

Carl-Henrik slutade le.

"Det skulle medföra konsekvenser för din del."

"Vadå för konsekvenser?"

"Vill du verkligen veta det?"

"Ja, väldigt gärna."

"Okej då ska jag berätta för dig. Jag hade helst sluppit för att det kommer att förstöra stämningen, men så här ligger det till. Om du försöker smita, kommer jag att injicera dig med en blandning av insulin och morfin så att du lugnt och fridfullt somnar in. Sedan kommer jag att ro ut med dig till det djupaste stället på Kvarnsjön. Där kommer jag att linda in dig i en kätting och sänka ner dig. Ingen kommer någonsin att hitta dig. Det är sjuttio meter i den djuphålan."

Helena frös till is. Hon ville inte tro att han menade allvar, men hans iskalla blick sade något annat.

Carl-Henrik brast ut i ett gapskratt.

"Jag skojade bara, fattar du väl. Blev du rädd?"

Helena satt och skakade och var alldeles likblek. Hon fick inte fram ett ord och tårarna började rinna.

"Men hallå där, så farligt var det väl inte. Det är klart att jag inte skulle vilja skada dig på något vis. Hur kan du tro det?"

Nu hade Helena fått tillbaka talförmågan.

"Vad vill du jag ska tro? Du har ju redan misshandlat mig två gånger."

"Det var väl ingen misshandel, det var ju bara sex. Inte har väl du något emot lite hårda tag ibland? Det förstärker ju bara upplevelsen."

Helena insåg nu att Carl-Henrik inte hade förmågan att skilja mellan sex och våld.

"Tyckte du att det verkade som om jag njöt av det? Du slog mig i ansiktet med knuten näve så att jag tuppade av. Vad har det med sex att göra?"

Carl-Henrik reste sig hastigt och slog näven i bordet så att ett glas gick sönder. Han var svart i ögonen och det var uppenbart att han inte tålde att bli ifrågasatt. Helena noterade med skräck hans reaktion.

"Jo, det ska jag visa dig. Klä av dig."

Helena kunde inte tro att hon hörde rätt.

"Klä av dig för helvete, jävla slyna så ska jag visa dig vad sex är."

Carl-Henrik rusade runt bordet och grep tag i hennes hår. Han slet av henne blusen så att den gick i två delar.

"Tag av dig byxorna" skrek han så saliven stänkte.

Helena skakade på huvudet och kurade ihop sig. Han lyfte henne i håret och gav henne ett så kraftigt slag i ryggen att hon tappade andan.

"Varför ska du trilskas? Gör bara som jag säger så blir allt mycket lättare."

"Nej, jag vill inte!" Skrek hon allt vad hon förmådde. Carl-Henrik blev nu om möjligt ännu mer ursinnig och sparkade henne upprepade gånger på smalbenet så hon fruktade att det skulle brytas. Till sist gav hon upp. Nu var det fara för livet och hon gjorde som hon blev tillsagd.

Han föste undan tallrikar och glas, uppmanade henne att luta sig över bordet samtidigt som han slet av sig sina byxor.

Helena lutade sig fram och tryckte hakan mot bordet som var alldeles blött av utspilld lingondricka. I ögonvrån såg hon kniven bredvid tomaterna på skärbrädan. Hon sträckte långsamt fram handen och i samma ögonblick han trängde in i henne, fattade hon tag i knivskaftet.

Kapitel 18

Peter ryckte åt sig kikaren så hastigt att Ludmilla slog i näsan.

"Aj! Ta det lite lugnt."

"Förlåt jag blev så ivrig. Vad såg du?"

"Jag tyckte att jag så någon mer där inne."

Peter fokuserade på fönstret där det lyste.

"Jag kan inte se att det är någon mer där. Är du säker på att du såg en till person."

"Nej inte helt, men jag tyckte precis det. Det var som om någon gick snabbt genom rummet samtidigt som läkaren stod still. Men det kan ju också vara fantasin som spelar en ett spratt."

"Nu tyckte jag också att jag såg något, eller var det bara en reflex?"

Peter tog stöd mot en sten så att han skulle hålla kikaren stadigt.

"Nu sitter han vid köksbordet och verkar äta."

Det gick en lång stund utan att det hände något mer och snart började Peter bli trött i armarna.

"Kan du kolla en stund?"

Ludmilla tog kikaren.

"Undrar vad han äter? Vänta! Nu tyckte jag att det skymtade till i bakgrunden igen. Ja jävlar, det är någon mer där inne."

Peter tog tag i kikaren, men Ludmilla ville inte släppa taget.

"Lugna dig lite. Jag vill titta."

"Berätta vad du ser."

"Ja, men nu är det inget, men jag är säker på att det är någon mer där inne."

Efter ett tag försvann mannen från köket och det gick en lång stund utan att något hände.

Det hade börjat mörknat rejält och Peter kände hur han fick ont i ryggen.

"Jag vet inte om det här ger så mycket mer. Ska vi nöja oss?"

"Men vad är du för en spanare? Lite tålamod skadar väl inte."

De hade väntat ytterligare en timme då lyset i köket släcktes.

"Nu ska han nog gå och sova."

Det tändes i ett fönster på övervåningen, men det hängde gardiner för så det gick inte att se något.

Ludmilla gav kikaren till Peter.

"Nu är det nog kört. Vi får prova i morgon kväll igen, eller varför inte mitt på dagen då han är på jobbet. Då kan vi ju gå fram och kika i fönstren.

Peter funderade en stund. Det lät lite skrämmande men samtidigt skulle det nog vara mer effektivt.

"Tror du inte att det börjar pratas på jobbet om vi tar ledigt samtidigt? De andra har säkert noterat att vi sitter och diskuterar på luncherna."

Ludmilla ryckte på axlarna.

"Vad skulle det spela för roll? Är det inte viktigare att hitta din fru än att bry sig om vad andra får för sig?"

Peter nickade.

"Jo, självklart. Vi tar ledigt direkt efter lunch och åker hit. Henriksson kan nog fixa det jag tänkt att göra.

Det var inte lätt att ta sig fram i den snåriga terrängen. Peter svor över att han inte tänkt på att ta med sig en ficklampa, men lugnade sig när Ludmilla tände lampan i mobilen. De fick leta en stund men snart hittade de bilen.

Ludmilla tog av sig glasögonen och gnuggade sig i ögonen.

"Nu ska det bli skönt att sova. Är inte du trött?"

Peter nickade.

"Jo ganska, men först måste jag ha något i magen."

Ludmilla sken upp.

"Ska vi köpa varsin pizza?"

Peter tittade på klockan.

"Det är nog stängt nu."

Ludmilla suckade.

"Ja, det är klart. Men du, jag har några hamburgare i frysen som jag kan steka upp, så slipper du hålla på med mat när du kommer hem."

Han hade först tänkt tacka nej, men kände hur det kurrade i magen och han var inte särskilt sugen på att laga till något själv.

"Ja, kanske det, om du inte tycker det blir för mycket besvär?"

"Nejdå, jag hade ändå tänkt äta och det är väl inte mer besvär att steka en extra hamburgare."

Peter stannade bilen strax bredvid Ludmillas portuppgång och de gick in.

"Ja, här bor jag. Litet och enkelt, men billigt."

Peter såg sig omkring och förvånades över hur trångt det var.

"Hur länge har du bott här?"

"Det är fem år nu. Jag bodde i en trea förut, en bostadsrätt, men när det tog slut med min kille så ville han sälja och då hyrde jag det här. Men drömmen är ju att få något eget, kanske ett litet hus. Det kommer säkert att bli så med tanke på hur mycket jag kan spara."

"Vill du ha senap och ketchup på hamburgaren?"

"Bara ketchup tack."

Det satt fint med lite mat i magen. Peter och Ludmilla åt och pratade om allt möjligt. När Ludmilla gäspade, reste sig Peter.

"Nej, nu är det väl dags att tänka på refrängen. Tack så jättemycket, jag lovar att bjuda igen."

Ludmillas kram kom så plötsligt att han ryggade till.

"Oj då, blev du rädd?"

Peter skrattade nervöst.

"Nejdå, men det kom lite hastigt bara."

"Förlåt, men det faller sig naturligt så för mig. Det är så vi alltid gör där jag kommer ifrån. Dom ränderna går nog aldrig ur."

"Det är väl i och för sig en trevlig vana. Vi ses på jobbet i morgon då."

"Ja, hejdå."

Peter hade svårt att somna trots att han var så trött. Han kunde känna doften från Ludmillas hår och värmen från hennes kind samtidigt som tankarna på Helena gnagde i medvetandet. Till slut hann sömnen i fatt och när väckarklockan ringde på morgonen, kände han sig ganska utvilad.

Henriksson grymtade lite när Peter frågade om han kunde färdigställa en rapport som skulle vara klar innan kvällen. Han var inte så förtjust i att göra jobb åt andra, men hade överseende då han visste vad Peter höll på med.

Det snackades en hel del på jobbet och alla var ganska engagerade. Att Ludmilla i receptionen brydde sig så mycket hade skapat en del spekulationer. Inte att det skulle vara en romans på gång, utan mer för att man trodde att Ludmilla försökte ställa sig in hos chefen för att kunna få fördel av det. Det rådde delade meningar om hur det förhöll sig och var ett hett samtalsämne då de inte var närvarande.

Peter och Ludmilla satte sig i Peters bil och körde i riktning mot Kvarnsjön direkt efter lunch. De parkerade på samma ställe som senast och begav sig mot huset. När de närmade sig började Peter bli lite nervös.

"Tänk om han är hemma, vad gör vi då?"

"Han är inte hemma. Han är ju läkare och dom jobbar jämt."

"Jo, men om han nu mot förmodan skulle vara hemma och får syn på oss?"

"Då säger vi bara förlåt och att vi tyckte att huset var fint så vi ville kika lite närmare. Han vet ju inte vilka vi är."

"Jo, han kanske känner igen mig. Jag har ju figurerat i tidningen."

"Bli inte nojig nu. Kom så går vi fram."

Det verkade lugnt och ingen bil stod på gården. De gick ett varv runt huset för att sedan gå fram och kika in genom ett fönster. Det verkade tomt.

"Vi ringer på" sa Ludmilla.

Peter tvekade men ville inte framstå som feg.

"Okej."

***

Carl-Henrik var en mycket noggrann person som sällan lämnade något åt slumpen. Men just den här dagen var det något som gnagde i honom. Han kunde inte sätta fingret på vad, men något var det. Han anade att han glömt att låsa ytterdörren, det hade aldrig hänt förut men just nu hade han mycket omkring sig, så det var inte omöjligt. Det skulle inte vara någon större fara då huset låg så ensligt och det var sällan som någon åkte förbi, men tanken på att han missat en sådan självklar sak gjorde att han kände sig tvungen att göra något. Det var ganska lugnt på sjukhuset och han meddelade sina kollegor att han bara skulle uträtta ett kort ärende. Han körde iväg med en rivstart och lovade sig själv att aldrig göra om samma misstag igen.

***

Ludmilla tryckte på ringklockan och ett dovt plong hördes inifrån hallen. Peter satte örat mot dörren för att höra om det lät något där inne. När inget hände tog Ludmilla tag i dörrhandtaget och dörren gick upp. De tittade på varandra.

"Kom vi går in." Sa Ludmilla.

Peter hann inte säga något innan Ludmilla var innanför dörren. Han var tvungen att följa efter.

I samma ögonblick som de stängde dörren efter sig, svängde Carl-Henriks bil in på avfartsvägen.

Det tydliga ljudet av däck mot gårdsgrus fick Peter att bli stel av skräck. Han högg tag i Ludmilla.

"Fan också, han är här. Vad ska vi göra?"

Ludmilla blev lika rädd hon, men höll sig ändå kall. Hon tittade sig omkring och upptäckte en klädgarderob, öppnade dörren och såg att där fanns plats för två.

"Kom! Vi gömmer oss här."

Carl-Henrik lät bilen vara igång och gick med raska steg mot entrédörren, tog tag i handtaget och nickade belåtet. Mycket riktigt, det var precis som han trott. Han låste och gick tillbaka till bilen och åkte iväg.

Peter och Ludmilla höll andan när de hörde att dörren öppnades. Peter bad en stilla bön och fast han inte var religiös, hoppades han att Gud skulle höra honom. När nyckeln vreds om och de kunde höra fotstegen i gruset och bilen som rullade iväg, drog de båda en lättnadens suck. De stod kvar en bra stund innan Ludmilla gläntade på dörren.

"Fy fan, det där var nära ögat."

Peter hade inte hämtat sig från chocken. Han svalde hårt några gånger och torkade svetten ur pannan.

"Nej, nu åker vi hem. Det här blev för mycket."

Ludmilla kastade en hastig blick ut i köket.

"Men du, nu när vi ändå är här kan vi ju passa på att se oss omkring. Han lär ju inte komma tillbaka på ett bra tag så det är nog riskfritt."

Peter trodde inte att han hörde rätt. Det här var ett av de mest skrämmande ögonblick han upplevt och nu säger människan att de inte ska sticka härifrån, illa kvickt.

"Är du galen? Vi måste ut på en gång!"

"Vi kollar lite bara. Kanske vi upptäcker något intressant."

Peter lyssnade inte på det örat. Han skulle precis låsa upp dörren när han upptäckte att det inte fanns något låsvred på insidan.

"Helvete också! Vi kommer inte ut."

Han kände hur han åter igen började svettas och andas häftigt. Ludmilla däremot tycktes kunna behålla lugnet på ett makalöst sätt. Hon gick med raska steg ut i köket.

"Det är klart vi kommer ut, annars får vi krypa ut genom ett fönster. Kom så kollar vi lite."

Peter kunde inte göra annat än att följa efter. Han hade helt förträngt varför de var där och fokuserade enbart på att hitta en utväg. Ludmilla noterade noggrant varje detalj för att se om där fanns spår efter någon kvinna. Hon gick tillbaka till hallen och öppnade en dörr."

"Du, det finns en källare. Ska vi gå ner och kika?"

Nu var Peter i upplösningstillstånd. Han orkade inte mer.

"Nej, för i helvete! Nu drar vi här ifrån."

Nu lät han så bestämd att Ludmilla såg det som säkrast att göra som han sa. Hon drog igen källardörren och började se sig om efter en utväg.

I ett av rummen fanns en altandörr. Ludmilla kände på handtaget och ropade.

"Peter! Här är det öppet."

Peter drog en djup suck av lättnad.

"Fy fan vilken tur, men den går inte att låsa utifrån."

"Vi stänger till så gott det går. Han kommer säkert att tro att han glömt stänga, precis som han glömde låsa ytterdörren."

Ludmilla hade svårt att hinna med Peter när han gick med raska steg. Det var först när han satte sig bakom ratten som han kunde andas ut och slappna av.

"Usch! Det här vill jag inte vara med om igen."

Ludmilla såg väldigt lugn ut.

"Nej, det var lite läskigt, men det löste sig till slut. Såg du något där inne som verkade misstänkt?"

Peter skakade på huvudet. Sanningen var att han varit så nervös att inte haft en tanke på varför de var inne i huset."

"Såg du något?"

"Inte direkt, men en sak blev jag lite konfunderad över. Det stod två vinglas i diskstället."

"Ja, men det är väl inte så konstigt? Han kanske har haft besök?"

"Ja, eller också finns det någon mer där. Varje liten detalj kan vara viktig, tänk på det."

Kapitel 19

Helena greppade hårt om kniven. Han stod tätt bakom henne och om hon bara tog i tillräckligt och vred sig, skulle hon nog kunna nå honom. Hon tog ett djupt andetag och samlade kraft och precis då hon skulle hugga, drog han sig ur och tog ett steg tillbaka. Blixtsnabbt släppte hon kniven så att han inte skulle märka vad hon tänkt göra.

Carl-Henrik stönade högt.

"Gud, vilken kvinna. Förstår du själv hur skön du är?"

Hon reste sig från bordet, krängde på sig byxorna och skylde sig så gott hon kunde med den trasiga blusen.

Carl-Henrik betraktade henne ömsint, tog en servett och torkade försiktigt bort lingondrickan från hennes ansikte.

"Du ska få nya kläder."

Helena sa inte ett ord. Hon stirrade ner i golvet med armarna tätt lindade om sin överkropp. Carl-Henrik strök henne över håret.

"Du ska inte bara få nya kläder. Du ska få smink, smycken, skor, ja allt vad du vill ha. För nästa gång vill jag att du ska vara en sofistikerad kvinna som inte lämnat något åt slumpen. Du ska vara den ljuvligaste kvinnan på jorden."

Helena brydde sig inte om att duscha den här gången.
Hon orkade inte. Hon kröp ner under täcket och
blundade hårt medan tankarna for runt som virvelvindar
i hennes huvud. Hur var det möjligt att en vuxen man
inte kunnat hålla ut i mer än några sekunder? Om han
bara väntat en liten stund till, skulle hon kunnat nå
honom med kniven och kanske vara fri nu.

Det ömmade på smalbenet efter sparkarna och sved i
underlivet, men hon kände ingen rädsla. Bara hat
blandat med uppgivenhet och med den känslan vaggades
hon in i drömmarnas värld.

Tidigt nästa morgon kom Carl-Henrik som vanligt ner
med en frukostbricka, lättsam och mycket vänlig. Han
hade antytt att de så småningom skulle äta frukost uppe
i köket tillsammans, men att tiden ännu inte var inne.
Helena hade börjat förstå sig på hans kluvna
personlighet och vad som fick honom att byta skepnad.
Minsta lilla motstånd eller ifrågasättande från hennes
sida, verkade locka fram monstret inom honom. När han
var gentlemannen och läkaren var han skärpt och skulle
förmodligen inte gå att lura på något sätt, men den andra
onda sidan verkade vara mindre intelligent. Hon insåg att
det var den sidan hon behövde konfrontera för att
någonsin lyckas ta sig ur sitt helvete.

Carl-Henrik betraktade henna från topp till tå medan hon
tuggade på sin smörgås.

”Vad har du för storlek?”

Helena ryckte på axlarna.

"Det beror väl på vad man ska ha, det kan vara lite olika."

Carl-Henrik sprang ut i hallen och började rota i en byrålåda. Han kom strax tillbaka med ett måttband.

"Okej, då får vi mäta. Res dig upp."

Helena gjorde som hon blev tillsagt och han började ta mått på hela hennes kropp.

"Men skostorleken vet du väl i alla fall?"

"Ja, det är 39."

Han skrev ner alla mått i en liten svart anteckningsbok.

"I kväll väntar en överraskning som du säkert kommer att uppskatta."

Helena tänkte att det inte var mycket till överraskning då han redan talat om vad det var, men hon lyckades i alla fall klämma fram ett litet leende.

"Det ska bli spännande."

"Jag har hängt in nya handdukar i badrummet och lite nytt schampo och en deodorant. Är det något annat du saknar?"

"Ja, en laddad pistol," tänkte hon.

"Det kanske skulle vara något mer att läsa då och en tv eller radio. Det börjar bli lite långtråkigt det här."

Carl-Henrik log.

"Jag förstår det, men ha tålamod. Snart kommer allt att förändras till det bättre, var så säker."

Han gick ut, låste halldörren och kände noggrant efter att den gått i lås. Helena lyssnade noga. Hon kunde höra att det ibland skramlade till i köket eller när bilen startade och åkte iväg, annars var det ganska tyst. Att veta när han var borta skulle vara synnerligen viktigt om hon någonsin skulle kunna ta sig ut från sitt fängelse. Han hade lovat att hon snart skulle få tillbringa mer tid uppe på övervåningen, men hon förstod att det inte skulle vara möjligt om han inte på fullt allvar trodde att hon inte skulle försöka fly. Det skulle krävas viljestyrka och ett skådespeleri som hon egentligen tvivlade på att hon skulle kunna uppbringa. Men var fast besluten att försöka.

Helena bläddrade i en gammal Hänt i veckan, som hon läst hundra gånger. Det fanns inte mycket annat att göra förutom att sitta i sina egna tankar och gräva ner sig i grubblerier. För att få tiden att gå, brukade hon tänka på olika episoder ur Peter och hennes liv. Triviala saker som aldrig upptagit hennes tankar förut. Som till exempel Peters galna upptåg vid frukostbordet, då han inte riktigt vaknat till. Hon mindes när han vägrat ge henne osten om hon inte först uppgav rätt lösenord. Det hade varit jävligt irriterande men när hon fattat att hon kunde dra till med vilket ord som helst, blev det lite roligt. Eller då han skulle hälla upp kaffe och bara stod och väntade. "Men häll upp då" hade hon snäst, men han hade bara stått still. "Du måste pumpa om det ska komma något" hade han sagt och flinat. Till slut hade hon fattat att hon var tvungen att dra i snorren för att han skulle börja hälla. Just då hade det mest varit löjligt men nu i efterhand fick det henne att dra på munnen.

Timmarna gick och hon försökte sova, men det gick inte. Hon gjorde lite situps och några armhävningar, men det gjorde ont i benet han sparkat på så hon var tvungen att sluta.

Plötsligt hörde hon ett ljud uppifrån. Helena var inte riktigt säker, men det lät som en dörrklocka. Hon hade hört när Carl-Henrik åkte iväg så då måste det vara någon annan som kommit. Hjärtat började dunka allt snabbare. Nu hade kanske chansen kommit. Hon skulle precis börja skrika då hon hörde steg. Hon hejdade sig och tänkte efter. Kanske var det ett test? Han ville förstås se vad hon skulle ta sig för.

Hon hade det hela ganska klart för sig tills hon hörde bilen som körde därifrån samtidigt som hon var säker på att någon var kvar där uppe. Nu blev hon oerhört förvirrad och visste varken ut eller in. Hon lyssnade intensivt, men efter några minuter var det helt tyst. Det kanske bara var inbillning och att han helt enkelt glömt något och sedan snabbt gett sig av. Till slut hade hon bestämt sig för att det var precis så det var.

Hon lyckades i alla fall somna och vaknade inte förrän det började låta där uppe och hon förstod att han kommit hem.

Det lät som om han släpade på något skrymmande då han gick ner för källartrappan och mycket riktigt hade han händerna fulla av stora kassar då han kom in i rummet.

”Nu du Helena ska du få välja och vraka bland godsakerna. Jag har handlat för nästan femtontusen så jag hoppas att du ska bli nöjd. Jag ska laga mat nu och det kommer att ta en stund så du har god tid på dig."

Han ställde ner kassarna bredvid sängen och skyndade sig ut.

När han kom upp i hallen noterade han att det var något som inte stämde. Han kunde inte riktigt sätta fingret på vad det var, men kände att något var fel. När han började undersöka närmare vad det kunde vara, upptäckte han att en pall inte stod exakt där den skulle. Han rusade in till sitt arbetsrum och startade datorn. Övervakningsprogrammet var lite segt men när det väl startade såg han att det hade laddats ner ett filmklipp. Han klickade på det och stelnade till. Det stod två personer utanför ytterdörren och den ena kände han igen. Det var Helenas man. Det visste han med säkerhet då han sett honom på bild i tidningen. När de sedan öppnade och gick in, slutade filmen.

Carl-Henrik som varit så glad och hoppfull inför kvällen, kände nu att allt var förstört och att han skulle vara tvingad att helt och hållet fokusera på att lösa problemet som uppstått. Han hade varit fullständig övertygad om att inga misstankar kunde leda till honom. Han hade kontaktat polisen i ett tidigt skede och hade alibi från sjukhuset. Vad som fått Helenas man och en okänd kvinna att uppsöka huset och till och med gå in, var för honom en gåta. Det var oroväckande och något han var tvungen att ta itu med, och det omedelbart.

Kapitel 20

Peter klandrade sig själv att han varit så skräckslagen och ofokuserad. Han skämdes inför Ludmilla som varit så lugn. Det skulle ha varit han som var den lugna och som med skärpa gått in för på att hitta något misstänkt. Han tvekade om han skulle ta upp det eller inte.

"Du Ludmilla, du var verkligen modig. Själv höll jag på att göra i byxorna då jag hörde att han kom hem. Hur kunde du vara så lugn?"

Ludmilla log och sträckte på sig.

"Det vet jag inte precis om jag var. Jag var faktiskt ganska rädd."

"Det märktes då inte. Hade det inte varit för dig, skulle jag nog rusat ut och lagt benen på ryggen och då hade han säkert jagat ifatt mig. Då vet man inte hur det skulle ha kunnat gå?"

"Vi hade nog lite tur där. Tänk om han hade slutat för dagen och gått in, vad skulle vi då ha tagit oss till?"

"Usch ja, det vill jag helst inte tänka på. Men nu gick det ju bra även om vi inte hittade något intressant."

"Ja, förutom vinglasen då."

Peter såg inte det där med vinglasen som något avvikande och tyckte inte det var något att ta fasta på."

"Ja kanske, men jag vill inte dra någon slutsats av det. Vi kan i alla fall inte gå till polisen med så lite på fötterna."

Ludmilla rynkade på näsan och nös så att Peter hoppade till.

"Hoppsan! Är du förkyld?"

"Nej, men jag kan vara lite allergisk ibland. Det kanske blev då vi stod i garderoben med alla kläder."

Hon fiskade upp en näsduk ur byxfickan och snöt sig.

"Vad tycker du vi ska göra nu? Har du någon plan?"

Peter kliade sig i huvudet.

"Nej, inte direkt. Vad tycker du?"

"Jag tycker att vi gör ett nytt försök. Om nu Helena skulle befinna sig i hans hus så måste hon ju skymta förbi ett fönster någon gång, eller hur?"

"Ja, du har nog rätt, men vi går inte in igen."

"Nej, vi kollar med kikare. Men det skulle nog underlätta om vi hade varsin."

Peter nickade. Han hade funderat på om han inte skulle skaffa sig en bättre, en sådan som fågelskådare brukar ha eller kanske en stjärnkikare så att man kunde se riktigt tydligt.

"Jag går in på Jula i morgon och ser vad jag kan hitta. När tycker du att vi ska göra nästa besök?"

"Det får du säga. Det är du som är chef."

Dagen därpå tog Peter en snabblunch och for ner till Jula. Han hade sett någon gång att de hade lite jaktprylar och mycket riktigt fann han snart en kikare som var dubbelt så bra som den han redan hade. De hade kommit överens om att göra ett nytt försök redan till helgen och den här gången tänkte han förbereda sig för ett långt pass. Det utlovades vackert väder och med lite gott med sig i fikakorgen och några filtar att sitta på, skulle det nog kunna bli lite av en trevlig utflykt trots det allvarliga syftet.

Sin vana trogen, ringde han polisen prick klockan tre på fikarasten. De hade inget nytt att komma med och det hade han heller inte förväntat sig, men det kändes ändå angeläget att stöta på så att de inte slappnade av. Även om utredaren och hans team var skickliga och säkert gjorde så gott de kunde, hade han en känsla av att de inte var helt övertygade om att hon inte höll sig undan av egen vilja. Han hade blivit arg och känt sig förolämpad, men trots allt kunde han också förstå hur de tänkte.

Han funderade ganska ofta på hur allt skulle varit om inte tiggaren berättat vad han sett. Vad skulle han då tagit sig till? Nu fanns i alla fall något som han kunde göra och även om det var långsökt så var det i alla fall ett halmstrå, om än så litet.

Det fanns stunder då han började tvivla. Tänk om det ändå var så att Helena hade varit olycklig utan att säga något? Att hon bara fått för sig att dra. Hon kunde faktiskt vara ganska spontan ibland, som den gången för flera år sedan då de blivit osams om hur huset skulle rustas. Han hade själv inte tyckt att det var en stor grej, men Helena hade blivit fly förbannad och stuckit iväg.

Visserligen hade hon kommit hem till kvällen men han hade ändå blivit förvånad över att hon reagerat så kraftigt. Det hela hade slutat i en kompromiss och sedan var allt frid och fröjd igen. Den här gången hade de inte varit osams på något vis, så sannolikheten att hon stuckit av fri vilja var minimal. Nu skulle han i alla fall gå till botten med det lilla spår de hade och om inte det gav något skulle han kanske ge upp och acceptera att det värsta hänt. Hur han skulle kunna leva med det, visste han inte, men det var något som framtiden fick utvisa.

Lördagen kom och Peter hade allt i ordning. Kikare, kaffe och smörgåsar, filtar och ficklampa. De hade kommit överens om att spana på huset hela dagen och långt in på natten så länge de orkade.

Han hämtade upp Ludmilla strax före klockan elva och de passade på att äta varsin kebabrulle innan de for vidare. När de passerade infarten till läkarens hus kände Peter en lätt rysning. Huset låg en bit in på vägen och var skymt av tät granskog, så läkaren kunde inte upptäcka om någon åkte förbi såvida han inte var utomhus och hörde.

Peter parkerade bilen på samma plats där de brukade stå. Nu började de känna sig hemma i omgivningen och att hitta platsen där de skulle gömma sig, gick snabbt. Peter bredde ut filten i sänkan och riggade upp sin nyinköpta kikare på stativet som medföljt. Han riktade den mot huset och ställde in skärpan.

"Kolla här får du se. Det här var skillnad."

Ludmilla ställde sig på knä och kikade.

"Jäklar vad bra man ser. Jag kan till och med se vad klockan som hänger på väggen visar."

"Vi kan turas om med kikarna. Det är nog viktigt att vi kollar hela tiden, men vi kanske ska fika först?"

"Det tyckte Ludmilla var en bra idé så de tog varsin mugg."

De satte sig till rätta och började spana. Efter en stund kom de på att det inte var så bekvämt så de ändrade lite så att de kunde ligga på mage på filten.

Timmarna gick utan att något hände. Peter kände sig ganska trött och han nickade faktiskt till några gånger innan Ludmilla upptäckte hur det var fatt. Hon puttade till honom.

"Men hallå där, vad gjorde du i natt? Nu är det inte läge att sova."

Peter kände sig lite generad.

"Nej jag vet, förlåt."

Han blinkade hårt några gånger och försökte skaka av sig tröttheten.

Det hade börjat mörkna och ännu hade de inte sett en skymt av rörelse i fönstren. Läkaren var hemma för bilen stod på gården, men han höll sig av någon anledning borta från synfältet.

Det gick ytterligare några timmar och klockan närmade sig nio, då Ludmilla började bli lite hungrig. Peter tog fram smörgåsarna han lindat in i smörpapper och hällde upp mer kaffe.

"Det finns stekt ägg och salami. Du får välja."

Ludmilla tog en äggmacka. Peter hade hoppats att hon skulle välja salami och ångrade att han inte bara hade gjort äggmackor.

Ludmilla spanade lite sporadiskt i handkikaren samtidigt som hon tuggade på mackan. Plötsligt stelnade hon till och slutade tugga.

"Nu tyckte jag att det rörde sig i köksfönstret."

Peter kastade sig ner och satte ögat mot tubkikaren.

"Du har rätt, nu är han i köket."

"Får jag titta i din?"

Ludmilla ålade sig fram, lade sig tätt intill Peter och vred på objektivet så att skärpan passade hennes syn.

"Det är ju otroligt vad man ser bra. Han är välklädd må jag säga, kostym och allt. Är det normalt att gå klädd så när man är hemma och är ledig?"

"Han kanske väntar dambesök" sa Peter och kollade i den lilla kikaren."

"Ja, eller herrbesök. Han kan ju vara bög?"

"Det tror jag inte, han ser inte ut sådan."

"Jaså, ser de ut på något särskilt vis?"

"Ja, det tycker jag nog. Du vet, Gabriel på lagret, han är ju bög det ser man direkt. Han flaxar med armarna och beter sig lite som ett fruntimmer."

Ludmilla släppte blicken från kikaren och såg frågande på Peter.

"Hur beter sig ett fruntimmer då?"

"Ja du vet, feminint. Fortsätt att titta nu."

Ludmilla återgick till spaning.

"Det verkar som om han lagar mat. Undrar om det bara är till sig själv?"

" Ja, det är det vi får se."

Den lilla trötthet som Peter nyss känt var nu som bortblåst. Det var nästan som att han kände på sig att något skulle hända

Kapitel 21

Helena stirrade på klädkassarna med tom blick. Det här kändes lika förnedrande som att bli slagen eller våldtagen. Att behöva göra sig fin för sin förövare. Hon satte armarna i kors och knep med munnen. Så fan heller att hon skulle göra honom till viljes. Han skulle förmodligen bli helt vansinnig och kanske misshandla henne ännu värre än förut och våldtäkten skulle hon inte slippa undan ändå. Hon försökte förbereda sig mentalt och när hon hörde att han var på väg ner, var hon redo.

Han såg inte särskilt glad ut och det var uppenbart att något hänt som ändrat hans tidigare så goda humör. Han såg på henne med sorgsna ögon.

"Jag är ledsen, men vi får skjuta på vår myskväll. Vi kanske kan ta den på lördag i stället om det passar?"

Helena drog en lättnadens suck.

"Har det hänt något?"

"Det är en grej på jobbet bara, något jag måste försöka lösa så fort som möjligt. Jag kommer ner med mat om ett par timmar. Förresten så kan du kolla i en av kassarna. Jag köpte några tidningar som jag tror du skulle gilla."

Carl-Henrik smällde igen dörren. Helena hade noterat hur han brukade hantera dörren beroende på vilket humör han var på. Då han varit på bra humör brukade han öppna och stänga väldigt försiktigt men den här gången mådde han tydligen inte bra.

Helena rotade i en av kassarna och hittade tidningarna. Det var en trädgårdstidning och en skvallertidning. Hon lade sig genast ner och började bläddra i trädgårdstidningen. Det var en välkommen sysselsättning, men samtidigt kändes det tungt då hon såg alla bilder på vackra och välskötta trädgårdar. Hon undrade hur det såg ut hemma. Peter hade visserligen koll på sina grönsaker, men blommor och prydnadsväxter var han dålig på. De krävde en noggrann skötsel, och nu på hösten hade han förmodligen vattnat ihjäl dem.

***

Carl-Henrik satte sig vid datorn och stirrade på den tomma skärmen. Hans tankar snurrade och ville inte riktigt stanna vid något som skulle kunna lösa hans problem. Om nu Helenas man visste något som inte polisen visste, varför hade han då inte kontaktat dem? Han fick det inte att gå ihop. Och vad skulle han ha kunnat få reda på? Om det nu dykt upp något vittne som polisen missat, varför skulle då hennes man försöka undersöka saken på egen hand? Bitarna ville inte falla på plats och det var något som gjorde Carl-Henrik oerhört frustrerad.

Han koncentrerade sig och försökte tänka logiskt. Han letade i varje vrå av sitt intellekt och till slut hade han sållat bort alla alternativ utom två. Det ena var att helt enkelt göra sig av med problemet. En överdos av sömnmedel och ingen skulle misstänka något annat än självmord. En deprimerad man som mist sin hustru och som valt att ta sitt liv. Men så var det hans medhjälpare, den där kvinnan som han haft med sig. Vad visste hon? Det skulle heller inte ta bort det faktum att en kvinna var försvunnen och att sökandet pågick om än i liten skala. Han vägde noga argumenten mot varandra och kom till slut fram till att lägga ner den planen. Nu fanns bara ett alternativ kvar. För att för alltid eliminera mannens eventuella misstankar och samtidigt se till att allt sökande upphörde skulle det krävas att Helenas kropp hittades och att hon skulle dödförklaras. Då skulle alla problem vara ur världen. Han smålog och höjde blicken. Nu stod det klart vad det var han var tvungen att göra.

En upphittad kropp kan lätt identifieras även om den legat så länge att den är oigenkännlig. Han hade kollegor som jobbat på rättsmedicin och de hade berättat ganska ingående om sitt arbete, så Carl-Henrik var väl förtrogen med vad man tittade efter. Tänderna var ett säkert kort och dna var numer ett utmärkt hjälpmedel. Tänderna skulle inte vara något problem, däremot dna. Men om kroppen var tillräckligt bränd och förkolnad blev det svårare såvida man inte hittade färska spår i närheten. Nu satte hjärnan genast igång att sortera alla tankar som for fram och tillbaka.

Han startade datorn och började googla på mogna escorter i Mellansverige. Det blev genast ett antal träffar. Han började studera bilderna och läsa beskrivningarna. Det var några kriterier som måste uppfyllas. Det var kroppsform, längd, ålder och nationalitet. Någon svensk kvinna var uteslutet. Det måste vara någon som kommit till Sverige på tillfälligt besök för att tjäna sig en hacka och förmodligen inte skulle anmälas som saknat i första taget. Han kunde inte hitta någon i närområdet som svarade upp på beskrivningen utan började gräva vidare.

Snart hade han kommit till de mest ljusskygga skrymslena av internet och där var utbudet i det närmaste oändligt. Han satt i flera timmar och studerade noga vad som stod. Han sorterade bort minsta lilla avvikelse och till slut hade han hittat henne. Antonia från Rumänien. En femtiofemårig kvinna som erbjöd sina tjänster i en lägenhet i Stockholm. Hon var påfallande lik Helena, om det nu var hon på bilden, men det tänkte han ta reda på. Av beskrivningen att döma där hon listade allt hon kunde tänkas gå med på, var hon endera fullkomligt desperat efter pengar, eller mer troligt, i klorna på någon samvetslös hallik som inte brydde sig det minsta om vad hon utsattes för. Hon skulle bli perfekt. Han antecknade alla kontaktuppgifter, slog igen datorn och gick ut i köket.

***

Helena hade börjat bläddra i skvallertidningen och skulle just läsa en artikel om familjen Wahlgren, då hon hörde att han var på väg. Den här gången knackade det försiktigt på dörren och när Carl-Henrik tittade in såg hon genast att han var på bättre humör.

"Jag ber om ursäkt att det blev så sent, men det var det där med jobbet som spökade. Jag har stekt på lite köttbullar och kokat makaroner. Jag antar att du är hungrig."

Helena nickade och tittade på tallriken han bar på. Han hade dekorerat med några tomatskivor och en dillkvist. Konstigt nog så var hon inte särskilt hungrig trots att hon inte ätit sedan frukosten, men hon insåg att hon behövde näringen.

"Tack, det ska bli gott. Har du gjort köttbullarna själv?"

Carl-Henrik skrattade och slog ut med armarna.

"Nej du, de är köpta på ICA. Nog för att jag kan laga till det mesta, men just köttbullar har jag lite svårt för. Det är det där med kryddningen, det blir oftast för mycket eller för lite salt.

Helena nickade igenkännande.

"Jo, det kan ju vara lite knepigt innan man fått in snitsen. Om du vill kan jag göra det åt dig någon gång."

Carl-Henrik sken upp.

"Ja, det vore jättekul. Då kan vi hjälpas åt i köket och jag kunde få lära mig att göra riktigt goda köttbullar."

Helena försökte hålla kvar sitt påklistrade leende.

"Det är bara att säga till och att du handlar lite köttfärs."

"Det ska jag göra. Du det var en annan sak, jag måste vara borta ett par dagar och undrar om det är okej för dig? Jag ska naturligtvis se till att du har allt du behöver. Jag har ett campingkylskåp och en begagnad micro i garaget som jag tänkte ta ner, så du kan äta när du själv vill. Om du behöver du hygienartiklar, handdukar och sådant så finns det i förrådet, men det har du väl redan sett?"

Helena nickade lite försynt. Hon hade gått igenom varje skrymsle i sitt fängelse och hade koll på det mesta.

"Du har möjligtvis inte en extra tv som jag skulle kunna ha här nere?"

"Tyvärr inte, men det kan jag fixa. Jag går in och köper en på MediaMarkt i morgon efter jobbet."

Helena log för sitt inre. Några dagar utan honom och få sjunka in i någon film skulle bli underbart.

Hon tuggade sakta på de sega köttbullarna och drack lite mjölk. Carl-Henrik tittade beundrande på.

"Smakar det bra?"

Helena nickade.

"Ja, det var gott."

"Du Helena, jag är ledsen att det inte blev som vi tänkt oss, men jag kommer hem på lördag och då tänkte jag att vi ska ta igen det. Jag har en fin oxfilé i frysen och en flaska Château Cheval Blanc från 2010 som jag sparat till ett speciellt tillfälle. Du kan väl prova kläderna jag köpt under tiden jag är borta, så har du något att göra."

Helena kände rysningar. Hon hade lärt sig hur de så kallade festmåltiderna brukade sluta. Sin tidigare beslutsamhet att inte gå honom till mötes hade hon nu övergett och var nu inställd på att vara så foglig som möjligt. Nu var hennes enda fokus att slippa ut från källaren och få honom att börja släppa lite på kontrollen. Det var hennes enda chans och våldtagen skulle hon ju bli i vilket fall som helst.

Kvällen därpå kom Carl-Henrik med prylarna han utlovat. Han hade lite besvär med att få igång teven, men till slut så gick det. Han sprang upp och ner med varor som han fyllde kylskåpet med och han var svettig och lite andfådd när han var klar.

"Så där ja, nu klarar du dig. Jag åker i kväll och kommer hem på lördag. Jag kommer att sakna dig."

Helena visste inte vad hon skulle säga. Det klokaste skulle vara om hon också sa att hon skulle sakna honom, men det kunde hon inte förmå sig till.

Det blev två dagar av sinnesfrid. Helena satt som klistrad framför teven mest hela tiden utom då hon åt och gjorde lite gymnastik. När hon vaknade på lördagsmorgonen kände hon hur ångesten började krypa på. Hon kunde inte koncentrera sig på något tv-program utan ägnade sig åt att bläddra i skvallertidningen. Hon fick i sig några smörgåsar fast hon inte var hungrig och tog en lång varm dusch. Hon hade packat upp kassarna med kläder och allt annat han köpt till henne. Det var exklusiva saker, det kunde hon konstatera och om situationen hade varit en annan skulle hon känt sig överlycklig. Men nu kändes allt bara hopplöst.

Hon lyssnade spänt på hur han skulle hantera dörren då hon hörde hans fotsteg. Det knackade försiktigt och han kikade in med ett leende. Helena såg direkt att han var på bra humör och kunde slappna av en aning.

"Hej, hur har du haft det?"

"Jo, jag har haft det bra. Jag har läst ganska mycket och tittat en del på teve."

"Har du saknat mej?"

"Ja, det har varit lite tomt här."

" Nu är jag i alla fall hemma igen. Maten är färdig om ett par timmar, hinner du bli klar tills dess?"

Helena nickade och Carl-Henrik skyndade sig upp igen.

Hon svalde hårt och uppbådade all kraft och viljestyrka som fanns. Varsamt bytte hon om till de kläder hon valt ut. Det var en svart och ganska djupt urringad klänning som slutade strax ovanför knäna, ett par tunna svarta och vackert mönstrade stayups. Under hade hon en minimal stringtrosa som knappt dolde någonting, och en push upp bh som förvånande nog var rätt i storlek. Trosan var obekväm och inget hon i normala fall skulle ha på sig, men nu fanns inte mycket annat att välja på.

Det fanns flera par skor och hon valde ut ett par som hon tyckte passade till klänningen och strumporna. De hade höga spetsiga klackar och för ett ögonblick slog det henne vad hon skulle kunna använda dem till.

I en silverfärgad ask låg ett halssmycke. Det såg nästan ut som ett hundkoppel. Det var guldfärgat och hade ett vackert format spänne. Helena satte på sig det, ställde sig framför spegeln och började sminka sig. Det blev inte riktigt som hon tänkt sig och hon fick tvätta av sig flera gånger och börja om. Till slut var hon i alla fall klar och rättade till håret så gott det gick.

Nu var det var inte Helena Grevsjö som stod där i spegeln. Det var någon annan som hon inte kände igen. En lyxprostituerad eller en sofistikerad överklasskvinna. Hur som helst kändes det skönt att få vara någon annan för en stund.

Carl-Henrik tittade in och stelnade till när han såg henne. Han kände genast hur kroppen reagerade och det enda han ville, var att ha henne här och nu. Men han hade lagt mycket kärlek på matlagningen i kväll så han kände sig tvingad att behärska sig. Han bugade och bjöd henne sin arm.

Det doftade svagt av doftljus uppe i hallen. Han hade tänt några ljus som han placerat på olika ställen. I köket var allt diskat och undanplockat och i finrummet var det uppdukat med finaste porslin och kristallglas. Ur högtalaren strömmade soft jazzmusik på låg volym. Helena noterade att han var nyrakad och luktade gott av ett milt rakvatten. Han hade en svart kostym med en vit skjorta under kavajen. Hur Helena än försökte, kunde hon inte undgå att känna en viss attraktion. Han var oerhört belevad och stilig och skulle hon kunna undvika att locka fram hans onda sida, kanske kvällen skulle kunna bli uthärdlig trots allt.

Carl-Henrik konverserade världsvant och maten smakade ljuvligt. För ett ögonblick lyckades Helena glömma bort i vilken situation hon befann sig i, men den känslan blev kortvarig.

Carl-Henrik reste sig hastigt då de ätit klart.

"Hjälper du mig att duka av?"

Helena tog med sig så mycket hon kunde ut i köket men när hon skulle gå en vända till, grep han tag i henne. Hon försökte slita sig loss men han höll henne i ett järngrepp. Han stod bakom henne och flåsade henne i örat.

"Jag måste ha dig nu, jag kan inte vänta längre."

Hon kämpade med tankarna och det var en hård kamp. Hennes sunda förnuft ville att hon skulle ge med sig och inte göra motstånd. Då skulle allt bli så mycket lättare och hon kanske skulle klara sig från misshandel. Men hennes instinkt sade något annat. Kämpa så mycket du kan och strunta i konsekvenserna.

Det var instinkten som gick segrande ur striden och Helena vred sig som en mask på en krok för att komma loss. Det första slaget kom omedelbart och efter ytterligare några slag, tappade hon all kraft och kunde inte göra något då han tryckte ner henne över köksbordet och drog upp hennes klänning.

Kapitel 22

Peter och Ludmilla spanade intensivt i sina kikare. Att mannen lagade mat var det ingen tvekan om. Ludmilla bytte ställning för att avlasta ryggen, det blev ganska jobbigt att ligga på mage timme efter timme.

"Undrar vad han lagar för något? Det måste vara avancerat eftersom det tar sådan tid."

Peter brydde sig inte om att svara. Han ville vara fokuserad hela tiden för att inte missa om någon annan dök upp.

"Du ska se att han håller på med en trerättersmiddag för två personer" sade Ludmilla och återgick till magläge.

Peter mumlade något ohörbart.

Aktiviteten i köket upphörde och det gick lång tid utan att någonting hände. Lamporna var fortfarande tända och det var ett gott tecken.

Det hade börjat mörkna lite, så nu var det riskfritt att resa sig utan att bli upptäckt. De sträckte på sig och vevad lite med armar och ben för att mjukna upp sina stelnade leder.

"Finns det kaffe kvar?" Frågade Ludmilla.

Peter ruskade på termosen.

"Ja, lite och det finns mackor också. Vill du ha?"

"Lite kaffe bara, så man håller sig vaken."

Ludmilla gäspade stort och Peter fick lust att stoppa in ett finger i munnen på henne. En himla dum tanke, men den bara kom. Det var något som han och Helena brukade roa sig med då de var på bushumör och det var alltid lika kul när någon lyckades kväva den andres gäspning med en dutt på tungan. Han tackade högre makter för att han lyckats behålla impulskontrollen, annars skulle han ha fått en del att förklara.

De delade på kaffet som fanns kvar och Peter tuggade i sig det sista av mackan innan de åter lade sig till rätta och fortsatte spaningen. Peter justerade skärpan för att kompensera för mörkret och dimman som började stiga upp från marken.

Plötsligt kom mannen in i köket. Peter blev på helspänn.

"Nu är det dags igen. Kolla noga."

Mannen gick ut och återvände flera gånger och så kom äntligen det de så länge väntat på. En kvinna kom in i köket. Peter blev så ivrig att han stötte till kikaren så att den ramlade ur stativet.

"Fan också" han fumlade och fick snabbt fast kikaren igen.

"Det var det jag visste. Om hon nu bara kunde visa sitt ansikte."

Kvinnan verkade hjälpa till att duka av, men hennes huvud skymdes hela tiden av persiennen som inte var helt uppdragen.

Ludmilla tittade intensivt men hon kunde bara se att det var en kvinna i svarta kläder. Några detaljer gick inte att urskilja.

"Kan du se om det är Helena?"

Peter skakade på huvudet. Han hade noterat kroppsformen och hur hon rörde sig och det kunde mycket väl vara hon, men klädstilen kände han inte igen. Visserligen hände det att Helena klätt upp sig då de skulle ha myskväll, men inte i någon galadräkt som nu verkade vara fallet. För ett kort ögonblick böjde hon sig ner så ansiktet skymtade, men det var allt för hastigt för att kunna se något.

Peter befarade att de snart skulle lämna köket då något oväntat hände.

"Va fan, det såg precis ut som om han klippte till henne."

"Men vad säger du, är du säker?"

"Det såg så ut. Vänta, nu trycker han ner henne mot bordet."

Ludmilla blev irriterad då hon inte såg så mycket i kikaren.

"Vad händer?"

"Om jag inte ser fel så tar han henne bakifrån."

Han såg tydligt hur mannen höll ett stadigt grepp om kvinnans nacke och pressade ner hennes huvud i bordet samtidigt som han stötte mot henne. Det var omöjligt att kunna urskilja några ansiktsdrag då håret var i vägen. Hårfärgen var Helenas men Peter var tämligen säker på att det omöjligt kunde vara hon. I så fall borde han ha känt igen henne.

Ludmilla var lite skärrad.

"Om han slog henne, ska vi inte ringa polisen då?"

Det var också Peters första tanke, men han var inte helt säker.

"Det kanske vi borde, men jag kan inte med hundra procents säkerhet säga att det var ett slag."

"Men tänk om det är Helena?"

Peter släppte blicken från kikaren och skakade på huvudet.

"Nej, det är inte hon."

Känslorna var förvirrande. Först hade han mycket väl kunnat tänka sig att det var Helena han såg, men då hon blev tagen över köksbordet och att det verkade vara frivilligt, kunde han inte längre tro det. Han satte ögat mot kikaren och när han såg att paret omfamnade varandra, stärktes hans tro på att det inte var Helena som var där inne. Han fortsatte titta, men nu hade paret gått ut från köket.

Ludmilla satte sig upp.

"Det gick fort det där. Tror du att de fortsätter inne i sängkammaren?"

Peter ryckte på axlarna.

"Kanske det."

Han hade ännu inte hämtat sig från den intensiva anspänningen. Hjärtat bankade så hårt att han nästan kunde höra det.

De fortsatte att spana till långt in på natten men det syntes inget i fönstren och när kökslampan släcktes, beslöt de sig för att ge upp.

Peter satt tyst på hemvägen. Han försökte samla tankarna och intala sig att det inte var Helena som varit i huset.

Ludmilla satt också tyst, djupt insjunken i funderingar om hur de skulle kunna gå vidare.

"Jaha, det var det, men hur säker är du?"

"Tillräckligt för att lägga ner i alla fall. Det är ju inte särskilt konstigt om han hade dambesök, eller hur?"

"Nej det är klart, och om du nu är så säker så har vi ju inget mer att hämta här. Men jag skulle i alla fall vilja vara säker till hundra procent, jag tycker inte att du verkar vara det?"

"Vad ska vi göra då? Vi kan ju inte ligga här och spana natt efter natt."

"Vi får väl hitta på något annat. Synd att det inte var söndag eller vardag, då kunde vi väntat till morgonen och sett om kvinnan följde med då han åkte till jobbet."

"Det skulle vi ha kunnat gjort, men nu är det lördag."

"Nej, det är söndag. Klockan är över midnatt."

"Skit samma vi kan ju inte ligga kvar här i ett dygn."

"Nej, men vi kan gå och knacka på i morgon bitti."

Peter trodde inte sina öron.

"Är du inte klok, det kan vi väl inte göra?"

"Varför inte?"

"Han känner igen mig. Jag har ju varit med i tidningen och på lokalteve. Det har jag ju sagt förut."

"Jo, men han känner inte igen mig, så jag kan knacka på."

"Nej, det kan du inte göra. Du ska absolut inte ta några risker för min skull."

"Men om du nu är så säker på att det inte är Helena som är där inne, då är väl risken minimal att jag skulle råka ut för något?"

Peter kunde inte annat än att hålla med.

"Men vad skulle du säga för något?"

Ludmilla funderade ett slag.

"Tja, jag kunde ju säga att jag gått vilse eller fråga om jag kunde få ett glas vatten."

Peter skakade på huvudet.

"Det är nog ingen bra idé."

"Eller du! Nu vet jag. Jag knackar på och säger att jag håller på med en enkätundersökning eller någon namninsamling."

"Jaha, och vad skulle den handla om?"

"Vindkraftsparken kanske? Du har väl hört att det planeras en vindkraftsanläggning här i kommunen och många är emot det. Det skulle väl inte kunna väcka någon som helst misstanke?"

Peter sög lite på karamellen. Det kanske inte var en så dum idé i alla fall.

"Det låter vettigt, men du får lova att du är försiktig."

"Ja, det är klart. Jag frågar bara om han är för eller emot och sedan frågar jag om frun i huset har någon åsikt."

"Jo, men då kanske han bara svarar i hennes ställe?"

"Då står jag på mig och insisterar på att jag vill höra det från henne själv, om det går bra. Jag kan babbla på lite om jämställdhet och feminism så ska du se att han ger med sig."

Peter log för sitt inre. Han kunde se framför sig hur mannen blev irriterad då Ludmilla satte igång att argumentera.

"Okej, hur dags åker vi hit då?"

"Kanske vid nio eller tio. Det är ju bra om han inte hunnit åka iväg någonstans."

Peter kollade klockan på sin mobil.

"Oj då, klockan är redan två. Då blir det inte mycket sömn i natt."

"Nej, men vi får väl ta sovmorgon på måndag. Du är ju chef och gör väl som du vill. Jag får väl ledigt en stund va?"

Peter skrattade och nickade.

"Det får du. Jag hämtar upp dig halv nio i morgon bitti så hinner vi i alla fall sova i några timmar."

Peter ställde väckarklockan på åtta och kastade sig på sängen utan att ta av sig kläderna. Han somnade som en stock.

Då väckarklockan ringde, vaknade han med ett ryck. Det kändes inte som om han sovit något alls. Efter en snabb kopp kaffe och en limpsmörgås, satte han sig i bilen för att hämta upp Ludmilla.

Hon stod redan på gatan och väntade.

"God morgon. Sovit Gott?" Sa hon och gav honom en hastig puss på kinden.

Peter ryckte till, men påminde sig om det hon tidigare berättat om sina kulturella umgängesvanor och spontanitet.

"God morgon. Jo tack. Du då, har du sovit?"

"Som en klubbad, så nu är jag ganska pigg. Jag har penna och anteckningsblock med mig så nu ska jag väl vara trovärdig."

Peter kastade en hastig blick på henne. Hon såg ovanligt fräsch ut för att ha sovit så lite.

"Ja, det är du. Kom bara ihåg att vara försiktig. Och skulle det hända något, skriker du så mycket du kan. Då kommer jag rusande."

"Jag lovar, men det kommer inte att hända något."

Peter släppte av henne vid infartsvägen och fortsatte sedan en bit bortom synhåll. Han gick fram så att han fick uppsikt över huset utan att synas. I handen hade han ett brännbollsträ och hoppades innerligt att det inte skulle behöva komma till användning.

Ludmilla kände sig inte alls nervös då hon trippade fram på den smala vägen fram till huset. Hon gick resolut fram till dörren och ringde på.

Kapitel 23

Carl-Henrik frustade som en brunstig tjur och det hela var över på mindre än två minuter. Aldrig tidigare hade han upplevt en sådan intensiv känsla med en kvinna. Han rättade till hennes trosor och klänning, drog upp henne från bordet och omfamnade henne samtidigt som han viskade i hennes öra.

"Tack! Du är underbar"

Helena var fortfarande omtöcknad efter slagen.

Carl-Henrik kysste henne på pannan och såg henne djupt i ögonen. Han torkade försiktigt bort en liten blodfläck från hennes mungipa och strök henne över håret.

"Om du bara visste vad du gör med mig. Du ska veta att en vacker dag kommer du att tacka din lyckliga stjärna för att du stannat och överlämnat dig i mina händer. Du kommer inte att ångra dig det lovar jag."

Helena lät hans ord sippra genom öronen och komma ut obearbetade. Det hela var så overkligt och hon hade sedan länge förstått att han var spritt språngande galen. En dubbelnatur som förmodligen inte var medveten om sina olika personligheter. Det enda hon hade i tankarna var att komma bort utan att riskera sitt liv.

Carl-Henrik tog hennes hand och ledde henne nedför källartrappan.

"Sov gott nu min älskling. I morgon ska vi äta lunch tillsammans i köket."

Helena drog på vattnet i duschen och satte sig ner. Det var lite för kallt, men hon brydde sig inte om att justera. Hon grimaserade och kände efter var i ansiktet det gjorde som mest ont. Med tungan kände hon hur underläppen svullnat på ena sidan och då hon spottade, kom det lite blod.

Carl-Henrik hade sovit som en prins. Han var så nöjd över planen han arbetat fram och kände sig ivrig att få sätta den i verket. Han hade aldrig tagit en människas liv förut och han var oerhört spänd på hur det skulle kännas. Nog hade tankarna funnits där ibland och en gång hade det varit nära, men han hade ångrat sig i sista stund. Inte för att samvetet sagt ifrån, utan för att omständigheterna inte varit optimala. Han gillade inte att ta risker utan ville ha full kontroll från början till slut.

Han bar ner frukostbrickan till Helena. Hon sov fortfarande så han ställde försiktigt ner brickan på nattygsbordet och smög ut tyst som en mus. Han skulle precis hälla upp kaffe då han fick se en kvinna ute på grusgången. Han kände genast igen henne.

Ludmilla ringde på dörrklockan och ett välbekant plång hördes inifrån hallen. Hon klapprade med fingrarna på anteckningsblocket och gungade upp och ner med fötterna då nervositeten plötsligt grep tag i henne. Hon skulle just ringa på igen då dörren öppnades och en lång man iklädd morgonrock stod där och tittade på henne. Hon visste hur han såg ut på bild, men att se honom i verkligheten var något annat. Han var så oerhört lång och muskulös och hans ögon såg inte alls ut som på bilderna hon googlat. Det gick inte att tycka annat än att han såg oerhört bra ut. Kanske den mest attraktiva man hon någonsin sett.

Hon harklade sig.

"God morgon. Ursäkta att jag stör, men jag håller på att undersöka intresset för vindkraftsparken som planeras. Det är många som är emot den och nu skulle jag vilja veta din åsikt."

Carl-Henrik drog lite på munnen.

"Kommer du från tidningen?"

Ludmilla blev lite ställd. Den frågan hade hon inte väntat sig och hade hon haft mer tid på sig, skulle hon förberett sig bättre. Hon harklade sig igen och letade febrilt efter ett svar.

"Nej, jag gör det här mest av eget och mina grannars intresse. Vi vill gärna veta vad folk tycker, och är det tillräckligt många som liksom vi är emot, så har vi ett bra argument då vi ska tala med kommunen."

Carl-Henriks leende hade nu stelnat på ett onaturligt sätt. Han stirrade stint på Ludmilla med något ihopknipna ögon.

"Jag är för," svarade Carl-Henrik.

Ludmilla fumlade efter pennan hon stoppat ner i byxfickan.

"Jaha, okej då ska jag anteckna. Hur var namnet?"

"Det vet du redan."

Ludmilla blev förvirrad.

"Jo, eller nej det vet jag ju inte."

Carl-Henrik släppte inte hennes ögon med blicken.

"Det står på postlådan du passerade."

"Jaha, men det missade jag nog."

"Ja, det är lätt hänt. Carl-Henrik Wiberg var namnet."

Ludmilla klottrade i anteckningsboken.

"Kanske kvinnan i huset också har en åsikt i frågan?"

"Här finns ingen kvinna."

Ludmilla blev så ivrig att hon höll på att försäga sig, men hindrade sig i sista stund. Nu visste hon i alla fall att han inte talade sanning. Hon stoppade ner pennan i fickan, slog igen anteckningsboken och skulle just till att tacka för sig, när han lade sin stora hand på hennes axel.

"Hör nu, fröken nyfiken. Då jag sa att du visste mitt namn var det inte bara postlådan jag syftade på."

"Jaså, vad var det du menade då?"

Han tog upp sin mobil, tryckte några gånger och sträckte fram den framför hennes ansikte. Då hon såg sig själv och Peter på film, kliva in genom läkarens dörr, blev hon alldeles stel i kroppen. Hon blev likblek och fick inte fram ett ord.

Carl-Henrik började le igen.

"Du behöver inte förklara dig. Jag vet hur det hänger ihop. Det är väl så att Peter Grevsjö misstänker att jag skulle ha något att göra med hans hustrus försvinnande, eller hur?"

Ludmilla kunde inte göra annat än att nicka. Han fortsatte.

"Han har förmodligen fått reda på att hans hustru och jag stötte på varandra på parkeringen vid köpcentret samma dag då hon försvann, är det inte så?"

Ludmilla nickade igen.

"Nu vet jag ju inte hur mycket polisen berättat, men det var i alla fall så att hon tydligen glömt sin mobil i bilen och då hon skulle hämta den kom hon på att det var hennes man som hade bilnycklarna. Det var då vi stötte ihop och hon frågade om hon fick låna min mobil."

Nu hade chocken lagt sig lite hos Ludmilla och hon började få tillbaka talförmågan.

"Men varför satte hon sig i din bil?"

Carl-Henrik skrattade till.

"Ja du, det regnade ju och inte kunde jag väl låta en kvinna i nöd stå ute i regnet och bli blöt, så jag lät henne komma in i bilen."

Ludmilla tänkte så det knakade och försökte komma ihåg alla detaljer Peter berättat om.

"Det var ju artigt, men det finns inget samtal från dig i Peters mobil."

"Nej, och det är inte så konstigt, hon ringde aldrig. Hon kunde inte hans nummer i huvudet. Hon hade aldrig memorerat det då det fanns i hennes mobilkontakter. Ganska mänskligt eller hur? Allt det där har jag berättat för polisen. Jag har alibi för hela dagen och är det så att Peter Grevsjö inte lägger ner sina misstankar mot mig så kommer jag att anmäla er."

Carl-Henrik tog upp mobilen igen och knackade på den.

"Det här är hemfridsbrott, ja kanske till och med inbrott och jag har det på film. Det är ingen tvekan om att ni båda skulle åka fast och bli åtalade. Men jag kan ha en viss förståelse för att han försöker nysta i alla ändar som finns. Jag skulle kanske själv ha agerat på samma sätt om jag varit i hans situation. Därför har jag valt att inte gå vidare med det här. Men är det så att ni inte lägger ner så kontaktar jag polisen. Har du förstått?"

Ludmilla nickade. Hon insåg dilemmat och förstod allvaret i det de gjort sig skyldiga till.

"Men kvinnan vi sett i huset då? Du sa ju att du var ensam."

I samma ögonblick hon sagt det, insåg hon att hon gjort bort sig. Carl-Henrik gav henne en iskall blick.

"När har ni sett en kvinna i huset?"

Nu blev Ludmilla ordentligt ställd och visste inte hur hon skulle ta sig ur det.

"Nej, det kanske var nått jag missuppfattade."

Carl-Henriks iskalla blick övergick i ett snett leende.

"Vad du än har sett eller trott dig se, ska du ha i åtanke att det inte är alla kvinnor som vill skylta med vad de har för sig på sin fritid."

Han vände på klacken och gick in. Innan han stängde dörren stack han ut huvudet.

"Hälsa Peter Grevsjö och berätta vad jag sagt." Sedan stängde han dörren med en smäll.

Carl-Henrik satte sig vid köksbordet. Kaffet hade kallnat så han nöjde sig med ett glas juice till den halvätna smörgåsen. Nu var ett av problemen delvis löst, men inte helt. Fast det var inget som inverkade på planen för en slutgiltig lösning.

Kapitel 24

Peter var så ivrig att han nästan stod och hoppade. Så fort han såg att Ludmilla kommit utom synhåll från huset, rusade han fram och mötte henne. Han var andfådd då han kom fram.

"Berätta! Vad sa han?"

Ludmilla berättade allt som läkaren sagt. Förklaringen hon fått varför Helena hade satt sig i hans bil, verkade högst rimlig. Peter kunde inte göra annat än att hålla med. Han visste mycket väl att Helena hade haft svårt att komma ihåg telefonnummer. Han var likadan själv och litade fullt och fast på att kontakterna i mobilen skulle räcka.

De satt båda insjunkna i sina egna tankar på vägen hem. Peter funderade över hur han nu skulle gå vidare då det här spåret verkade vara kört i botten. Det fanns inget mer att famla efter och att polisen skulle kunna hitta några nya spår, verkade inte särskilt troligt. Nu återstod nog bara att lita till internet och de forum som han ständigt bevakade.

Ludmilla tänkte mest på läkaren. Hon kunde inte få hans bild ur huvudet. Det var väl ändå ganska osannolikt att en så attraktiv man i den åldern, skulle ge sig på någon som åldersmässigt kunde vara hans mamma. Det är klart, det finns ju människor med olika läggningar och att yngre män ibland dras till äldre kvinnor var ju ingen hemlighet, men i hans fall såg hon det som mindre troligt. Hennes funderingar stärkte känslan hon haft redan efter då hon såg honom. Att de hela tiden varit på fel spår.

Det blev många sömnlösa nätter för Peter. Han började inse att Helena troligtvis var borta för alltid. Någon väg tillbaka till ett normalt liv kunde han inte se och han sjönk allt djupare in i depression. Han blev sjukskriven och ägnade större delen av tiden till att sova och slötitta på tv. Ludmilla besökte honom ibland och försökte trösta så gott hon kunde. Det lindrade en del men var också jobbigt då han brottades med svåra samvetskval för vad han kände för henne. Hon hade blivit mer än bara en god vän. Hennes medkänsla och hjälpsamhet hade gjort djupt intryck på honom. Vid flera tillfällen hade han varit nära att berätta vad han kände, men hejdat sig i sista stund. Det var inte läge för någon romans och han var också osäker på hur hon kände för honom.

Hans osäkerhet skingrades en mörk och kulen kväll i november då Ludmilla kommit för att besöka honom. Han hade börjat att ta tag i sitt liv och planerade att återgå till jobbet i december.

Ludmilla hade tagit med sig en flaska vin och en hemmagjord paj med smaker från sitt hemland. De hade en mysig kväll och när maten var uppäten och vinflaskan tömd, berättade Ludmilla att hon hyste starka känslor för honom och undrade om han kände detsamma. Han var tvungen att erkänna men bad henne samtidig att ha tålamod. Han berättade om kampen med samvetet och hur han brottades med motstridiga känslor. Hon lovade att inte hasta och försäkrade att hon skulle finnas där för honom så länge han behövde och att han inte skulle känna några krav.

Det blev vändpunkten på hans depression och han återgick till jobbet precis som han planerat.

Julledigheten tillbringade Peter ensam. Ludmilla hade åkt till Albanien för att fira jul med sin släkt. Hade hon inte gjort det, skulle han ändå valt att vara ensam. Helena och han hade de sista åren firat jul på egen hand och det hade blivit till en mysig tradition de båda sett fram mot. De få släktingar som fanns i livet var ganska avlägsna och inga de hade någon närmare kontakt med.

De brukade ligga kvar länge i sängen på julaftonsmorgonen och lyssna på julmusik. Sedan hjälptes de åt i köket. Det var enda gången på året som Peter tyckte att det var okej att få hjälp med maten och även om det inte var Helenas favoritsysselsättning, tyckte hon ändå att det var trivsamt.

Efter maten brukade de ta en långpromenad om vädret tillät, för att sedan slå sig ner framför teven och avnjuta glögg och pepparkakor med Karl-Bertil Jonsson.

Då de hade gemensamma konton var det inte så stor vits med att ge varandra julklappar. De hade i stället bestämt att köpa något de kunde ha nytta och glädje av tillsammans. Förra året hade det varit en musikanläggning och året före det, en massagefåtölj.

Nu inför den här julen kände han sig bara tom. Det underlättade lite med att hålla en viss salongsberusning, men ibland blev det för mycket och då fick det motsatt effekt. Ibland försökte han skingra tankarna genom att titta på roliga klipp på Youtube och det hjälpte till viss del, men i längden blev det mindre roligt och grubblerierna tog snart över igen.

Det var dagen före julafton som han fick beskedet han så länge fruktat. Det knackade på dörren och utanför stod två poliser med dystra miner. Peter förstod direkt vad de hade för ärende.

"Jag är ledsen, men vi måste tyvärr komma med tråkiga nyheter. Det är så att man funnit en död kropp som vi misstänker är Helena. Vi är inte helt säkra och skulle därför vilja få med oss dna från henne så att vi kan fastställa identiteten."

Peter var en aning förvirrad.

"Men det ser ni väl om det är hon?"

"Nej, kroppen är så svårt bränd att det är omöjligt att se. Däremot har vi säkrat dna, så om vi bara kan få med oss något från Helena?"

Peter hade länge undrat hur det skulle kännas om han skulle få det här beskedet och nu fick han svaret. Det kändes absolut ingenting. Bara en enda stor tomhet, precis som om alla känslor tömdes och nu stod på noll. Han förstod att allt skulle komma tillbaka senare och att det skulle ta tid att bearbeta sorgen. Inget skulle bli som förut och han önskade bara att tiden skulle gå lite fortare.

"Men hur kan ni vara så säkra? Om det inte går att identifiera kroppen kan det ju vara vem som helst?"

Poliserna såg båda bekymrade ut.

"Det är sant, den möjligheten finns, men det är bara Helena som är anmäld försvunnen i den här kommunen och som jag sa så har vi säkrat dna så att vi vet att det är en kvinna i hennes ålder."

Peter tyckte att det lät förvirrande.

"Men om ni har hennes dna, varför behöver ni mer?"

"Vi måste ha något att jämföra med. Det räcker med ett hårstrå eller en tandborste. Kan du ordna fram det?"

Peter gick in i badrummet. Han hittade hennes hårborste där det fanns tillräckligt med hårstrån. För säkerhets skull tog han med hennes tandborste och även ett lypsyl som hon dagligen brukade använda. Polisen lade alla saker i en plastpåse och tackade för sig.

Peter satte sig ner vid köksbordet, lutade huvudet mot sina händer och stirrade rakt fram. Han väntade på att tårarna skulle komma, men han fick vänta förgäves.

Julaftonen och mellandagarna kändes som en lång och smärtsam transportsträcka mot något okänt och skrämmande, men på nyårsdagen var han framme. Det var som om en damm brustit och alla känslor han hållit inom sig flödade ut. Peter hade aldrig förut varit i närheten av känslor som dessa. Det är klart att han varit ledsen då hans föräldrar dött, men det hade känts mer naturligt då de varit både gamla och sjuka. Det här var så mycket starkare och han undrade hur han skulle stå ut. Det fanns en mikroskopisk möjlighet att det inte skulle vara Helena de hittat, men han orkade inte ens tänka på den möjligheten.

Första veckan på det nya året fick han beskedet han visste skulle komma. Det var Helena de hittat.

Ludmilla ringde Peter så fort hon kommit hem från sin resa och han berättade om allt som hänt. Han förklarade att han behövde vara för sig själv en tid och att han skulle höra av sig när han kände sig redo.

Det tog fyra veckor av bearbetning innan han åter tog kontakt med Ludmilla och ytterligare tre veckor innan han kände sig redo att återgå till jobbet.

Begravningen blev en enkel ceremoni utanför kyrkan. Peter och Helena hade gått ur Svenska kyrkan för flera år sedan då de tyckt att de betalat tillräckligt med kyrkoskatt. Nu var bara Peter och kyrkvaktmästaren närvarande. Några kusiner till Helena och en moster som Peter aldrig träffat hade hört av sig. Peter hade insisterat på att få begrava urnan på egen hand och det hade alla respekterat. Det var liten och vacker gravplats i utkanten av kyrkogården. Gravstenen var anspråkslös, men hade en mycket fin inskription som Helena nog skulle varit nöjd med om hon hade sett den. De hade vid något tillfälle diskuterat hur de ville ha det då någon av dem gick bort och båda hade varit överens om att allt skulle vara anspråkslöst men vackert. En liten plats att gå till för att få minnas och pyssla om.

Det hade varit skönt att få gråta ut. Hade Peter inte kunnat bearbeta sin sorg på det sätt som skedde, kanske han aldrig blivit hel igen. Nu kändes det som om han var på rätt väg och han såg fram mot att börja jobba och att återgå till ett så normalt liv som möjligt. Sorgen och saknaden skulle alltid finnas där, det förstod han, men han insåg också att han själv hade ett liv som skulle levas.

Kapitel 25

Carl-Henrik hade under sin tidigare rekognoseringsresa till Stockholm, tagit reda på allt han behövde veta. Han hade skaffat en kontantkortstelefon och tagit kontakt med den prostituerade kvinnan som visade sig vara tillgänglig med kort varsel. Han hade funderat en stund på hur han skulle förhålla sig då han träffade henne och kommit fram till att han nog var tvungen till att ta del av någon av hennes tjänster för att det inte skulle verka konstig på något vis. Han hade ångrat sig så fort hon öppnat dörren. Hon såg inte alls ut som på bilden han sett. Det här var ett mänskligt vrak med dåliga tänder och håret som stod åt alla håll. Men ålder och kroppsform verkade stämma ganska bra. Hon kunde ingen svenska men talade lite engelska. Carl-Henrik hade förklarat så gott han kunde att han hade önskemål om att göra det i bilen vid ett senare tillfälle. Kvinnan hade blivit förvånad och lite sur över att han upptagit hennes tid bara för att planera något som skulle ske senare, men hon hade genast blivit på bättre humör då hon fått betalt utan att behöva göra något.

Direkt efter besöket hade han åkt tillbaka och kört omkring hela kvällen tills han hittat den perfekta platsen. Undanskymd men inte mer än att det skulle kunna förekomma en viss aktivitet. Den vackra utsikten och närheten till en väl upptrampad gångstig utgjorde de kriterier han sökt efter. Att det även var sandmark skulle underlätta betydligt. Platsen låg dryga tre mil från hemmet och ganska nära kommungränsen.

Den här resan hade han förberett väl. En arbetsoverall, två tjugoliters jeepdunkar med diesel, spade, såg och yxa samt en polygriptång. De viktigaste detaljerna hade han packat ner i en vadderad kylväska. Det var en burk av Helenas blod, hennes otvättade trosor och två sprutor. En med ett starkt sömnmedel och en med en substans med liknande egenskaper som cyanid.

Det hade kunnat vara en pärs att tappa Helena på blod utan att hon skulle märka något, men en dos sömnmedel i hennes kaffe hade gjort susen och hon hade inte märkt något annat än en viss trötthet då hon vaknat.

Nu var han redo och kände hur spänningen bubblade upp inom honom. Den prostituerade kvinnan hade svarat vid första påringningen och de hade bestämt tid utanför hennes port.

Carl-Henrik hittade en parkering som låg skymd bakom en byggcontainer inte långt från kvinnans port. Han ringde henne på kontantkortstelefonen och meddelade att han var framme. Kvinnan kom strax ut och Carl-Henrik vinkade till henne bakom containern. Så fort hon satt sig i bilen tog hon upp frågan om ersättning, men hann inte säga så mycket innan Carl-Henrik tryckte in sprutan i hennes hals. Hon slocknade omedelbart och han startade bilen och åkte iväg.

Han körde lugnt och försiktigt för att inte fastna i någon fartkontroll. Efter en och en halv timme var han framme på platsen han tidigare valt ut. Han parkerade på en undanskymd plats och kollade noga så att ingen mer befann sig inom synhåll, bytte om till arbetsoverallen och tog fram spaden.

Det gick lätt att gräva i den lösa sanden och snart hade han en grävt ut en fördjupning lagom stor för en kropp att få plats. Han gick tillbaka till bilen, bytte ut spaden mot sågen och yxan och gick sedan in i skogen för att samla så mycket torr ved som skulle behövas. Det var ganska ansträngande, men till slut hade han fått ihop en hög han var nöjd med.

Efter att ha pustat ut en stund, gick han tillbaka för att hämta kvinnan. Han tog fram den andra sprutan och injicerade innehållet i hennes nacke. Hon ryckte till några gånger och verkade nästan vakna till innan hon sjönk ihop och han kunde konstatera att hon var död.

Carl-Henrik letade efter känslan han funderat över, men han kände inget särskilt. Han hade många gånger på sjukhuset närvarat då folk avlidit och det här kändes inte särskilt annorlunda.

Kvinnan var tung att bära på och när han kommit fram till buskaget som låg ett stycke från gropen han grävt, var han tvungen att pusta ut en stund.

Nu var han framme vid momentet han kunde tycka var lite obehagligt. Men det var nog så viktigt och inget han tvekade inför. Han fiskade upp polygriptången ur overallfickan, öppnade hennes mun och började systematiskt att dra ut alla hennes tänder som han sedan stoppade i en plastpåse. För att säkerställa att inget blod från kvinnan skulle hamna på marken, drog han upp hennes tröja och torkade henne noggrant runt munnen För säkerhets skull gjorde han en paus och såg sig omkring för att förvissa sig om att ingen åskådare dykt upp. Det verkade lugnt och han tog fram Helenas trosor som han lade på marken, öppnade burken med blod som han hällde över trosorna och på marken runt omkring. Sedan tog han tag i kvinnan, släpade henne fram till gropen och lade noggrant hennes armar och ben på plats så att inget skulle sticka upp. Veden han sågat och huggit placerade han ovanpå kvinnan och hällde sedan fyrtio liter diesel över alltsammans. Efter en hastig blick över området, tände han på och väntade tills det tagit sig ordentligt.

Nu var det bråttom och han skyndade sig till bilen och åkte iväg. I backspegeln kunde han se lågorna som reste sig mot himlen och lyste upp en stor del av omgivning.

Carl-Henrik kände sig nöjd. Allt hade gått som planerat och efter att ha gjort sig av med kvinnans tänder då han passerat ett vattendrag, kände han sig säker och kunde pusta ut. Nu ville han hem till sin kvinna och kände redan hur åtrån började växa.

**

Polisen hade fått larmet tre dagar efter att det hänt. En kvinna som gått på promenad med sin hund hade passerat gropen där det brunnit. Det syntes inte mycket och hon trodde att det bara var någon som eldat skräp, tills hunden började skälla och dra i kopplet. Hon lät honom nosa och upptäckte snart att det låg ett blodigt klädesplagg en bit ifrån. Då ringde hon polisen.

Det tog inte lång tid för kriminalteknikerna att konstatera att det var kvarlevorna efter en kropp som låg i gropen och att det varit någon som velat göra sig av med ett mordoffer. Det färska blodet och trosorna visade var mordplatsen ägt rum och man kunde konstatera att gärningsmannen måste varit synnerligen korkad som lagt ner så mycket jobb på att dölja sitt verk, samtidig som han helt glömt bort att dölja själva mordplatsen.

Den efterföljande dna-analysen gav klart besked om vilket kön och ungefärlig ålder det var frågan om. Det var med största sannolikhet Helena Grevsjös kropp som hittats.

Teknikerna gick noggrant tillväga. I gropen fanns mest bara ben och aska kvar. Man letade länge efter tänder men kunde inte hitta några. Nu gjorde det inte så mycket då man hade färskt och rikligt med dna att tillgå från blodet vid den förmodade mordplatsen. Det svåra skulle nu bli jakten på mördaren då de hittills inte hade ett enda spår att gå efter.

Kapitel 26

Peter bearbetade sin sorg så gott han kunde. Det var inte så enkelt och han stördes hela tiden av tankar på hur han egentligen borde känna. Om han blev glad över något, fick han dåligt samvete för det och om han var ledsen allt för länge, kändes det som om han inte skulle kunna gå vidare. Om livet någonsin skulle kunna bli drägligt igen, måste han ju acceptera det som hänt och titta framåt.

Ludmilla var ett bra stöd och mycket medkännande med det Peter gick igenom. De pratade en del om sin egen relation och hur den skulle kunna se ut i framtiden. Peter var en aning bekymrad över den stora åldersskillnaden. Han oroade sig för att Ludmilla kanske påverkats av situationen och att hennes intresse baserades på medlidande och en önskan att få ta hand om någon som hade det svårt. När han berättade om sina farhågor blev hon arg och tyckte att han var orättvis. Hon förklarade att ett embryo till attraktion funnits där långt innan Helena försvann och efter att de börjat samarbeta hade det växt till en förälskelse. Att han var mer än tjugo år äldre hade hon aldrig sett som ett hinder.

Peter såg fram mot den dag då han skulle kunna släppa taget om Helena och ge sig in i något nytt och spännande.

Den dagen kom på sensommaren nästan vid samma tidpunkt som Helena försvunnit, ett år tidigare.

Peter hade koncentrerat sig på jobbet och det hade hjälpt till att skingra tankarna. Han och Ludmilla hade inte träffats på tu man hand sedan han fått dödsbudet, men pratat mycket på jobbet och i telefon. Nu hade Peter bestämt sig för att ta ut hela sin semester på en gång och det sammanföll väl med några veckor av Ludmillas ledighet.

Han hade bestämt sig för att ta tag i trädgården som legat i träda. Den såg förskräcklig ut och han hade ännu inte kikat in i Helenas växthus, men det syntes genom glasen hur illa ansatt den var. Nu skulle det i alla fall bli av och Ludmilla hade lovat att hjälpa honom.

Första semesterdagarna ägnade Peter åt att städa huset grundligt. Det var ganska eftersatt och han ville inte framstå som någon slarver då Ludmilla skulle komma. Han torkade och dammsög som aldrig förr, plockade upp, sorterade och slängde sådant inte skulle komma till någon nytta.

Han hade gått och gruvat sig över vad han skulle göra med Helenas kläder och andra saker som tillhört henne. Att låta allt vara kvar kändes nästan lite makabert men det skulle även göra ont att slänga alltsammans. Han beslöt att plocka ner allt i flyttlådor och ställa undan dem på vinden. Då var i alla fall det dilemmat löst tills vidare och det slutgiltiga beslutet kunde få vänta till senare.

Efter två dagar av intensivt städande var han äntligen klar. Han lade sig i hängmattan på altanen, öppnade en öl och tittade ut över den misskötta trädgården. Ludmilla skulle komma i morgon och det såg han fram mot.

Peter gjorde stora ögon då Ludmilla kom farande på sin cykel med det utsläppta håret fladdrande för vinden. På jobbet gick hon alltid propert klädd och på fritiden hade hon oftast jeans eller träningskläder. Nu hade hon bikini och den skylde inte särskilt mycket av hennes kropp. Bysten hoppade upp och ner då hon svängde in på guppiga infarten. Hon parkerade cykeln vid ena grindstolpen och tog loss en stor träningsväska från pakethållaren.

"Hej Peter. Gud vad varmt det är."

Peter mötte henne och tog hand om väskan.

"Den var tung. Vad har du i den?"

"Det är ombyten. Vi ska ju jobba i trädgården och då är det väl inte så lämpligt att gå i bikini, eller du kanske föredrar att jag gör det?"

Hon skrattade, vickade lite på rumpan och stötte till honom så att han kom ur balans.

"Tja, det kunde väl i och för sig vara trevligt, men jag antar att det kan vara olämplig bland alla brännässlor och tistlar vi måste tampas med."

De började dagen med att äta en tidig lunch. Peter hade lagat till pytt i panna med rester från gårdagen och han hade också ansträngt sig lite extra och försökt sig på en kladdkaka med vispgrädde. Kakan blev lite för rinnig men den smakade gott ändå och Ludmilla åt så ivrigt att hon fick lite vispgrädde på överläppen. Hon torkade bort klicken med tungan.

"Jaha, var ska vi börja? Du får vara arbetsledare så gör jag som du säger."

Peter hade ännu inte hunnit äta upp sin efterrätt.

"Ta det lugnt, så bråttom är det inte. Vi ska väl ha kaffe?"

"Jag tar gärna kaffe lite senare. Nu är jag taggad att sätta igång. Jag plockar undan först."

Peter och Helena brukade alltid ta kaffe efter maten så det kändes lite konstigt att hoppa över det, men han insåg att det var nya tider nu och att han skulle försöka bejaka alla förändringar det innebar.

"Okej, men sitt du så plockar jag undan."

Ludmilla ställde sig bakom honom och lade armarna runt hans hals.

"Jaså! Vi har en liten feminist här, det trodde jag inte."

"Nja, det vet jag inte precis, men du är gäst här."

"Ja, det vet jag, men kvinnogörat står jag för."

Peter blev lite fundersam och undrade om hon skojade. Sådant här brukade man skämta om bland grabbar, men att höra en kvinna säga så, verkade nästan lite misstänksamt.

"Tycker du inte att en man ska vara i köket."

"Jovisst, det är klart. De duktigaste kockarna är oftast män. Men plocka undan och diska och sånt, är inte särskilt manligt. Det är väl ungefär som om kvinnor skulle stå och mecka med bilen eller laga gräsklipparen om den inte startade."

"Men det är väl många kvinnor som kan fixa med tekniska saker. Nu låter du nästan lite omodern."

"Kanske det, men du vet att jag kommer från en annan kultur där vi har en lite annan syn på den saken. Det är väl inte särskilt attraktivt att se en man i förkläde med dammvippa, eller en kvinna med oljig overall och en skiftnyckel i handen."

Peter skrattade då han såg synen framför sig.

"Nej, det kanske du har rätt i, men tala för guds skull inte om den saken så att någon annan kvinna hör, då lär du bli lynchad."

Peter lutade sig tillbaka och lade upp fötterna på stolen mitt emot medan Ludmilla plockade undan på bordet. Då hon var klar daskade hon till honom med disktrasan.

"Kom! Nu sätter vi igång."

Det var lättare sagt än gjort att försöka få ordning bland allt ogräs, men efter några timmar började det se riktigt skapligt ut. Båda hade blivit ordentligt svettiga så de turades om att duscha. Ludmilla verkade inte ha några problem med att visa sig som gud skapat henne och Peter visste nästan inte vart han skulle titta då de bytte plats i duschen. Han kunde inte undgå att i ögonvrån se konturerna av hennes välformade kropp. Det var länge sedan som han haft några tankar på sex över huvud taget, men nu började de känslorna så smått göra sig påminda. Han skyndade sig att skyla sig med en handduk och hoppades att hon inte märkt något.

Sensommarkvällen var varm och inbjudande. De satt länge på altanen, njöt av kvällssolen och smuttade på varsitt glas päroncider.

"Du tycker inte att det är för tidigt om jag sover över nu då?"

Peter skakade på huvudet. Han hade längtat efter den här stunden och trots alla bataljer han haft med sitt samvete, kändes det som om han nu inte längre behövde känna någon skuld.

Kvällen blev sen. De åt räksmörgås och drack vin. Då solen gått ner och det började bli lite kyligare, flyttade Ludmilla sig närmare Peter. Han lade armen runt hennes hals och gav henne en puss på munnen.

Kapitel 27

Helena var förvånad över hur hon kunnat anpassa sig så väl. I början hade hon mest varit skräckslagen. Senare hade hon blivit rasande så till den milda grad att hon inte skulle tveka att sticka en kniv i honom. En ganska lång tid hade hon varit djupt deprimerad och inte önskat något annat än att bara få dö. Nu hade hon lämnat alla destruktiva känslor bakom sig och var fullständigt fokuserad på att tänka klart och inte på något vis utsätta sig för fara. Hon visste vad han var kapabel till och ryste inför tanken på att han skulle kunna ha ihjäl henne.

För att över huvud taget stå ut hade hon varit tvungen att försöka bortse på hans onda sida och bara tänka på de stunder då han var normal, om man nu skulle kunna kalla honom det. Att han var djupt störd och förmodligen inte hade någon kontroll över sitt humör och sina sjuka tankar, hade hon insett för länge sedan. Hon visste precis vad som triggade igång honom och den kunskapen skulle komma väl till pass den dagen då hon skulle lyckas överlista honom och ta sig därifrån. Den dagen skulle komma det visste hon, men de försök hon gjort, hade slutat i katastrof och det var inget hon ville uppleva igen.

All leva ensam och inlåst under större delen av dagen var inget problem. Hon hade tv, dator och en massa att läsa. Då han kommit med datorn hade hon nästan haft svårt att verka oberörd. Hur kunde en sådan intelligent person vara så korkad att han låter henne ha en dator? Då hon blev ensam och startad datorn upptäckte hon att den inte hade något nätverkskort. "Så klart" tänkte hon och fick nöja sig med att spela Kungen och Harpan och lite andra spel som fanns.

De upprepade våldtäkterna var inte längre det värsta. Hon märkte när det var på gång och brukade förbereda sig med någon fet salva så att det inte skulle göra så ont. Förnedringen hade hon redan tampats färdigt med och att gräva ner sig mer i det, skulle bara svärta hennes sinne och hindra henne från att tänka klart. Det var snabbt överstökat varje gång, vilket var besynnerligt för en karl i den åldern, men var naturligtvis en fördel för henne.

Hon hade befarat att julen skulle bli extra svår. Det blev den så till vida att saknaden efter Peter varit fruktansvärd. Men för övrigt hade hon sluppit både misshandel och våldtäkter. Carl-Henrik hade varit på ovanligt gott humör hela tiden och betett sig på ett nästan överdrivet gentlemannamässigt sätt. Han hade lagat fantastisk julmat och passat upp på henne som om hon varit drottningen av Saba. Det hade hållit i sig ända fram till nyårsdagen då driften inte kunde hejdas längre.

Till nyårsaftonen hade han köpt en ny kollektion av vackra kläder, skor och smycken. Helena hade undrat hur i hela friden han hade råd. Då fick hon fått veta att han var förmögen och att han hade åtskilliga miljoner sparade efter lyckade aktieaffärer. Den vetskapen var inte till någon större nytta just nu, men kanske någon gång längre fram då han skulle få stå till svars för sina gärningar och avkrävas på skadestånd.

***

Det var nu i slutet av mars och den sista snön hade precis försvunnit. Carl-Henrik hade tagit en veckas semester för att röja i trädgården. Helena hade knappt inte sett solen på flera månader och kände sig ganska nere, då hon fick beskedet hon så länge längtat efter. Då han kom ner den morgonen hade han ingen frukostbricka med sig.

"God morgon min sköna. I dag ska vi äta frukost på altanen. Det är nästan tolv grader varmt och soligt."

Helena visste inte vad hon skulle tro. Visserligen hade han lovat att snart släppa lite på tyglarna, men det var inte något hon tagit på så stort allvar. Hon hade varit inriktad på att vara inspärrad i sin fängelsehåla några månader till eller åtminstone tills han trott att han lyckats bryta ner henne tillräckligt. Att nu få komma upp och till och med ut i solen, kändes helt underbart.

Carl-Henrik gick före upp och den här gången låste han inte dörren efter sig. Helena klädde sig snabbt och det var med hjärtat i halsgropen hon kände på dörrhandtaget fast hon visste att den var upplåst. Det var tomt i övervåningen och altandörren stod lite på glänt. Hon kikade försiktig ut och ryggade nästan tillbaka av det skarpa solljuset.

Carl-Henrik hade dukat fram frukost med allt man kunde önska sig. Han satt själv bekvämt tillbakalutad i en utomhusfåtölj och smuttade på ett glas apelsinjuice.

"Kom och sätt dig vet jag, det är inte varje dag man får uppleva ett sånt här väder."

Helena satte sig och gjorde i ordning en smörgås med ost och paprika.

Carl-Henrik såg beundrande på henne.

"Jag tror att du skulle behöva lite mer av solljus och frisk luft, du börjar se blek ut. Du kanske skulle kunna hjälpa till lite i trädgården. Vill du det?"

Helena kände hur en varm ström av hopp flödade igenom henne. Kanske det här var slutet på hennes fångenskap och början på något som kunde leda till att hon skulle få möjlighet att fly.

Det kändes nästan overkligt att fritt få gå omkring i trädgården. Hon kom på sig själv med att för ett ögonblick släppa tankarna på en flyktplan och i stället börja fundera över hur trädgården skulle kunna göras om. Hon såg framför sig hur det skulle se ut om hon hade planerat den och var djupt inne i sådana tankar när Carl-Henrik ropade att lunchen var klar. Hon hajade till och såg sig om. Hade hon varit ensam utomhus? Det föreföll så och genast började hon fundera över att det funnits en möjlighet att ge sig iväg. Det var tät skog inte så långt från huset. Lyckades hon ta sig osedd dit skulle chansen att lyckas vara större än att springa åt andra hållet där vägen låg. Hon insåg att han förmodligen iakttagit henne inifrån och att hon skulle behöva vara ytterst försiktig för att inte väcka hans misstankar. Hon gick in och satte sig vid köksbordet.

"Vad har du lagat för något?"

Carl-Henrik lyfte stekpannan och skakade den.

"Det blir Biff Rydberg. Tycker du om det?"

Helena nickade.

"Jag tycker om det mesta utom inälvsmat."

Carl-Henrik skrattade.

"Det kan jag lova dig att du aldrig ska behöva äta. Tala bara om vilka dina favoriträtter är så ska jag se till att du bara får sådant som du älskar att äta."

"I så fall vill jag ha hummer minst en gång i veckan. Kan du ordna det?"

"Inga problem. Du kan få hummer varje dag om du vill."

"Får jag champagne också?"

"Självklart. Min kvinna kommer inte att sakna något i sitt liv, det hoppas jag att du en gång kommer att förstå."

Helena höll god min trots att hennes tankar var någon annanstans.

"I så fall skulle jag vilja bestämma hur trädgården ska anläggas. Du vet ju hur intresserad jag är. Får jag det?"

Carl-Henrik log och tog tag i hennes hand.

"Sa jag inte nyss att min kvinna inte ska sakna något? Självklart får du låta anlägga trädgården precis som du vill. Det viktigaste för mig är att du har det bra och är lycklig."

Under andra omständigheter hade det här varit för bra för att vara sant, tänkte Helena medan hon smälte det han sagt. Ett stort hus på landet med en fantastisk trädgård. En ung snygg man med obegränsade ekonomiska resurser och inga hinder att få alla sina drömmar uppfyllda. Nu tillkom några små detaljer som att mannen i fråga också var en sinnessjuk psykopat och verkade ha en mycket sjuk syn på sex.

Helena skrapade rent tallriken.

"Ska vi fortsätta i trädgården efter maten?"

"Ja, om du tycker att du orkar. Annars kan du gå och vila så fortsätter jag."

Att behöva gå ner till sitt fängelse igen var det sista hon ville och fast hon var trött, ville hon ta vara på den här stunden av något som kunde liknas vid frihet.

Carl-Henrik hade varit lika vänlig under resten av dagen och Helena undrade om han skulle våldföra sig på henne innan hon gick till sängs. Han ville nästan aldrig göra det i sängen utan det skulle oftast vara mot någon möbel eller över ett bord och för det mesta bakifrån. Hon undrade hur det kunde komma sig och tänkte att det kanske hade att göra med att han inte ville se henne i ögonen. Någonstans djupt där inne kanske det ändå fanns en liten känsla av att det han gjorde var fel.

Hon fick vara i fred och innan hon somnade låg hon och tänkte på dagen som varit. Om hon nu bara kunde hålla i känslan hon haft och inte förivra sig. Bida sin tid, spela med och sedan när det blev tillfälle, försvinna in i skogen. Det skulle krävas mycket av henne det förstod hon. Efter bara några timmars trädgårdsarbete hade hon blivit trött och hon insåg att hennes kondition skulle behöva förbättras. Om hon nu bara fick möjlighet att vistas mer ute, skulle hon röra på sig så mycket som möjligt och se till att få lite bättre kondition. Sedan jävlar skulle hon springa.

Kapitel 28

Första natten tillsammans med Ludmilla hade varit himlastormande. Så lång tid av återhållsamhet och kvävda känslor som bara vällde ut och inte gått att hejda. Peter hade aldrig varit med någon annan kvinna än Helena och han hade till en början varit orolig för att han skulle bli blockerad och helt enkelt inte klara av att genomföra ett samlag. Den oron kom på kant efter att Ludmilla tagit initiativet och väglett honom. Efteråt kände Peter sig lycklig och avslappnad på ett sätt han inte känt på väldigt länge.

Ludmilla stannade kvar hos Peter under hela sin semester och for bara hem till lägenheten för att hämta kläder och en del mat i kylskåpet, som annars riskerade att bli för gammal. Den mesta av tiden ägnade de sig åt att göra i ordning i trädgården. Allt som fanns i växthuset röjdes bort, grönsakslanden fick en rejäl ansiktslyftning för att vara redo att ta emot nästa säsong av primörer. Om kvällarna brukade de sitta på altanen, äta och dricka något gott och samtala om livets väsentligheter. I början hade Peter haft svårt att hålla Helena utanför samtalen och han var lite orolig för att Ludmilla skulle ta illa upp, men hon hade varit mycket förstående och när han väl fått prata av sig, kändes allt mycket lättare.

Ludmilla var mycket fysisk av sig och Peter hade till en början tyckt att det kändes lite främmande att ha en kvinna som klängde och pussade på honom mest hela tiden. Men han vande sig snart och började till och med sakna det om uppehållen blev för långa.

De var förvånansvärt samspelta. När han väl kommit underfull med hur hon fungerade i olika sammanhang, kunde han med stort självförtroende börja utforska den del av livet som tidigare varit lite av ett mysterium. Hur han än försökte, kunde han inte undvika att göra jämförelser med hur det varit med Helena. Han aktade sig mycket noga för att nämna något om det för Ludmilla, men tankarna gick liksom inte att hejda. Det var inte så att han hade något att klaga över, tvärt om. Det intima med Helena hade stundtals varit fantastiskt, men det var just känslan av otillräcklighet och att han inte fullt ut kunnat leva upp till hennes förväntningar. Då de talat om saken, hade hon försäkrat att det inte alls förhöll sig på det viset, men han hade ändå känt en liten osäkerhet. Nu var osäkerheten som bortblåst och den känslan var nästan överväldigande.

När Ludmilla började jobba igen hade Peter en vecka kvar av sin semester. Det gick två dagar innan han började längta ihjäl sig efter henne och de bestämde att hon skulle sova där på nätterna.

De hade kommit överens om att inte smyga med sitt förhållande så det första Peter gjorde då han börjat jobba och hade sitt första morgonmöte, var att tillkännage att Ludmilla och han nu var ett par. De hade kommit överens om att det inte fick uppfattas som om Ludmilla skulle ha några fördelar gentemot andra och när övrig personal började se att det stämde, upphörde det mesta av skvaller och baktalande. Alla hade lyckönskat dem och tyckte nog ärligt att Peter var värd att få vara lycklig efter allt sörjande.

Peter och Ludmilla umgicks hela tiden då de var lediga och det föll sig naturligt att de så småningom flyttade in under samma tak.

Det gick snabbt att tömma Ludmillas lilla lägenhet och snart hade både hon och Peter acklimatiserat sig så att det kändes helt naturligt att bo ihop.

Peter hade mer och mer börjat vänja sig vid ett bekvämt liv med ständig uppassning. Det enda han behövde göra var att laga mat och det var då ingen uppoffring. Han blev lite förvånad då det med tiden började visa sig att Ludmilla hade en bestämd uppfattning om när och hur arbetsuppgifter som inte direkt hörde till hushållsarbete skulle utföras. Det började med tapeter. Hon ville ha nya i alla rum. Peter hade nog trott att det hela skulle lägga sig och brydde sig inte så mycket om att skynda på. Då hade det tagit hus i helvetet och han blev tvungen att ta itu med det på en gång. Sedan blev det målning, utbyte av möbler, rivning av växthuset och uppsättning av ett Attefallshus där Ludmilla avsåg att ha en ateljé. Det var ett hårt arbete och han började inse att allt har sitt pris och att slippa hushållsarbete inte innebar några lättnader för övrigt. Men det gjorde gott att vara aktiv och inte bli någon soffpotatis. Han började känna sig stark och insåg att ett stillasittande liv inte längre var ett alternativ. Han hade ju faktiskt passerat sextio år och då fanns just inte mycket annat att göra än att hålla igång om man inte ville att kroppen skulle förfalla. Det tyckte Ludmilla var ett klokt sätt att resonera på och hon fick honom till och med att börja jogga ett par gånger i veckan.

***

Det var i början av april som nyheten brakade ner som ett åskväder över Peter. Han och Ludmilla hade precis kommit hem från en semesterresa till Kreta. Peter tittade på nyheterna när Ludmilla satte sig bredvid honom och tog hans hand. Hon skulle just till att säga något då han hyssjade till henne. Han ville höra vad man hade att säga om partiledardebatten som nyss avslutats. Ludmilla tog fjärrkontrollen och stängde av teven. Först blev han irriterad men ändrade sig snabbt då han såg hennes allvarliga blick.

"Vad är det?"

"Det har hänt något" sa Ludmilla. Peter blev orolig.

"Är det något allvarligt?"

"Det kanske man kan säga, det beror nog på vad du kommer att tycka. Jag är med barn."

Peter blev stel som en pinne, spärrade upp ögonen och stirrade på henne med öppen mun. Det såg så komiskt ut att Ludmilla började skratta. Han reste sig ur soffan.

"Vad var det du sa?"

"Jo, du hörde rätt. Jag är gravid. Jag har misstänkt det en tid men kunde inte tro att det var sant. Jag har gjort ett test och det visade positivt."

Peter satte sig ner med en duns.

"Så det var därför du inte ville dricka vin? Men det är väl inte möjligt, är inte du för gammal?"

"Tydligen inte. Jag är fyrtioett och det är inte helt ovanligt att bli mamma vid den åldern."

Tankarna for runt i huvudet på Peter. Skulle han bli pappa till ett litet barn, vid hans ålder? Han visste inte hur han skulle reagera.

"Har du tänkt på att jag är över sextio år? Barnet skulle alltså få en gammal gubbe till pappa."

Ludmilla log och strök honom över kinden.

"Du skulle bli en underbar pappa. Tänk så mycket visdom du kan förmedla och snart går du i pension. Vilket barn skulle inte vara lycklig över att ha sin far ständigt närvarande?"

"Jo, men hur ska jag kunna vara en bra pappa som orkar springa runt och leka och skoja. Tänk dig bara när barnet är tio år då är jag över sjuttio."

"Om du bara håller dig i form blir det inga problem. Titta bara så pigg du är nu och orkar du rumla runt i sängen som du brukar, orkar du säkert med att leka lite med ett barn också."

Hon klappade Peter på magen.

"Se vilken förbättring på så kort tid. Fortsätter du i den stilen kan du nog vara pigg och rask även då du blir över åttio och kanske bli en väldigt mysig farfar eller morfar också."

Peter tittade ner på sin mage som krympt ordentligt i omfång på bara några månader. Han försökte sortera de motstridiga känslorna och sakta men säkert började de falla på plats. En ofattbar lyckokänsla spred sig genom hela hans kropp och Ludmilla kunde se det i hans ögon. Det syntes så tydligt att hon inte behövde tvivla längre.

***

Lagom till hösten föddes en liten gosse med mörkt hår och blå ögon. Peter hade börjat gråta när han fick se honom. Det var glädjetårar till största delen, men även tårar av sorgsenhet då minnena från Helena sköljde över honom. Minnen från den tid då de så intensivt försökt att bli föräldrar. Den kamp de fört tillsammans och som aldrig ledde ända fram.

Kapitel 29

Helena började varje morgon med situps och knäböj. Hon sprang på stället tills hon blev andfådd och avslutade med några armhävningar. Det blev inte mycket till träning i början, men med tiden började hon märka resultat.

På vardagarna kom Carl-Henrik ner med frukosten och fyllde på i kylskåpet. Han såg alltid till så att hon hade färska tidningar och lite annat att sysselsätta sig med. Men hon var fortfarande inlåst då han var på jobbet.

Under helgerna var det annorlunda. Då åt de alla måltider tillsammans och hon kunde vara utomhus när hon ville. Att hon stod under ständig uppsikt var uppenbart så hon aktade sig noga för att ge sken av att vara nyfiken på omgivningen. Hennes tid skulle nog komma, bara hon hade tålamod och inte förivrade sig.

Det var dagen före julafton då hon satt och tittade på nyhetsmorgon, som hon fick se något som chockade henne djupt. Nyheten att man hittat Helena Grevsjös kropp och att det sannolikt rört sig om ett mord. Det blev kaos i huvudet och hon visste inte vart hon skulle ta vägen. Hon var ju här livs levande så vem i helvete var det då de hade hittat? Frågorna blev många men det fanns inga svar. Det blev i stället spekulationer som bara gjorde henne än mer förvirrad. Var det Carl-Henrik som hade iscensatt något så fruktansvärt eller var det bara ett antagande från polisens sida? I vilket fall som helst skulle allt sökande efter henne upphöra nu.

Hon tänkte på hur Peter måste ha reagerat då han fått veta. Han kunde vara ganska känslig i vissa situationer och det här måste ha varit fruktansvärt för honom. Hon kunde se honom framför sig då han satt nedsjunken i soffan med händerna för ansiktet och skaka av gråt. Hon tyckte så synd om honom, samtidigt som hon blev ännu mer motiverad att så fort som möjligt försöka fly.

Helena tvekade om hon skulle föra det på tal med Carl-Henrik. Det kanske skulle uppfattas som provocerande, men hon förstod att han skulle veta att hon fått reda på det. Hon hade ju både tv och tidningar. Hon bestämde sig för att inte nämna något utan låta honom ta upp frågan.

Det gjorde han redan samma kväll då de åt middag.

"Hur har din dag varit då?"

Helena verkade oberörd men hon förstod vad som skulle komma.

"Jo, tack som vanligt. Jag har läst och tittat på tv."

"Såg du något intressant på tv?"

Nu var det inte läge att låtsas längre.

"Jag såg att de hittat en kropp som de tror är jag."

Carl-Henrik tittade upp från tallriken.

"Jo, jag hörde det. Det verkar ju lite märkligt, men troligen så är det väl bara ett antagande att det skulle vara du och man är väl nöjd med att slippa leta vidare."

"Hur kan man anta något sådant? Även om kroppen är så illa åtgången att den inte går att identifiera så finns ju dna."

Carl-Henrik nickade.

"Det är sant, men om kroppen är uppbränd så är det svårt att hitta användbart dna och så är det kanske i det här fallet."

"Men tänderna då? Det har man ju hört att det går att fastställa en identitet genom röntgenbilder hos tandvården."

Carl-Henrik flinade på ett sätt som fick Helena att känna kalla kårar längs ryggraden.

"Hon kanske inte hade några tänder."

Det blev inget mer prat om den saken. Carl-Henrik dukade av och satte på musik.

"Vad ska vi hitta på i kväll då?"

Helena ryckte på axlarna. Hon kunde inte släppa tanken på vad som hade hänt med den döda kvinnan.

"Du kanske är trött och vill sova?"

Helena nickade. Inte för att hon var särskilt trött, men hon önskade inget hellre än att få vara ensam. Han hade våldfört sig på henne kvällen innan och hon hoppades att han skulle kunna hålla sig åtminstone några dagar till.

Som tur var verkade Carl-Henrik inte upplagd för sex den här kvällen. Han hade haft det slitigt på jobbet och gick till sängs tidigt.

Helena kunde inte somna. Hon låg och funderade på allt som hade hänt. Att det snart var jul hade hon inte ägnat en tanke. Men nu kände hon sig ledsen då hon började tänka på hur Peters jul skulle bli den här gången. Förmodligen skulle han vara onykter och det skulle inte vara konstigt då allt hopp nu var ute.

***

Carl-Henrik kände sig ganska nöjd. Det hade varit nervöst en tid och han tänkte mycket på om han förbisett något. När så beskedet kom att man hittat Helenas kropp, blev han lugn. Nu kunde han på allvar gå in för att bearbeta henne. Det skulle inte bli lätt och förmodligen ta lång tid, det insåg han, men att han skulle lyckas var han övertygad om. Ibland hade han tyckt att det började gå åt rätt håll. Helena hade till och med börjat skratta ibland. Det var ett gott tecken. Men så var det också det som han upptäckt då han låtit henne vara ensam ut i trädgården. Hennes blick som ständigt drogs till skogsbrynet och nervöst flackade omkring då han ropat till henne. Att hon skulle försöka fly hade han räknat med och var lite förvånad att det inte redan hänt. Men han skulle vara beredd och efter det skulle hon med största sannolikhet aldrig försöka göra om det, utan acceptera sitt öde och låta sig omformas till den perfekta livspartnern han strävade efter.

***

Den första snön kom på annandag jul och det kändes som ett stort bakslag. Det skulle omöjliggöra alla flyktförsök då spåren skulle röja henne. Det var vackert ute och de hjälptes åt med snöskottningen, men Helena hoppades hela tiden att det skulle bli plusgrader och att all snö skulle smälta bort.

Det var först långt in i april som värmen kom och snön försvann. Carl-Henrik hade föreslagit att de skulle sätta igång att planera i trädgården och Helena hade hållit god min och verkat entusiastisk. Kvällarna blev längre och de kunde hålla på ganska länge innan det blev dags att gå in. Carl-Henrik hade tagit fram ritningar över trädgården och Helena fick mäta och rita in hur hon ville ha det. Det skulle varit jätteroligt under andra omständigheter men nu hon hade svårt att koncentrera sig. Hon försökte i alla fall att vara så trovärdig det bara gick.

Helena kände sig i bra form och ju längre tiden gick, desto mer säker blev hon på att han inte längre bevakade henne lika intensivt. Ibland kunde han gå in och inte visa sig på flera timmar. Hon brukade snegla mot fönstren för att se om han stod och kikade. Det gjorde han ibland men inte hela tiden.

Ritningarna över trädgården började bli kompletta. Carl-Henrik granskade dem noga och berömde Helena för hennes kunnighet och goda smak. Snart skulle han hyra en minigrävare och börja förverkliga hennes planer. Han lovade att inte spara på något och Helena fick anteckna alla blommor och växter hon ville ha. Det var i alla fall något som för stunden fick henne att må lite bättre. Att bläddra i växtkataloger var något hon tyckte mycket om och att nu ha fria händer att beställa vad hon ville, kändes ganska kul, förutom att det aldrig skulle bli av. Hon kände sig redo och hade bestämt sig för att det var nu det skulle ske.

Den här morgonen var hon så nervös att hon skakade. Hon hade legat vaken halva natten och tvekat, men stålsatt sig och var nu fullständigt fokuserad på sin flykt. Carl-Henrik hade förgripit sig på henne två gånger kvällen innan och även slagit henne med ett bälte, men det var inte värre än att det gått att uthärda. Nu hoppades hon på att han skulle vara nöjd ett tag och kanske vara lite slö och ouppmärksam.

Det var söndag och de åt som vanligt frukost uppe i köket. Carl-Henrik verkade vara på bra humör och frågade vad hon ville göra.

"Jag är gärna ute i trädgården. Det är några saker jag funderat på nere vid tomtgränsen" sa Helena och spelade oberörd trots att hon var så nervös."

"Vad är det då du tänkt?" Svarade Carl-Henrik utan att lyfta blicken från tidningen.

"Jag hade ju ritat in en syrenhäck, men nu börjar jag fundera på ett staket i stället. Vad tycker du?"

Carl-Henrik fortsatte läsa.

"Det avgör du. Det är du som kan det där."

"Helena kände sig lättad. Det verkade som om allt gick enligt planerna, men hon ville inte visa sig allt för ivrig."

"Följer du med och tittar? Du kanske har några idéer?"

Carl-Henrik tittade upp från tidningen.

"Nej, inte i dag. Rita bara ner hur du tänkt så får vi se om det går att ordna."

Helena plockade undan frukosten och skyndade sig ner till sitt rum. Hon öppnade garderoben och tog fram en träningsoverall och ett par gymnastikskor. Garderoben var välfylld och det mesta hade Carl-Henrik köpt på eget bevåg, men en del hade hon själv frågat efter och just overallen och gymnastikskorna hade ett särskilt syfte. Hon gick upp.

"Okej, då är jag klar då. Kan jag gå ut?"

"Visst, gå du bara men kom in till lunch. Det blir sparrissoppa."

Då Helena tog klivet över tröskeln och satte ner foten på stenplattan nedanför altandörren, kändes hon sig nästan drogad. Det pirrade i kroppen av spänning och hon kände sig nästan svimfärdig. Lugnt och stilla gick hon runt i trädgården och låtsades intresserad av allt möjligt, men det enda hon hade i tankarna var skogsbrynet och friheten som låg tvåhundra meter bort.

Kapitel 30

Det fanns ett litet rum som Carl-Henrik brukade använda för meditation och eftertanke. Han kallade det för tukthuset Det var en garderob som var mycket spartanskt inredd med endast en bekväm fåtölj och en fotpall samt ett glasskåp där han förvarade läkemedel. Väggar och tak hade han målat svarta och på golvet låg en plastmatta i en mörkgrå nyans. Belysningen bestod av några inbyggda spottar med ett ganska matt ljus som kunde regleras med en dimmer.

Det här rummet hade en mycket speciell betydelse för honom. Det var en plats där han kunde vara bortkopplad från allt annat och där han kunde göra upptäcktsresor i sitt medvetande. Att han kallade det för tukthuset berodde på att det var smärtsamt att sitta där och rannsaka sig själv. Han hade iordningställt rummet efter en lång tid av självmedicinering som inte haft den effekt han hoppats på. Han hade experimenterat med olika läkemedel, men ibland hade det uppstått biverkningar som fått helt motsatt effekt mot det medicineringen varit avsedd för. Med tiden hade han insett att genom att gå in i sig själv och försöka analysera och förstå det som plågade honom, var en effektivare metod än att experimentera med kemikalier.

Det var inte så stor idé att sätta sig där då han var stressad eller orolig. Ofta brukade han göra det ändå, men då han var lugn och samlad fungerade det bättre. Det var på nätterna det kändes allra bäst.

Han kunde ställa klockan på ringning ibland, då han oftast brukade sova som allra djupast. Det verkade vara då som hjärnan bäst kunde bearbeta frågor han hade om det som hänt och varför han reagerat på ett visst sätt. Att han hade en sjuklig störning var något han var medveten om, men för att kunna fungera på arbetet och över huvud taget stå ut med sig själv, var han tvungen att försöka kontrollera sitt beteende och sina tvångstankar. Det gjorde han som bäst i det här rummet sent på nätterna.

Att det inte var någon medfödd störning var han ganska övertygad om. Han hade vänt ut och in på sin tidiga barndom utan att hitta någon förklaring. Det hela hade börjat då han kommit in i puberteten. Inte som en blixt från klar himmel utan mera smygande, allt eftersom åren gick. Det hela hade eskalerat i och med det brutala mordet på hans mor och permanentats efter att hans far hängt sig i sin cell. Det var tungt att bege sig tillbaka till den tiden, men han insåg att det var där kärnan till problemen låg och kanske även en del av lösningen.

Nu hade han kommit så långt i sin analys att han förstod att det osunda förhållandet med modern varit det som triggat igång det hela. Han hade redan då insett att det var sjukt, men på något vis hade hon ändå fått honom att fortsätta. En av de avgörande faktorerna hade nog varit hennes pondus och förmåga att få andra att se upp till henne. Den egenskapen hade nog varit bra i hennes roll som rektor, men när det kom till relationen med sin tonårige son, blev den katastrofal.

Carl-Henrik hade sakta men säkert börjat gräva i de känslor han hade haft vid den tiden och så smått börjat förstå sambanden. Hans starka sexualdrift och lockelsen

202

till äldre kvinnor kunde han med säkerhet tillskriva sin mor. Den plötsliga impulsen att tillgripa våld mot kvinnor var nog en effekt av upplevelsen då fadern slagit henne sönder och samman.

Han sammanfattade det hela i en förklaring som blivit lite av ett mantra och hjälpte honom att acceptera och inte helt tappa kontrollen. Det var tre personer i honom som samtidigt brottades om utrymme i hans hjärna. Den dominanta modern han låg med, den frånvarande fadern som brukat besinningslöst våld och han själv. Nu hade det ändå gått för långt och han hade passerat alla gränser. Flera gånger hade han övervägt om det inte vore bäst att bara försvinna från alltsammans. Bara ta en spruta och somna in för gott. En annan möjlighet var att släppa Helena fri och ange sig själv. Men då skulle han förmodligen hamna på Säter eller Karsudden och den tanken skrämde honom. Hur han än vände och vred på det, kom han alltid fram till samma slutsats. Att bara försöka göra det bästa av det och kanske någon gång i framtiden kunna se tillbaka och inse att det gått som han tänkt sig.

Det skulle inte bli några problem att bryta ner henne, han var redan på god väg. Men att sedan bygga upp och forma henne till den han ville, skulle bli svårare. Där skulle kanske arvet efter modern vara till god hjälp. Men det allra svåraste skulle bli i framtiden. Att hålla henne helt isolerad under lång tid skulle förmodligen bli omöjligt och att åstadkomma någon form av normalisering var nödvändig. Med ny identitet och flytt till utlandet skulle det kunna fungera. Men han såg helst att de skulle kunna stanna där de var. Han tyckte mycket om sitt hus och trivdes bra med sitt arbete. Det skulle naturligtvis innebära att allt skulle komma upp i ljuset en vacker dag och han skulle behöva ha en väldigt bra förklaring till det som skett. Särskilt svårt skulle det bli att förklara hur Helenas dna kunnat hamna i närheten av en uppeldad kropp, men nu fanns ju inga bevis för att det verkligen rörde sig om ett mord. Det kanske i värsta fall skulle kosta ett kortare fängelsestraff för brott mot griftefriden, men hade han bara Helena på sin sida kanske det skulle vara värt det.

Ett problem han kanske behövde brottas med, var hur hennes man skulle reagera. Efter dödsbudet hade han förhoppningsvis gått vidare och kanske hittat någon annan att dela livet med och det skulle göra det hela enklare. Om inte, finns det säkert en lösning om det problemet skulle uppstå.

Ännu var det lång väg kvar och han behövde fokusera mer på nuet än på framtiden. Det var uppenbart att Helena började bli mogen för den slutgiltiga nedbrytningen. Han hade märkt hur hon i sin nyvunna frihet börjat snegla bortom tomtgränsen och han var ganska säker på att hon snart skulle göra ett försök att fly. Det hade han räknat med och det skulle också vara en viktig ingrediens för fortsättningen på hans strävan att forma henne. Att för ett ögonblick få känna frihetens sötma för att sedan uppleva ett kolossalt misslyckande följt av en lång tid av umbäranden. Det skulle fullständigt bryta ner henne. Att hon sedan sakta men säkert skulle få uppleva små förbättringar som långsamt stegrades och slutligen resulterade i en underbar tillvaro, skulle med all sannolikhet få henne dit han ville.

Det hade skett utomlands och det hade fungerat. Carl-Henrik hade läst om det i en läkartidning och han hade också lärt sig vilka misstag som skulle undvikas. Han ville inte ha en kvinna som var skräckslagen och osäker. Nej, hon skulle vara självständig och fri men samtidigt lojal till hundra procent. Han måste kunna lita på henne och vara fullständigt säker på att hon aldrig skulle lämna honom. Processen att möblera om i hennes hjärna skulle bli lång och omständlig, men om han bara lyckades tygla sina demoner, skulle han ha en större chans att lyckas. Alla drifter och begär skulle nog få sitt under nedbrytningen och då skulle han inte behöva hålla tillbaka. Det var under uppbyggnadsprocessen han skulle sättas på prov. Det fanns läkemedel i form av hormonpreparat som skulle kunna vara till hjälp och han hade dem i säkert förvar i sitt glasskåp. I sina tidigare experiment med självhjälp hade han testat och fått goda resultat. Men det gick inte att använda dem i längden. Det förändrade honom på ett negativt sätt som gjorde det svårare att fungera som läkare. Skärpan hade försvunnit och just den egenskapen var oerhört viktig i hans yrkesroll. Men för en kortare tid skulle han vara beredd att överse med det.

Minsta lilla misstag skulle vara förödande. Om hon inte helt och fullt litade på att det han gjorde var rätt och att allt hade till syfte att göra henne lycklig, skulle resan bli så mycket svårare. Ett hårt ord eller ett slag vid fel tidpunkt kunde få allt att gå om intet och han skulle behöva börja om från början. Det skulle han nog inte orka.

Kapitel 31

Solen tittade fram bakom en molntapp. Helena satte upp handen för att inte bli bländad, men tog snabbt ner den då hon insåg att det kunde se misstänksamt ut. Hon tog tag i en kratta som stod lutad mot ett äppelträd och började kratta ihop lite nedfallna grenar och torra löv. Långsamt drog hon sig närmare tomtgränsen och friheten som väntade så tålmodigt på henne där borta i skogen. Då och då kastade hon ett öga mot fönstret för att förvissa sig om att han inte stod och tittade. Hon hade inte sett att det rört sig och hon var ganska säker på att han hade fullt upp med sparrissoppan. För ett ögonblick tvekade hon. Tankarna kretsade kring vad som skulle kunna hända om hon misslyckades. Var hon tillräckligt snabb och skulle hon överhuvudtaget orka springa någon längre sträcka? Förmodligen skulle det dröja innan det kom ett bra tillfälle igen, så hon kastade bort all tvekan samtidigt med krattan och satte fart över åkern.

Carl-Henrik satt och tittade på datorn. Han hade förberett sig med lätt klädsel och löparskor och trots att han avskydde att gå med skor inomhus, hade det den här gången varit nödvändigt. Redan då Helena frågat om hon kunde gå ut, hade han förstått vad hon hade i tankarna och med hennes beteende ute i trädgården hade det blivit uppenbart.

Kameran han riggat upp vid takfoten hade bra skärpa och gav en tydlig bild av vad hon hade för sig. När hon såg sig nervöst omkring och började dra sig nedåt tomtgränsen, gjorde han sig beredd. Han lät henne komma en bra bit på väg innan han satte efter henne. Det skulle inte vara särskilt svårt att hinna ifatt och varken någon väg eller bebyggelse fanns i närheten.

Carl-Henrik joggade i maklig takt över åkern. Hon hade redan kommit fram till skogen och förhoppningsvis inte sett honom. Det gjorde det hela lite mer spännande och han såg fram mot överraskningsmomentet då hon skulle upptäcka att hon var förföljd.

Helena pustade och flämtade. Att det skulle vara ansträngande hade hon räknat med, men inte så här jobbigt. Granskogen blev tätare och tätare och snart var hon tvungen att springa nästan dubbelvikt för att inte få de taggiga grankvistarna i ansiktet. Hon stannade och pustade ut med jämna mellanrum för att sedan sätta fart så mycket hon orkade igen.

Det kändes som om hon sprungit i flera timmar då hon kom fram till en glänta. Runt omkring gläntan var skogen tät och hon började tveka om i vilken riktning hon skulle fortsätta, men till slut bestämde hon sig för att springa rakt fram.

Skogen blev lite glesare. Helena var så trött att hon trodde hon skulle tuppa av, men hon stålsatte sig och fortsatte med oförminskad energi. Till slut orkade hon inte längre utan var tvungen att lägga sig ner. Hjärtat bultade så hårt att hon trodde att det skulle hoppa ur kroppen på henne. Den häftiga andhämtningen störde hennes hörsel och hon försökte hålla andan för ett kort ögonblick för att förvissa sig om att han inte skulle vara i närheten. Då hon inte hörde något slappnade hon av lite för att sedan resa sig och sätta fart på nytt.

Då Carl-Henrik kommit några hundra meter in i skogen, stannade han och tog upp sin mobil. Med några få knapptryckningar kunde han genast se var hon befann sig. Han log åt sin egen påhittighet. Att låta installera en GPS i hennes armbandsur hade varit en utmärkt idé. Först trodde han att det skulle bli svårt att hitta någon som var tillräckligt liten så att den skulle få plats. Men på nätet hade han hittat en som inte var större än ett knappnålshuvud. Efter lite pillrande, hade han lyckats få in den där batteriet sitter. Han hade varit lite skeptisk för den var inte alls dyr, men den såg ut att fungera alldeles utmärkt. En liten blå prick syntes på skärmen ungefär en halv kilometer in i skogen. Han stoppade ner mobilen och började jogga i den riktning som pricken visat.

Nu började Helena känna att hon nått sin gräns. Hon var ju i alla fall över sextio år och att då begära att hon skulle orka springa hur långt som helst, var inte rimligt. Hon var tvungen att vila igen och hoppades att hon snart skulle känna sig redo att fortsätta. Hon kröp in under en tät gran där grenarna hängde ner mot marken och nästan bildade en koja. Där lade hon sig på rygg och lät hjärtslagen och andhämtningen sakta återgå till normalläge.

Hon skulle precis resa sig för att fortsätta då hon hörde en kvist som knäcktes en bit därifrån. Det kändes som om allt slutade fungera i kroppen. Kallsvetten sipprade fram och hon tordes nästan inte andas. Genom en öppning i granriset kunde hon se något som rörde sig. Hon hoppades innerligt att det skulle vara någon annan, kanske någon som bara gick på en skogspromenad eller kanske ett rådjur. Hon behövde inte hoppas särskilt länge för nu började konturen av en storvuxen man framträda allt tydligare och den mannen var Carl-Henrik. Helena tryckte sig mot marken och gjorde sig så liten som möjligt. Hon försökte andas så tyst det bara gick, men i hennes öron lät det som en mindre storm som säkert kunde höras på långt håll. Hjärtslagen lät som om någon slog på en bongotrumma och det hjälpte inte att hon höll för med händerna.

Carl-Henrik såg på mobilen att pricken inte rörde på sig och han förstod att hon låg och tryckte någonstans. Han gick runt och kollade lite och snart hade han lokaliserat vart hon var. Han fortsatte att gå runt hennes gömställe och låtsades inte om att han visste var hon befann sig. Efter en stund gick han längre in i skogen för att sedan tyst smyga tillbaka och försiktigt ta sig fram bakom granen där hon låg och tryckte. Han kunde snart se henne och det verkade inte som om hon upptäckt honom. Han kröp lite närmare och när han bara var någon meter ifrån henne skrek han till med skarp röst.

"HALLÅ DÄR!"

Det kändes som om hon lyfte en halv meter från marken och landade med en duns. För ett ögonblick hade hon trott att han inte upptäckt henne och hoppet hade börjat återvända. Nu var det bara att inse att allt var över. Att försöka springa ifrån honom skulle vara meningslöst och hon kände att hon inte ens skulle orka försöka.

Carl-Henrik skrattade gott och länge. Han trodde nog att hon skulle bli rädd, men det här blev nästan för bra. Han reste sig och borstade av sig mossa och granbarr.

"Kom fram nu. Du behöver inte vara rädd för jag ska inte göra dig illa."

Helena kravlade sig fram och reste sig. Hon kastade en ängslig blick på honom och såg att han inte verkade arg. Han gick fram till henne och greppade hennes hand."

"Du var mig en jäkel att kunna springa. Ett tag trodde jag nästan inte att jag skulle kunna komma ifatt. Vet du egentligen vart du var på väg?"

Helena skakade på huvudet.

"Nej, men jag ville komma så långt bort som möjligt."

"Men varför? Har du det inte bra hos mig?"

Helena svarade inte. Frågan var så obegripligt dum och om han inte förstod det skulle han heller inte förstå hennes svar.

Carl-Henrik släppte hennes hand och började gå.

"Kom nu så går vi hem."

Det fanns inget annat att göra än att följa med. Hon hoppades att rymningsförsöket inte skulle medföra några tråkigheter och kanske skulle hon lyckas övertyga honom om att det bara varit en impulshandling och att det inte skulle hända igen.

De sa inte så mycket på hemvägen. Carl-Henrik verkade vara på gott humör och småvisslade lite medan han parerade ansiktet från kvistar som var på väg att piska till honom. Helena gick bakom och hon fick hela tiden akta sig för de vassa grankvistarna han föst undan och som sedan slog tillbaka mot henne.

Snart kunde hon se huset och blev förvånad över att det inte var längre bort. Hon trodde att hon hunnit flera kilometer, så kändes det i alla fall, men tydligen hade hon inte kommit långt alls.

Då de kom in i köket bad Carl-Henrik henne att slå sig ner vid köksbordet. Han drog på spisen och värmde sparrissoppan som nu stått och kallnat.

"Jaha du Helena, nu är du väl ordentligt hungrig efter det här träningspasset. Ska det smaka med lite sparrissoppa och en skiva vitlöksbröd?"

Hon var inte det minsta hungrig, men nickade och hällde upp ett glas lingondricka som hon hastigt svepte.

Det var en ganska tryckt stämning då de åt. Helena märkte att Carl-Henrik iakttog henne med en blick som hon inte kände igen och undrade vad det skulle betyda. Hon behövde inte undra särskilt länge. Då de ätit klart och plockat undan på bordet, tog han tag i hennes hår och gav henne några hårda örfilar. Han stirrade stint på henne. Hans ögon var inte längre vänliga utan svarta och smala som hon så många gånger sett förut. Men nu var det något annat också. Hela hans ansiktsuttryck blev på något vis groteskt. Han knep konstigt med munnen och näsborrarna vidgades. Helena blev rädd. Hon hade alltid blivit rädd då hon sett hur hans onda sida tagit överhanden, men den här gången var det som om djävulen själv farit i honom.

Han fortsatte att slå henne med öppen hand i ansikte samtidigt som han drog henne i håret. Med några kraftiga ryck slet han sönder hennes träningsbyxor och trosor, knuffade ner henne över bordet och våldtog henne. Han stönade högt och nästan skrek då han nådde kulmen.

Helena kände att hon börjat blöda från näsan. Han hade hållit ett hårt grepp om hennes hår och då han kommit till finalen hade han dunkat hennes ansikte i bordet så hårt att hon varit nära att svimma.

Carl-Henrik gav henne en bit hushållspapper och sa till henne att gå ner till rummet. Han gick strax bakom fram till dörren som han sedan låste.

Helena såg sig i spegeln. Det var ingen vacker syn. Blodig i ansiktet och en rödsprängd svullnad över ena kinden. Hon ställde sig i duschen och skyndade sig sedan att krypa ner under täcket.

Där var det mörkt och stilla och hon började bearbeta de tankar som lagrats och väntade på att få komma fram.

Det första som kom var tårar. Inte lätta tårar som sakta pressades ut och rullade ner över kinderna. Nej, de fullkomligt forsade fram och hon kände hur kudden blev våt. Sedan kom ilskan. Hon bet ihop tänderna, knöt sina händer så att knogarna vitnade och skakade i hela kroppen. Sedan kom grubblet och det var nog det som kändes mest smärtsamt. Motstridiga tankar om att bara ge upp eller fortsätta kämpa. Hur länge skulle hon behöva vara fången? Nu när ingen längre letade efter henne skulle hennes enda chans vara att på nytt försöka fly och det verkade vara en omöjlig uppgift. Kanske skulle hon hänga sig i ett skärp fastsatt i taklampan? Då skulle allt vara över och hon skulle inte behöva fundera längre. Men då hade han segrat och den tanken var motbjudande. Nej, så fan heller att han skulle få bryta ner henne. Hon bestämde sig för att aldrig någonsin ge upp om det så skulle ta flera år, och hur svåra konsekvenserna än skulle bli. Till slut skulle hon stå där fri och se på medan han fick stå till svars för sina gärningar inför omvärlden.

Kapitel 32

Att bli förälder vid en ålder då de flesta blivit mor eller farföräldrar, skulle inte bli enkelt, det var Peter fullt medveten om. Men hans farhågor hade kommit på kant bara efter en kort tid då han upptäckt att detta var något av det roligaste han någonsin upplevt. Själva förlossningen hade varit ett spänningsmoment han nästan inte trodde att han skulle klara av. Ludmilla var ju ingen ungdom längre och han var vansinnigt orolig för att något skulle gå fel. När sedan barnet kom ut och han för första gången fick se sin son, var det som om allt annat bara försvann och det enda som existerade var just den stunden då far och son knöt ett band som aldrig skulle gå att knyta upp. Det var en lyckokänsla så stark att den inte gick att beskriva. För ett ögonblick hade han helt glömt bort Ludmilla som låg där och andades häftigt. Han kom till sans då hon vände sig mot honom och log.

"Nå, tycker du han är lik dig?"

Det fanns ingen tvekan om vem som var far till barnet. Peter påminde sig om ett gammalt fotografi på sig själv då han var ett år gammal och det här var en kopia av honom, trots att barnet var nyfött.

Den första tiden hade inte Peter haft mycket att säga till om. Ludmilla hade varit mycket bestämd över vad som var bäst för barnet och Peter kunde inte gärna säga emot då han inte hade någon erfarenhet. Det hade visserligen inte hon heller, men på något vis verkade det nästan som om det låg i hennes gener och att hon inte behövde tänka efter vad hon skulle göra. Peter blev lugn och trygg med vad han såg och nöjde sig med att bara göra som han blev tillsagd. De bästa stunderna var då han satt med pojken i knät och försökte få honom att sova. Pojken plockade med Peters fingrar och drog och bände så det nästan gjorde ont.

"Du var mig allt en stark liten krabat" tänkte Peter och kände hur stolt han blev.

Den två veckor långa pappaledigheten gick alldeles för fort och Peter hade redan börjat snegla på sina tjänstepensionsavtal. Det var tre år tills han planerat att gå i pension, men nu kändes det som om den tiden låg allt för långt fram. Han hade ibland funderat över framtiden och våndats över sin höga ålder. Det var inte alls säkert att han skulle bli så gammal som han hoppades och då gällde det att ta vara på den tid som var kvar. Så redan efter någon vecka på jobbet bestämde han sig för att gå tidigare. Huset var betalt och han hade en hel del undanstoppat. Livförsäkringen på två miljoner efter Helena hade raderat alla skulder och det blev ändå mycket över. Tjänstepensionen skulle gå att leva gott på och när sedan den allmänna pensionen började betalas ut, skulle han ha det lika gott ställt som när han jobbat. Ludmilla hade i början av graviditeten tydligt låtit förstå att hon skulle bli hemma under lång tid. Hon hade själv en del undanstoppat och när hon nu inte skulle behöva köpa något hus, blev det till en trygg buffert. Några ekonomiska hinder för en tidigarelagd pension fanns alltså inte och det var med glädje han meddelade sin personal att han ämnade sluta vid årsskiftet.

Det blev lite gnäll över att Henriksson skulle bli den som tog över, men då han sett till att det kommit nya kaffemaskiner till fikarummet och ner till lagret, hade motståndet blivit något mindre.

Peter brydde sig inte särskilt mycket om vad som hände på jobbet och vad personalen tyckte. Han gjorde det han skulle på ett så bra sätt som möjligt, men i tankarna fanns bara familjen och den stundande ledigheten.

Ludmilla satt och bläddrade i en kalender.

"Henrik eller Tobias låter väl bra? Eller kanske Börje, vad tycker du?"

Peter hade inte funderat så mycket på vad han skulle heta. Bara det inte blev något konstigt så kunde väl det mesta duga.

"Inte Börje i alla fall. Det hette en granne när jag var liten och han var riktigt äcklig. Han brukade be oss unga grabbar att pissa i hans fickor och då fick vi varsin slant. Nej, Börje ska han definitivt inte heta."

Ludmilla tittade med stora ögon på Peter.

"Men vad är det du säger? Har du blivit utsatt för en pedofil?"

"Det kanske han var, men utsatt är väl för mycket sagt. Han gjorde inget vad jag vet och vi tjänade ju en hel del. Man hade ju inte så mycket att röra sig med på den tiden så varje liten slant var välkommen. Vi köpte mycket godis och glass och tyckte nog det var värt det."

"Jag säger då det. Ni skulle ha anmält honom."

"Kanske det, men då var det ingen som tänkte på det. Det var allmänt känt att han var knepig och när vi blev äldre var det några av grabbarna som klådde upp honom. Han dog visst strax efter att jag flyttade hemifrån."

Ludmilla tog en penna och strök över namnet i kalendern.

"Börje går fett bort. Vad säger du om de andra namnen då?"

"Henrik låter väl bra. Då kan vi kalla honom för Henke efter Henke Larsson, fotbollsspelaren du vet."

Ludmilla kunde inget om fotboll men hon tyckte namnet låg bra i munnen.

"Hur blir det med efternamnet då? Hoti, det låter väl lite udda?"

"Peter låtsades tänka, men hade tidigt bestämt att pojken skulle heta Grevsjö. Det skulle han stå upp för, kosta vad det kosta ville."

"Henrik Grevsjö låter väl bra? Om vi skulle få för oss att gifta oss någon gång då skulle ju du också heta Grevsjö och då vore det väl lite konstigt om gossen hette Hoti?"

Ludmilla nickade gillande. Hon hade inte tänkt att det skulle bli något giftermål, men efter det att sonen föddes hade hon börjat komma på andra tankar.

Det blev bestämt att sonen skulle heta Henrik Emanuel Grevsjö. Emanuel som andra namn efter Peters farfar.

Det första året som pensionär var den lyckligaste tid som Peter någonsin upplevt. Det var på något vis även lite smärtsamt då han ännu inte helt släppt tankarna på Helena och vad de upplevt tillsammans genom livet. Visst hade han varit oerhört lycklig med henne många gånger och då speciellt i början då de var nyförälskade. Men att nu ha en hel liten familj att bry sig om var något alldeles speciellt. Sorgen satt kvar någonstans djupt där inne och skulle förmodligen finnas där resten av livet, men den var inte lika smärtsam längre utan vilade lugnt och fint på en mjuk bädd av lycka.

Henke tog sina första stapplande steg några dagar innan han skulle fylla ett år. Peter hade länge försökt få honom att ta sig fram på egna ben, men det verkade inte som om pojken haft några planer alls på det. Han tog sig fram genom att hasa och rulla och det med en förvånansvärd hastighet. Det var först då han verkat ha undersökt allt som fanns en halvmeter över golvet, som han började visa intresse för det som fanns lite högre upp. Peter och Ludmilla applåderade då de fick se att han stod upp och det fick honom att komma ur balans, ramla och slå huvudet i golvet. Peter filosoferade över händelsen medan Henke fick tröst i Ludmillas famn.

"Ja, tänk att han så tidigt fick känna på hur det kan vara i verkliga livet. Att en plötslig framgång så snabbt kan ändras till ett nederlag. Men det kan vara en nyttig lärdom att bära med sig genom livet. Tro inte att du lyckats fullt ut innan du misslyckats ett antal gånger."

Ludmilla suckade och log lite illmarigt.

"Jaså, det är till att ha blivit en filosof nu. Det är nog lite för tidigt att göra några djupgående analyser bara för att Henrik råkade ramla."

Peter hade något drömskt i blicken när han satt och stirrade rakt fram.

"Jag bara tänker på då han blir lite äldre och upptäcker hur allt fungerar, att det finns svårigheter han måste övervinna för att kunna ta till sig allt det roliga som väntar runt hörnet."

Ludmilla satte ner pojken på golvet och reste sig.

"Nej, nu får du se efter honom. Jag måste plocka undan tvätten. Var lite uppmärksam för han kommer säkert att försöka resa sig igen."

Tre dagar efter första försöket kunde Henke med lätthet ta sig fram på två ben. Efter en ganska stillsam tillvaro började nu en hektisk tid för både Peter och Ludmilla. Henke var mycket livlig och verkade ha en outtröttlig energi och äventyrslust. Han ville undersöka så mycket som möjligt på en gång och det var fullt sjå med att hinna med att passa på honom. Ibland var han för kvick och det resulterade i en förstörd DVD-spelare då han pissat på den samt en nerriven gardin som dragit med sig alla krukväxter som stått i fönstret. Peter var ganska slutkörd efter en vecka och längtade till den dagen då det skulle kunna gå att föra ett vettigt samtal med sonen om vad man fick och inte fick göra.

Kärlekslivet var begränsat under den här tiden och det tyckte Peter var lite tråkigt. Han kunde sakna de heta stunder han och Ludmilla haft innan barnet kom. Det hade varit som om en ny värld öppnats för honom och han hade känt sig både stolt och nästan lite högfärdig över att ha kunnat prestera på en nivå han tidigare inte trott vara möjlig. Numer blev det mest en snabbis i badrummet eller stilla och tyst under täcket de få gånger som Ludmilla tyckt att det kunde vara lämpligt. Inte för att det var något stort problem. Peter fick vad han behövde, och det var inte så mycket, men han fick aldrig möjlighet att riktigt visa vad han kunde.

Det fanns så mycket att glädjas över nu och i takt med att Henke växte och började utvecklas i en rasande fart, fick också Peter fullt upp med att hänga med och få vara delaktig i allt roligt som hände.

Kapitel 33

Om det varit ett rent helvete tidigare så var det inget mot det Helena nu fick uppleva. De första dagarna efter flykten hade inte varit så farliga. Carl-Henrik hade varit ganska vänlig och inte låtsats så mycket om det som hänt. Men snart skulle allt förändras till det sämre. Det började med att han kom ner sent på natten då hon sov djupt. Helt utan förvarning hade han börjat slå henne och därefter våldtagit henne hårt och brutalt innan hon ens hunnit vaknat till. Efteråt hade han gått därifrån utan att säga något. Det där upprepade sig och skedde vid olika tidpunkter men alltid på natten. Helena började få svårt att sova. Hon visste aldrig när det skulle ske och han smög alltid ner så att hon inte hörde honom komma. Flera gånger hade hon försökt att göra motstånd, men han var alldeles för stark för att hon skulle kunna rå på honom. Vid ett tillfälle lyckades hon i alla fall klösa honom i ansiktet, men det enda som kom ut av det, blev en ännu värre misshandel.

Att aldrig få se dagsljus var till en början inte så jobbigt. Så hade det varit under lång tid i början av hennes fångenskap och hon hade haft så mycket annat att tänka på. Nu började det bli något som plågade henne mer och mer. Visserligen hade hon allt hon behövde för att överleva och hon behövde aldrig gå hungrig eller smutsig. Men avsaknaden av mänsklig kontakt och att kunna njuta av frisk luft och sol blev allt mer outhärdligt. Trots att Carl-Henrik var ett odjur, kunde han emellanåt vara en både intressant och underhållande samtalspartner. Han var mycket allmänbildad och en god och medkännande lyssnare. Det hade varit svårt att finna någon glädje i samtalen, men efter att ha insett att det varit att välja mellan två onda ting hade hon ändå valt det minst onda. Hon hade försökt intala sig att det var en sjuk människa som inte kunde styra över sina egna handlingar, hon hade att göra med och att den goda sidan inte var ansvarig för den onda. Med det sättet att resonera hade det känts lite lättare. Nu var det inte frågan om några samtal över huvud taget. Hon hade verkligen försökt men han svarade bara på hennes frågor med tystnad. Han försåg henne med det nödvändigaste utan att säga något. Det enda ljud som kom från honom var då han stönade under våldtäkterna.

Det dröjde inte länge innan hon blev så deprimerad att hon inte kunde komma upp ur sängen. Carl-Henrik hade undersökt henne och sedan kommit ner med några tabletter. Helena läste på burkarna och förstod att det var antidepressiva läkemedel. Först hade hon tänkt att spola ner dem i toaletten, men ångrat sig då hon insett att hon skulle vara tvungen att försöka bli frisk igen. Någon annan utväg fanns inte om hon någonsin skulle få ork och tillfälle att försöka fly igen.

Hon kände sig lite bättre efter att ha medicinerat sig i några dagar och snart var hon på benen igen. Det var inte som förut då hon sjunkit in i depression. Visserligen kände hon sig slö och hade svårt att tänka klart, men de tankar som ändå kom var inte längre lika svarta.

Det var svårt att komma sig för att träna och tabletterna hade inte precis gjort det lättare, men hon insåg i alla fall att hon var tvungen och kämpade dagligen med situps, armhävningar och löpning på stället.

De nattliga besöken fortsatte med samma oregelbundenhet som tidigare och det tog hårt på psyket. Hon försökte att inte visa sig svag men efter en tid insåg hon att den taktiken inte var särskilt bra. Misshandeln blev allt värre och snart befarade hon att det skulle kunna sluta riktigt illa. Hon bytte taktik och i stället för att visa sig stark och ståndaktig började hon i stället att ge sken av att vara på väg att bryta ihop. Hon skrek och grät, kastade sig ner och dunkade huvudet i golvet då han kom in. Misshandeln och övergreppen fortsatte, men kanske med något mindre intensitet. Det var i alla fall så hon uppfattade det och det fick henne att fortsätta på den det viset.

Det visade sig så småningom att hennes taktik verkade fungera. De nattliga besöken kom allt mer sällan och en natt hade han faktiskt öppnat munnen och sagt några vänliga ord innan han försvunnit ut. Helena hoppades att det skulle vara början på något nytt, men ännu var hon inte säker, så hon fortsatte med sina hysteriska och förtvivlade utbrott.

Carl-Henrik hade tydligen tagit intryck av hennes beteende och i stället för att smyga sig ner om nätterna hade han låtit henne sova. Övergreppen hade inte helt upphört men nu skedde det oftast tidigt om kvällarna då han kom hem från arbetet.

Vid det här laget började Helena bli ganska härdad. Misshandeln bekom henne inte så mycket och våldtäkterna var visserligen smärtsamma och förnedrande men inte värre än att hon kunde stå ut. Hon hade hela tiden i bakhuvudet att det skulle komma en tid då hon skulle få upprättelse och det var den insikten som höll henne vid liv.

Det gick månader utan någon märkbar förändring. Men så plötsligt en morgon då han kom ner med hennes frukost, betedde han sig annorlunda. Helena hade mer eller mindre tappat tidsuppfattningen men hon antog att det var helg. Carl-Henrik såg allvarlig ut men hade inte den där blicken han brukade ha då han skulle slå henne. Han satte sig på sängkanten och strök henne över håret.

"Du Helena, vi måste tala allvar."

Hon hasade upp mot sänggaveln och var mycket spänd på vad han hade att säga.

"Du förstår, jag tycker inte att det här är särskilt roligt. Att behöva ha dig inspärrad som en apa i en bur. Men jag har inte haft något annat val, det kanske du förstår."

Inte för att hon förstod, men hon nickade. Carl-Henrik fortsatte.

"Jag tror att tiden börjar bli mogen för en lite mer normal relation. Tycker inte du det?"

Helena nickade ivrigt.

"Men det innebär att du måste hålla dig till de regler jag sätter upp och inte göra något nytt försök att rymma."

"Det kan du glömma" tänkte Helena, men fortsatte att nicka.

"Kommer du ihåg att jag skojade med dig tidigare, om att jag skulle döda dig och sänka ner dig i Kvarnsjön om du lämnade mig?

Helena kom ihåg. Det var något som etsat sig fast i hennes medvetande.

"Det jag säger nu är inte på skoj, det ska du ha fullständigt klart för dig. Jag kommer aldrig att tillåta att du ger dig av igen. Om inte jag kan ha dig ska heller ingen annan få dig. Om inte du finns så har jag ingen anledning att leva. När jag säger så här, förstår du då hur mycket du betyder för mig?"

Han tog tag i hennes hand och tittade henne djupt i ögonen. Helena försökte vända bort blicken men han tvingade henne med andra handen att se på honom.

"Förstår du det? Svara mig!"

Hon fick fram ett svagt "ja".

Nu fick Carl-Henrik ett bistert och nästan ledsamt uttryck i ansiktet.

"Du svarar ja men har nog inte riktigt förstått vad det skulle innebära om du inte menade det. Jag är hemskt ledsen men jag är tvungen att låta dig få uppleva en försmak av vad som skulle hända."

Han tog upp något ur sin byxficka och Helena såg att det var en spruta.

Carl-Henrik tog bort nålskyddet, höll upp sprutan och tryckte försiktigt så att några droppar sipprade fram ur nålspetsen.

"Den här innehåller ett gift som kommer från Paraponera clavata. Det är en slags myra från Sydamerika. Har du hört talas om den?"

Helena skakade på huvudet. Hon började ana att det skulle hända något förskräckligt.

"Nej, jag förstår det. Det är inte många som vet, men det här giftet är ett av de mest smärtsamma som finns och har man en gång blivit biten av en sådan myra, vill man aldrig uppleva det igen, det vill säga om man överlevt."

Helena kände hur ångesten kom krypande och hon började svettas ymnigt.

"Du tänker väl för guds skull inte spruta det i mig?"

Carl-Henrik sänkte blicken och såg uppriktigt ledsen ut.

"Det är nog tyvärr så att jag måste. Det kommer att få dig att inse allvaret i det jag säger. Det är inte en dödlig dos och kommer bara att påverka dig för en kortare stund. Det är precis så du kommer att känna om jag skulle bli tvingad att avsluta ditt liv. Det kommer inte att gå fort utan pågå i timmar och du kommer att längta så mycket efter döden att du utan att tveka en sekund skulle offra allt du höll kärt för att få komma dit."

Helena började sparka och skrika men Carl-Henrik höll fast henne i ett stadigt grepp. Sakta förde han sprutan mot hennes axel.

"Slappna av nu människa. Du kan inte förhindra det och om du spänner dig blir det bara värre."

Han tryckte in sprutan och tömde innehållet.

Först kändes bara sticket och det började klia lite. Sedan spred sig en underlig värme i hela kroppen. Det gjorde inte ont och Helena började nästan tro att det inte skulle bli så farligt. Sedan kom smärtan. Det var som om varenda cell i kroppen exploderade. Kroppen skakade i spasmer och Helena skrek med munnen så vidöppen att käken nästan gick ur led. Men det kom inget ljud, bara ett svagt väsande. Smärtan var outhärdlig och stegrades hela tiden. Till slut var den så intensiv att hon var övertygad om att hon skulle dö. Hon bad till gud att han skulle ta bort det onda men det blev bara värre. Till slut förlorade hon medvetandet, men bara för en kort stund. Då hon vaknade kände hon hur smärtan började klinga av, men den var fortfarande fruktansvärd. I ögonvrån såg hon hur Carl-Henrik satt bredvid med tårar i ögonen.

Det hela hade bara pågått i någon minut, men för Helena kändes det som en evighet. Hon skakade som ett asplöv och lakanet var genomblött av svett. Då smärtan gick över, kändes det ungefär på samma sätt som innan den kom. Det kliade och hon blev varm inombords, men sedan försvann den och hon kände inget mer.

Carl-Henrik reste sig och såg allvarligt på henne.

"Hoppas du förstår nu att jag menar allvar."

Kapitel 34

Det hade varit en lång men spännande väntan på att få höra vilket ord som först skulle komma ur Henkes mun. Han hade redan sagt en hel del men inget som gått att uppfatta som riktiga ord. Peter hoppades förstås att han skulle säga pappa, precis som Ludmilla förväntade sig att han skulle säga mamma. De blev båda besvikna när de tydligt kunde uppfatta något som inte alls var i närheten. "Doko muck" Henke upprepade ordet till de hörde att det han försökte säga var "Doktor Mugg." De skrattade hjärtligt då de förstod var han fått det ifrån. Det gick ett barnprogram på tv där Markoolio hade gestaltat sin karaktär Doktor Mugg, varje kväll efter sex-nyheterna. Peter hade tyckt att lite tv-underhållning säkert skulle vara roligt för pojken, så han hade lagt honom varje kväll på en fårskinnsfäll framför teven. Ludmilla hade inte varit särskilt entusiastisk men ändå gett med sig. "Lite ska han väl ha att säga till om, stackarn" hade hon tänkt och låtit honom hållas. Henke verkade i alla fall uppskatta underhållningen och hade skrattat ljudligt varje gång Markoolio kommit i bild.

Peter hade inte för ett ögonblick ångrat att han gått i pension lite tidigare än det var tänkt. Han kände sig så oerhört privilegierad och undrade nästan vad han gjort som förtjänat denna lycka. Helena fanns kvar inom honom, men nu mer som ett kärt minne som alltid skulle finnas där. Då och då men allt mer sällan kunde han känna ett sting av sorg, men när han såg på Henke och Ludmilla och hur fina de var, blev sorgen genast lite lättare att bära. Svårast var ovissheten om vad som hänt, vem som bragt Helena om livet och vad hon hade råkat ut för. Polisen hade låtit övertygande när de försäkrat att de skulle få fast den skyldige, men Peter ville inte hoppas för mycket. Det hade nu gått så lång tid och det fanns ju inget kvar av kroppen utom aska och förkolnade benbitar som nu låg i jorden.

Han hade lovat sig själv att aldrig glömma Helena. Hon hade ju varit en stor det av hans liv och att hon nu var borta var inget han kunde göra något åt. Men han besökte regelbundet hennes grav och såg till att den var välskött.

Henke började så småningom att bli allt mer talför och snart gick det faktiskt att föra ett någorlunda vettigt samtal med honom. Han verkade ha lätt för att lära och både Peter och Ludmilla förvånades över hans växande ordförråd.

Ludmilla hade fått sin vilja igenom på alla punkter. Huset var rustat precis så som hon ville ha det och ute i trädgården stod ett gulmålat Attefallshus med tegeltak, på den plats där växthuset tidigare stått. Det hade varit ett styvt jobb för Peter, men då han kunde se det färdiga resultatet och glädjen i Ludmillas ögon, hade han tyckt att det varit värt allt slit.

Ludmilla började tillbringa allt mer tid ute i sin ateljé, så Peter fick mycket kvalitetstid med sin son.

Förhoppningsvis skulle Henke då han blev äldre, se tillbaka och tycka att den varit värdefull. Det var den i alla fall för Peter.

Ludmilla hade länge gått och tvekat, men då Henke skulle fylla tre år, hade hon bestämt sig. Hon tog upp frågan en kväll då pojken somnat.

"Du Peter, jag skulle nog kunna tänka mig att heta Grevsjö i efternamn i alla fall."

Peter höjde på ögonbrynen och slet blicken från nyheterna som nyss hade börjat på tv.

"Jaså, vad är det som fått dig att börja fundera på det? Det har ju inte varit aktuellt tidigare."

"Nej jag vet, men det har varit det här med Helena, förstår du väl. Nu har det gått så lång tid att det skulle kännas okej."

Peter tog hennes hand och gav henne en puss på munnen.

"Hur gör vi då? Du vet väl att jag inte är medlem i Svenska kyrkan och då tror jag inte att man får gifta sig där."

"Det spelar inte mig någon roll. Vi kan göra det borgerligt. Jag är inte särskilt religiös av mig och det är inte min familj nere i Albanien heller."

"Skulle de komma på bröllopet menar du?"

"Ja, det är klart. Du har ju inga släktingar på nära håll, men jag har i alla fall min mamma och syster och dom har jag inte träffat på länge. Även om mamma inte verkar ha så stort behov av att träffa mig, så skulle hon nog bli glad över att få träffa sitt barnbarn."

Peter hade nog hellre sett en mer privat tillställning med bara han Ludmilla och Henke, men så klart skulle Ludmilla få som hon ville. I vilket fall skulle det nog inte hjälpa så mycket vad han tyckte. Ludmilla kunde vara nog så bestämd i vissa frågor, precis som Helena varit."

"Ja, men då säger vi det. När tycker du att det skulle passa?"

"Jag vet inte. Vad tycker du?"

Peter funderade på vad som låg i framtiden. Det mesta med huset var klart och i trädgården fanns inte mycket att göra.

"Ja, det är väl inget särskilt som ligger på så vi kan väl ta det så fort som möjligt. Kanske redan i oktober då det är som vackrast med löven som börjar skifta färg. Du kan väl kolla med dina släktingar hur det skulle passa."

Det blev bestämt att bröllopet skulle ske i början av oktober. Stadshuset i Arboga blev bokat för själva ceremonin och den efterföljande middagen skulle avnjutas på Julita värdshus. En kortare bröllopsresa bokades in på Hurtigruten, men den skulle bli av först då Ludmillas släktingar åkt hem.

Det var inte så mycket som behövde planeras förutom bokningar och lite annat. Peter köpte i alla fall en ny kostym då den gamla börjat bli lite omodern. Ludmilla hade dock fullt sjå med att fundera över vad hon skulle ha på sig. Trots alla år i Sverige då hon tagit till sig det mesta av seder och mode, hade hon kvar en liten släng av hemlandets traditioner. Då hon visade upp sin nyinköpta bröllopsklänning för Peter, höll han på att ramla av stolen. Han hade förväntat sig något elegant och diskret, men där stod hon nu påbyltad som värsta zigenerskan. Lager på lager i olika färger och spetsar som spretade hit och dit. Peter hade svårt att hålla sig för skratt, men insåg dilemmat. Att komma med några negativa kommentarer om hennes bröllopsklänning skulle nog inte falla i god jord.

"Oj! Så många färger. Det var fint."

Ludmilla tittade stint på honom.

"Det där lät inte särskilt övertygande. Tycker du inte om den?"

"Jo, den är jättefin."

Han försökte verkligen stålsätta sig, men det visade sig helt omöjligt. Han började fnissa. Först försökte han dölja det med att låtsas börja hosta, men insåg snart att loppet var kört. Han befarade att Ludmilla skulle få ett raseriutbrott och det såg verkligen ut så. Men till hans förvåning och glädje började hon också skratta.

"Du tycker alltså inte om den? Är den för brokig?"

Peter nickade försiktigt.

"Den är fin men kanske lite för färggrann i mitt tycke.
Men du är väldigt vacker i den."

Ludmilla grymtade lite, såg sig i spegeln och snurrade
runt några varv.

"Ja, du kanske har rätt, men du! Vi låter Henke avgöra
saken."

"Henke! Kom till mamma."

Pojken var fullt upptagen med att lägga pussel på sitt
rum och hade inte så stor lust att avbryta. Men vis av
erfarenhet visste han att mammas ord vägde tyngre än
hans egen vilja, så han gick ut för att höra vad hon ville.
Då han fick se henne i den stora färggranna klänningen
sken han upp.

"Nå, vad tycker du?" Frågade hon och snurrade några
extra varv.

"Du är jättefin mamma. Du ser precis ut som en
prinsessa."

Ludmilla vände sig mot Peter med ett stort leende på
läpparna.

"Då var det avgjort då?"

Att ha Ludmillas mor och syster på besök var minst sagt
ansträngande. Fruntimren tjattrade oavbrutet i munnen
på varandra på ett språk han inte begrep ett ord av.
Mamman och systern kunde varken prata svenska eller

engelska så all konversation från Peters sida fick gå genom Ludmilla. Peter misstänkte att översättningarna inte alltid var helt korrekta utan att Ludmilla friserade lite så att det skulle låta så bra som möjligt. Det gjorde inget, men ibland undrade han vad hon sagt.

Henke verkade känna likadant som Peter, men ansträngde sig i alla fall för att inte göra mamma besviken. Alla pussar och kramar som överöste honom blev till slut för mycket så han försökte hålla sig lite på sin kant.

Det blev i alla fall ett fint och minnesvärt bröllop och middagen på värdshuset hade imponerat stort på sällskapet.

Helena hade propsat på att bli buren över tröskeln då de kom hem. Just det momentet var nog det som Peter oroat sig mest över. Ludmilla var visserligen inte särskilt stor och tung, men hon vägde i alla fall sina modiga sextio kilo och det var nog så tungt för en gammal man. Till en början gick det ganska bra och han fick ett stadigt grepp då hon hoppade upp i hans famn. Men den stora klänningen fastnade i dörrhandtaget så Peter tappade balansen och ramlade framstupa över tröskeln. Det slutade med en stukad handled för Ludmilla och ett lättare ryggskott för Peter.

Bröllopsnatten blev inte särskilt romantisk, men det skulle den ändå inte blivit då mamman och systern låg i rummet bredvid och kunde höra. Dessutom kom Henke in och var mörkrädd.

Om nu inte bröllopsnatten blev som de hoppats på, så blev däremot bröllopsresan det. De fantastiska vyerna längs norska kusten var sagolika och hela den lilla familjen njöt i fulla drag av upplevelsen. Det fanns barnpassning att tillgå så Peter och Ludmilla passade på att utnyttja den möjligheten för att få vara för sig själva en stund. Då tog de igen med besked, det som saknats på bröllopsnatten. Genom det stora panoramafönstret i hytten syntes den svindlande naturen och det intensiva solljuset över fjällen. Det gjorde upplevelsen än mer fulländad.

Kapitel 35

Att vara fångad i sin rädsla och oförmögen att känna hopp, blev till slut för mycket för Helena. Hon hamnade i ett apatiskt tillstånd och visade inga tecken på närvaro då Carl-Henrik var hos henne. Han hade förgripit sig på henne några gånger i det tillståndet, men då hon inte alls verkade bry sig om det utan bara legat lealös som en trasdocka, hade han inte tyckt att det varit särskilt upphetsande. Det positiva var att hon nu var fullständigt nedbruten och han så sakta steg för steg kunde börja bygga upp och forma henne efter sin plan. Först gällde det att få henne medveten och närvarande igen. Det skulle ske med hjälp av mediciner och en slags samtalsterapi med en teknik han lärt sig under sin praktiktid hos en psykiatriker.

Carl-Henrik var som klippt och skuren för den formen av terapi. Hans mörka och behagliga röst fick Helena att känna ett slags lugn. Långsamt vaggade han in henne i trygghet och förtröstan och hon började känna att allt motstånd hon byggt upp, sakta men säkert började ge vika. Under mer än ett halvår satt han med henne varje kväll, höll henne i handen och talade vänligt om framtiden och det som varit. Det var som en slags hypnos som inte gick att värja sig mot och med hjälp av antidepressiva läkemedel kunde Carl-Henrik snart konstatera att hon var på god väg att bli bättre. Under hela den här tiden avstod han från att röra henne på ett sätt hon skulle kunna uppfatta som hotfullt eller sexuellt. Det hade varit svårt, men han visste vilken betydelse det skulle ha. Minsta lilla snedsteg och allt skulle vara förgäves.

Helena hade svårt att förstå hur det hela gått till, men snart kände hon sig ganska hel igen. Hon gick upp ur sängen och började röra lite på sig. Först hade det varit svårt då musklerna nästan förtvinat av den långvariga sängvistelsen. Det var knappt så hon orkade ta sig till toaletten på egen hand, men med lite ansträngning så gick det. Tidigare hade Carl-Henrik hjälpt henne och det hade varit oerhört förnedrande. Att nu kunna gå på toaletten och duscha på egen hand kändes underbart.

Hon var förvånad över att våldtäkterna och misshandeln upphört. Hur länge det varit så kunde hon inte riktigt komma ihåg, men det kändes som om det var länge sedan.

Carl-Henrik uppmuntrade henne att träna och hade skaffat redskap som underlättade det hela. Han brukade peppa henne under träningspassen och snart kunde hon känna att orken kommit tillbaka och hon började närma sig sitt gamla jag. Hon fick alltid god och näringsrik mat och om hon bad om något att sysselsätta sig med, fick hon oftast sin vilja igenom.

Det var nästan så hon blev lite orolig då hon för första gången på mycket länge fick komma upp till övervåningen. Det var underbart få en se solen igen, efter all tid nere i källaren. Det var städat och fint och Carl-Henrik visade henne alla nya krukväxter han skaffat.

De åt tillsammans i köket och kvällen avslutades i stora rummet framför teven. Hon befarade att det skulle bli som så många gånger förut, men hennes farhågor besannades inte. Den natten somnade hon med ett lugn i sinnet hon inte känt på mycket länge.

Carl-Henrik var nöjd över hur allt utvecklat sig. Vid de tillfällen han känt ett påträngande behov av att låta sin mörka sida komma fram, hade han satt sig i tukthuset och med hjälp av självmedicinering hade han lyckats hålla de sjuka tankarna på en hanterlig nivå. Snart skulle han inte behöva hålla tillbaka längre och det såg han verkligen fram mot. Men ännu var det en lång väg kvar och han pressade sig själv att hålla ut och ha tålamod. Belöningen skulle bli betydligt större än uppoffringen varit.

Att stegvis och i maklig takt låta Helena gå från mörker till ljus hade hittills fungerat helt enligt planen. Hon började visa tecken på att det gick åt rätt håll och Carl-Henrik bestämde sig för att det nu var dags för nästa fas.

Den sista snön hade nästan försvunnit och små rännilar av smältvatten ringlade sig från grusgången och nedför uppfarten. Carl-Henrik hade tagit ut några semesterdagar och förberett en dag ute i naturen med Helena. Under frukosten berättade han att de skulle ut på picknick och undrade om Helena skulle vilja det. Det ville hon gärna och blev oerhört glad över att få andas in lite frisk utomhusluft efter den långa tiden inomhus. Efter frukosten sa Carl-Henrik till henne att gå ner och byta om medan han skulle göra i ordning en matsäckskorg.

Helena tittade i sin garderob och när hon fick se gymnastikskorna som fortfarande bar spår efter hennes rymningsförsök, fick hon kalla kårar. Hon mindes den hemska dagen och lovade sig själv att det aldrig skulle upprepas. Hon klädde om till träningsoverall, knöt på sig gymnastikskorna och gick upp till Carl-Henrik som stod och väntade, påklädd och klar. Han hade en grön luvtröja, snäva jeans och ett par färggranna gymnastikskor på sig. Lite rufsig i håret och med ett stort leende, såg han på Helena och nickade belåtet.

"Så där ser en äkta friluftsmänniska ut. Nu ska vi vara ute hela dagen och njuta av det naturen har att bjuda på. Jag har både kaffe och vin med mig och varsin stor räkmacka, så vi kommer nog att stå oss bra, tror du inte det?"

Helena nickade och lyckades pressa fram ett leende som den här gången inte var påklistrat.

De gick nedför backen och några hundra meter på vägen tills de kom fram till en stig som ledde nedåt sjön. Carl-Henrik tog hennes hand och ledde henne varsamt förbi grenar som sträckte sig över stigen.

Efter att de gått ett stycke kom de fram till en liten glänta där snön fortfarande låg kvar i norrläge. Solen tittade fram över grantopparna och en lärka började sjunga för dem. Helena tog ett djupt andetag, andades in den friska skogsluften och tyckte sig för ett ögonblick känna ett sting av något som skulle kunna vara glädje. Det var så länge sedan hon haft den känslan att hon nästan glömt hur det kändes.

Carl-Henrik saktade ner på stegen.

"Du får säga till om du blir trött så stannar vi och vilar en stund."

Helena kände efter, men hon var inte det minsta trött.

Stigen ledde ner till Kvarnsjön, som låg stilla och blank. Då de kom fram visade det sig att den blanka ytan var is som ännu inte släppt sitt grepp efter vintern. De gick en stund längs strandkanten och Carl-Henrik kände lite försiktigt på isen med foten.

"Du, den verkar ganska tjock. Ska vi gå ut en liten bit?"

Han släppte Helenas hand, tog ett rejält kliv ut och kanade några meter.

"Kom! Det är ingen fara."

Helena tvekade en stund men så satte hon fart mot Carl-Henrik. Han skrattade och tog emot henne så att hon inte skulle ramla.

"Det gick ju bra det där. Du är ju en riktig isprinsessa."

Helena skrattade till och blev själv förvånad över att hon gjorde det.

"Jag åkte faktiskt en del skridskor som barn och var ganska duktig. Hade det inte varit för att jag träffat Peter så tidigt kanske jag fortsatt och kanske deltagit i tävlingar."

Innan hon hunnit avsluta meningen kom hon på att det var förbjudet att nämna något om Peter. Hon tittade till på Carl-Henrik och blev livrädd för vad hon skulle mötas av för blick. Men han såg glad ut och hon kunde andas ut.

"Kom så går vi lite längre ut. Jag tror att isen håller för att vi ska kunna ta oss till andra sidan så slipper vi gå runt. Men var vaksam på om det börjar knaka för mycket, då måste vi vända."

Carl-Henrik gick före med Helena några meter bakom sig. Då de kommit lite mer än halvvägs började det knaka ordentligt. Carl-Henrik satte upp handen och uppmanade henne att stanna. Han vände sig om mycket försiktigt och började sakta gå tillbaka. Han kom bara några steg innan isen brast och han försvann ner i hålet.

Helena stod som förstenad. Först uppfattade hon inte vad som hänt. Det hela var så overkligt, nästan som om hon var med i en film. Det första som slog henne var att rädda honom, hasa sig försiktigt fram och försöka få tag i honom. Men sedan kom tankar som legat dolda en tid. Minnen om vad han utsatt henne för. En märklig känsla av triumf svallade genom henne och hon kände hur friheten ropade på henne runt hörnet. Hennes tankar avbröts abrupt då det plaskade till och hans huvud tittade upp ovanför iskanten. Han hävde sig upp men kom bara en liten bit då isen hela tiden brast av hans tyngd. Helena kämpade för att fatta beslut om att lämna honom att drunkna, men något höll emot. En stark och smärtsam påminnelse om ett gift från en sydamerikansk myra. Minnet av vad hon upplevt den gången och skräcken för att det skulle hända igen var det som fick henne att bestämma sig. Hon lade sig på mage och hasade fram så långt att hon kunde greppa hans hand. Det fanns inget att hålla emot med, men vikten gav ett visst motstånd. Sakta men säkert lyckades Carl-Henrik kravla sig upp på isen, krypa fram några meter och sedan resa sig upp.

"Åh, fy fan vad kallt! Nu måste vi skynda oss hem innan jag fryser ihjäl."

De tog det försiktigt över isen men då de kom på fast mark, satte Carl-Henrik fart och stannade inte förrän han var hemma. Helena hamnade på efterkälken och återigen hade en möjlighet till flykt uppenbarat sig. Men hon vågade inte.

På kvällen då hon gått och lagt sig, låg hon och tänkte på det som utspelat sig. Hade hon fattat rätt beslut eller inte? Om hon låtit honom vara kvar i vaken kanske han hade lyckats att ta sig upp av egen kraft och vad skulle då hänt när han hade fått tag i henne? Likadant om hon hade sprungit åt ett annat håll då han sprungit hem. Tanken på den bestraffning hon skulle kunna utsättas för skrämde henne mer än allt annat. Om nu två tillfällen att rymma uppenbarat sig på en och samma dag, hur troligt skulle det då inte vara att hon senare skulle hamna i ett bättre läge, där chansen att klara sig skulle vara större? Hon somnade med förvissningen om att hon handlat rätt den här gången.

Kapitel 36

Polisen hade lagt ner mycket jobb på att säkra spår från brottsplatsen. Ett stort område hade varit avspärrat under lång tid och varje kvadratmeter av ytan hade genomsökts minutiöst. Det enda man hittat var några hjulspår, cigarettfimpar och skoavtryck, förutom de blodiga trosorna från brottsoffret. Inget annat dna än det man funnit från Helena Grevsjö, hade upptäckts. Något vittne verkade inte ha befunnit sig i närheten då brottet begicks. Kvinnan som upptäckt brottsplatsen då hon var ute och gick med sin hund, verkade vara den enda som rört sig i området.

Det återstod inte mycket annat än att börja om från början och återknyta till de personer som sist sett henne i livet, och det var hennes make och doktor Wiberg.

Peter fick återigen sitta i långa förhör och försöka minnas varje minut då de åkt för att handla. Utredaren var tämligen övertygad om att Peter inte hade något att göra med försvinnandet, men hoppades att det skulle kunna komma fram någon liten detalj som kunde kasta nytt ljus över vad som hänt. Hade hon kanske hejat på någon eller råkat stöta till någon som blivit irriterad? Hade de iakttagit om någon uppträtt på ett konstigt sätt?

I början av utredningen hade man fokuserat på att kartlägga hur förhållandet sett ut. Hade det förekommit gräl eller våld? Fanns det någon i den närmsta kretsen som på något vis kunde vara inblandad? Några utomäktenskapliga förbindelser som skulle kunnat utmynna i någon slags hämndaktion? Frågorna var många men svaren fanns inte där. De hade tömt datorer och telefoner på all data långt tillbaka i tiden och även kunnat rekonstruera det som raderats. Inget som kastat minsta misstanke över Peter hade hittats. Det enda som utredaren höjt lite på ögonbrynet åt, var då de gick igenom Helenas dator och sökhistorik. Bland alla trädgårdssidor och inredningssajter dök det plötsligt upp sidor med bögporr. Utredarens första tanke var att Peter kanske hade en läggning som han dolt för Helena och att det var han som varit inne på hennes dator. Det stämde däremot inte med tidslinjen då denna specifika sökning skett bara någon minut efter ett besök på en onlinebutik för plantor och fröer och strax därefter en sökning som handlat om invasiva växter. Det måste varit Helena som själv surfat in där. Något skäl måste hon haft och ett scenario var att hon kommit på Peter med att vara homosexuell och därefter velat lämna honom. Det skulle inte vara första gången som en make mördat sin hustru då hon velat lämna honom. Efter att ha konsulterat några kvinnliga kollegor om detta, hade det framkommit att det inte var särskilt ovanligt att kvinnor ibland tittade på bögporr av ren nyfikenhet. Det där var en ny erfarenhet för utredaren och han kategoriserade snabbt det spåret som mindre viktigt. Allting talade emot att Peter på något vis skulle vara inblandad och vittnesuppgifter från affären där de varit och handlat, styrkte det.

Långt senare då Peter inlett ett nytt förhållande, började polisen intressera sig för den nya kvinnan och hennes förehavanden, men även där hade man gått bet.

Man hade inte gått lika noggrant tillväga då det gällde Carl-Henrik Wiberg. Han hade självmant kontaktat polisen och berättat att han träffat Helena på parkeringen. Han hade givit ett mycket trovärdigt intryck och lämnat alla detaljer som skulle kunna vara till hjälp för att kolla hans alibi. Några misstankar som räckte till en husrannsakan hade inte funnits och han ströks ganska tidigt från listan över misstänkta.

Då det snart inte fanns något mer att jobba med, lades utredningen mer eller mindre på is tills den dag då det inkom ett samtal från ett hemligt nummer till polisstationen. Det var en man som ville erkänna att det var han som rövat bort Helena Grevsjö och därefter tagit livet av henne. Till en början blev det inte någon särskild uppståndelse kring samtalet. Det var ganska vanligt att en del sjuka människor hörde av sig och ville erkänna att de mördat någon. Framför allt då fallet tagit stor plats i massmedia och då särskilt på tv. Den här gången hörde mannen av sig på nytt och kom med sådana uppgifter att det hela plötsligt blev intressant. Han berättade att han drogat Helena på parkeringen vid köpcentret och därefter kört henne till ett rekreationsområde där han bragt henne om livet. Det där var uppgifter som framkommit i media och som vem som helst kunnat ta del av. Det som gjorde det hela lite mer intressant var att han hade nämnt förekomsten av blodiga kläder och att han inte hunnit med att städa brottsplatsen ordentligt. Att man funnit kläder och även blod ett stycke från den brända kroppen var en uppgift som aldrig hade nämnts för någon. Man hade bara berättat att man funnit dna, men inte från vad. Att någon skulle veta det den här mannen visste var högst osannolikt.

Det blev ett väldigt pådrag och dröjde bara några få dagar innan man lyckades knyta en person till det inkommande samtalet. Det visade sig vara en lindrigt utvecklingsstörd man i som tydligen hade som intresse att erkänna ouppklarade mord. Han hade inget körkort och bodde ensam i en lägenhet där han två gånger om dagen fick assistans av omsorgen. Det var med stor besvikelse polisen kunde konstatera att detta var den tionde gången som mannen i fråga ringt och erkänt att det var han som var skyldig till ett mord.

Det kom sporadiskt in en del andra tips men de flesta var allt för vaga för att gå vidare med. Ibland framkom något med lite mer substans och man lade då resurser på att utreda det, men alltid med samma dåliga resultat.

Utredaren hade verkligen börjat ledsna på Peters dagliga påringningar och tagit för vana att varje kväll skicka ett kortfattat mejl till honom där han beskrev läget. Även om det oftast inte stod något av värde, tyckte Peter ändå att det kändes skönt att han inte blev nonchalerad. Han läste mejlen varje kväll tills han slutligen meddelade att han inte behövde få någon mer information såvida det inte framkommit något nytt. Ludmilla hade hela tiden stöttat honom och förstått hans behov att vara informerad, men efter att de gift sig och fått barn hade hon antytt att det kanske inte kunde skada om han försökte lägga det bakom sig. Han skulle säkert bli informerad om det skulle ske ett genombrott. Först hade han blivit lite stött, men efter närmare eftertanke hade han insett att Ludmilla nog hade rätt. Han skickade det där mejlet och efter det, hade han inte hört något mer.

Det är klart att han undrade och grubblade och flera gånger hade han varit på väg att ringa polisen. Men

Henke började pocka på allt mer uppmärksamhet i takt med att han växte och det gjorde också att Peter lättare kunde lägga allt det tråkiga bakom sig.

***

Vardagen hade till sist omslutit Peter med trygghet och värme tillsammans med sin nya familj. Att se lille Henke leka med sina leksaker på köksgolvet samtidigt som Ludmilla försiktigt balanserade runt honom med dammsugaren, var en fröjd för ögat. Han hade införskaffat en ny och mycket tystare dammsugare som inte störde så mycket då han skulle se på tv. Det visade sig vara en bra investering och förutom att han kunde titta ostört på nyheterna, slapp han även att dammsuga själv. Den sysslan hade tagits ifrån honom då Ludmilla flyttat in. Visserligen hade han protesterat lite halvhjärtat, men det var bara för att framstå i bättre dager och hade inget att göra med vad han egentligen tyckte.

Det var fredagskväll och Peter hade fullt upp med att förbereda en mysig middag. Det skulle bli oxfilé med hasselbackspotatis och bearnaisesås. Ludmilla uppehöll sig länge i badrummet och Peter visste precis vad det innebar. Om nu bara Henke kunde bli trött och lägga sig någorlunda tidigt, skulle kvällen kunna bli precis så härlig som senast. Efter middagen skulle de leka med

Henke tills han ledsnade och ville gå och sova för att
därefter dela på resten av vinet, kanske hälla upp varsin
drink och lyssna på musik tillsammans i soffan. Ludmilla
skulle lukta förföriskt av parfym och ha på sig sina
finaste smycken. Hon kunde verkligen konsten att få en
man att bli galen av åtrå.

Trots att Peter kämpade emot, kom tankarna på hur det
varit med Helena. Han försökte verkligen att skaka av sig
dem, men det gick bara inte. De hade många gånger haft
det fantastiskt och det hade inte funnits något att klaga
på. Helena hade också gjort sig fin de gånger då de skulle
ha mysigt och han klandrade sig själv för att han inte
visat hur mycket han egentligen uppskattat det. Den här
gången skulle han inte göra om samma misstag.

Peter satte sig ner vid köksbordet och öppnade en öl
medan han väntade på att ugnen skulle börja pipa och
det var dags att strö riven ost över potatisen. Henke lekte
med en leksaksbil i hallen och var i full färd med att
bygga ett garage av skorna i skohyllan då det knackade
försiktigt på ytterdörren. Peter hörde inget men det gjorde
Henke som kvickt öppnade dörren.

Det stod en kvinna där som verkade förvånad över att se
honom.

"Öh... Hej! Har du din pappa eller mamma här?"

Henke vände sig om och ropade allt han kunde.

"Pappa! Det står en tant här."

Kapitel 37

Våren hade så sakta börjat övergå i försommar. Gräset blev allt grönare och i träden började löven spricka ut. Carl-Henrik hade efter incidenten på isen blivit allt vänligare och släppt ytterligare på tyglarna. Helena var inte dummare än att hon förstod att hon fortsättningsvis var hårt övervakad. Hon hade lagt märke till kamerorna som var installerade både inne och utomhus och hon var väl medveten om att hon även övervakades via någon slags GPS-utrustning. Det hade hon insett då han så lätt kunnat hitta henne den gången då hon försökt fly och låg gömd under en tät gran, omöjlig att upptäcka. Men det hade inte på något vis minskat hennes längtan att bli fri. Någon gång skulle det ske, men inte till vilket pris som helst. Hon hade den smärtsamma och traumatiska upplevelsen av giftsprutan i färskt minne och den insikten fick henne att aldrig någonsin göra något förivrat. Men rätt tillfälle skulle komma en vacker dag, det var hon övertygad om och det var den övertygelsen som gjorde henne stark.

Carl-Henrik var mycket nöjd med hur allt utvecklat sig. Det där som hände ute på isen i våras var ett test som slagit väl ut. Han hade haft isdubbar i fickan och hade Helena tagit tillfället i akt och stuckit därifrån, skulle han snart fått fatt i henne. Nu var han oerhört glad över att hon stannat. Annars skulle allt arbete varit förgäves och han skulle varit tvingad att börja om från början och det kanske hon inte hade klarat av.

Han hade låtit henne få lite mer svängrum men aldrig släppt henne med blicken. Det hade hon klarat med bravur och kanske det nu var läge att låta henne få känna ytterligare frihet. Då skulle det kanske inte dröja innan hon tillfullo accepterade att det var hos honom hon hörde hemma.

Helena blev först lite förvånad då hon nästan fått ovett då hon frågat om hon fick gå ut.

"Det är klart att du får gå ut. Du behöver inte fråga om sådant" hade Carl-Henrik snäst åt henne.

Hon gick ut i trädgården, vankade av och an och funderade över vad det här skulle innebära.

Snart blev det ändring på det mesta. Carl-Henrik började behandla henne nästan som om de var gifta och hon behövde inte fråga om lov för något längre. Den stora förändringen skedde då han skulle åka till jobbet en morgon och sa till henne att hon inte behövde gå ner till sitt rum. Hon skulle alltså ha sin fulla frihet att röra sig både ute och inne. Det var en överväldigande känsla, men Helena misstänkte att det inte var så enkelt som det verkade. Det visade sig att hennes aningar varit riktiga för Carl-Henrik hade kommit tillbaka efter en halvtimme med förevändningen att han glömt några viktiga papper. Hon fattade att hon fortfarande var övervakad och att några försök att sticka därifrån inte skulle vara en bra idé.

Dagarna gick och Helena fick röra sig fritt då Carl-Henrik var på arbetet. Hon fördrev tiden med att vara ute i trädgården och plocka lite med de få blommor som växte vilt. Några förberedelser för den trädgård hon planerat på papper, var ännu inte gjorda, men Carl-Henrik hade lovat att det arbetet skulle sätta igång till hösten. Hon hoppades att hon skulle kunna ta sig därifrån tidigare än så, men skulle det inte lyckas, hade hon i alla fall trädgården att se fram mot.

En förmiddag då hon var ensam ute i trädgården, hörde hon att en bil närmade sig. Hon antog att det var Carl-Henrik som hade ett ärende han så ofta brukade ha, men då ljudet kom närmare kunde hon höra att det inte lät som hans bil. Snart skymtade det till nere vid backen och hon kunde se att det var en lastbil som kom uppkörande på grusvägen mot huset. Det hoppade till i bröstet på henne och hon blev nästan paralyserad. Det skulle vara den första människa förutom Carl-Henrik som hon träffade på flera år.

Lastbilen stannade med ett ryck och en flintskallig yngre man i en smutsig overall hoppade ut.

"Hejsan! Det är dags för slamtömning. Vet du var brunnen är?"

Helena såg sig omkring och skakade på huvudet.

"Nej, ingen aning."

"Nä nä, då får jag väl leta själv då."

Mannen verkade smått irriterad och började gå runt på tomten.

"Här är det. Vet ni inte om att man ska sätta ut en flagga där avloppet är? Det har kommit ett utskick om det."

Helena var fortfarande i ett mindre chocktillstånd och visste inte vad hon skulle säga.

Till slut lyckades hon få fram:

"Jag bor egentligen inte här."

Mannen konkade med det tunga brunnslocket så att han blev röd i ansiktet.

"Nähä, men då får du väl tala om det för den som bor här. Och förresten så ska man byta ut de här tunga jävla locken mot lättare. Det har också meddelats."

Helena nickade. Hon hade insett att hennes första tanke att avslöja vem hon var, kanske inte var så väl genomtänkt. Den här mannen skulle förmodligen inte förstå någonting och bara tro att hon inte var riktigt klok.

Mannen släpade fram en grov slang och började tömma avloppsbrunnen. Då han var klar hoppade han in i lastbilshytten och kom strax ut igen med ett papper i handen. Han ställde sig framför Helena och sträckte fram pappret. Då hon kände odören från mannens smutsiga overall, tog hon ett steg tillbaka.

"Som jag sa så bor jag inte här."

"Det spelar ingen roll, lägg det på trappen då. Det är samma lapp som de skickar ut med posten. Det står vad som gäller vid slamtömning"

Helena tog lappen mellan tummen och pekfingret och läste vad som stod.

"Så där ja, nu är det klart. Men säg för fan till den som bor här att märka ut brunnjäveln och se till så att betonglocket blir utbytt, annars blir det tilläggsavgift nästa gång jag kommer."

Helena stod som förstenad och stirrade när lastbilen vände på grusgården och rullade nedför backen. Hon släppte lappen och torkade frenetiskt av sina händer mot byxorna.

Carl-Henrik såg genast att det hänt något. Det var stora hjulspår som stökat till i gruset. Då han upptäckte att något släpats över gräsmattan förstod han vad det var. Han kastade en orolig blick mot köksfönstret men blev lugn då han såg Helena sitta vid köksbordet. Han gick in och satte sig mitt emot henne.

"Hej gumman. Hur har din dag varit?"

Helena ryckte på axlarna.

"Jodå, bra."

Carl-Henrik släppte henne inte med blicken.

"Har det hänt något särskilt?"

"Nej, men det kom en karl med lastbil som skulle tömma avloppsbrunnen."

"Pratade du med honom?"

"Nej inte mycket, men han sa att jag skulle påminna om att brunnen skulle märkas upp på något vis och sedan tror jag att han sa att locket var för tungt och att det behövde bytas ut."

Carl-Henrik släppte henne med blicken.

"Jo, jag skulle gjort det redan förra året, men det blev bortglömt. Han sa inget mer?"

Helena skakade på huvudet. Hon bläddrade i en veckotidning och låtsades oberörd, men egentligen var hon livrädd för hur han skulle reagera.

Carl-Henrik reste sig och gick fram till kylskåpet.

"Ja då så, då var det klart för den här gången. Du kan väl hjälpa mig att komma ihåg att jag måste fixa det där med brunnen."

Helena lyfte blicken från tidningen och nickade. Hon kände en oerhörd lättnad.

Dag för dag blev det små förändringar till det bättre. Carl-Henrik var snäll och trevlig och visade inte minsta tecken på aggressivitet eller upphetsning. Helena verkade få göra som hon ville och han nästan hånade henne då hon ibland frågade om något gick för sig.

På dagarna då han var på sitt arbete, passade hon ibland på att städa. Visserligen var det för det mesta kliniskt rent överallt, men någon liten dammråtta fanns alltid. Första gången det hände var hon lite orolig för vad han skulle säga, men han verkade uppskatta det och efter det hade hon fortsatt. Det var då hon bestämt sig för en grundlig dammsugning av hela huset som hon upptäckte den svartmålade garderoben. Först hade hon hajat till och stängt dörren, men nyfikenheten tog över så hon öppnade och gick in. Det första som slog henne var att det kanske var någon slags tortyrkammare där han kunde få utlopp för sina sjuka böjelser. Men efter att ha sett sig om och inte funnit något som pekade i den riktningen, förstod hon att så inte var fallet. Hon kikade in i glasskåpet där alla läkemedel stod. Först reflekterade hon inte så mycket över det. Han var ju läkare och det var väl helt naturligt att ha sådant i hemmet. Men efter en stund öppnade hon skåpdörren och började läsa på flaskorna. Hon hade läst en del kemi då hon studerat till biolog och var inte helt okunnig om olika läkemedel.

Det var olika typer av antibiotika, smärtstillande och antiinflammatoriska läkemedel samt en del annat som en läkare kunde ha nytta av. En flaska fångade hennes intresse lite extra. Propofol stod det på etiketten. Helena försökte dra sig till minnes i vilket sammanhang hon hört talas om det och kom nästan genast på att det var i en dokumentär från USA som handlat om dödsstraff och olika avrättningsmetoder som hon sett det. Det var ett narkospreparat som gavs innan giftinjektionen sprutades in. Hon höll länge i flaskan, läste med glansiga ögon på etiketten om och om igen och sakta började en tanke växa fram.

Kapitel 38

Det började närma sig midsommar och vädret var helt perfekt för utomhusaktiviteter. Egentligen var det planerat att den första leveransen av material till trädgården skulle komma först i augusti, men redan i mitten av juni hade en hel del redan levererats. Helena hade fullt upp på dagarna att märka ut var de olika rabatterna och buskarna skulle placeras. Hon studerade ritningarna noga och sprejade med märkfärg ut var det skulle grävas. Det var väldigt inspirerande och för några korta stunder kunde hon nästan glömma bort i vilken situation hon befann sig i. Carl-Henrik hade mer och mer börjat bete sig som en fullt normal människa och Helena kom ibland på sig själv med att se honom som en naturlig del i tillvaron.

Den förändring som påverkat henne mest, var efter en utsökt middag då de suttit och pratat och druckit vin i soffan och han hade börjat visa intresse för sex. Han hade inte rört henne på ett halvår och ett tag hade hon nästan trott att han börjat tröttna. Men just den här kvällen hade tydligen hans lust väckts till liv igen och han hade börjat smeka henne lätt över håret. Först hade hon blivit stel och inväntat slaget hon visste skulle komma. Men det kom aldrig. I stället hade han börjat smeka henne med sina stora händer. Först på hals och nacke och sedan på hela kroppen utanpå hennes kläder. Helena hade spänt sig och kämpat ilsket mot de känslor som motvilligt börjat bubbla upp. Hon önskade att det snabbt skulle vara avklarat precis som det brukade. Några snabba slag i ansiktet följt av några brutala stötar bakifrån. Men känslorna var motstridiga och ju längre han gick i sina smekningar, desto större utrymme fick den känslan som hon inte ville veta av.

Carl-Henrik lyckades få av henne kläderna utan att hon märkt vad som hänt. Han lade henne till rätta i soffan och började utforska hela hennes nakna kropp med sina fingrar och sin tunga. Helena gav till slut upp allt motstånd och slöt ögonen. En sådan intensiv känsla hon nu började känna, var så främmande och overklig. Det hade ibland varit fantastiskt skönt med Peter då han äntligen lärt sig var hennes känsliga punkter var gömda och med fantasins hjälp hade hon på egen hand uppnått något som skulle kunna benämnas som underbart. Men det här var något hon tidigare aldrig upplevt. Mer och mer minskade hennes motstånd för att slutligen utmynna i en explosion. Han hade bestigit henne varsamt och tittat henne i ögonen. Sakta men bestämt hade han tagit henne och sig själv på en resa till högre höjder samtidigt som han kysste henne intensivt. Därefter hade han tagit henne i sin famn och kramat henne som om hon varit ett älskat husdjur på rymmen som kommit till rätta. Han hade burit henne in i sängkammaren där hon fick uppleva en repris på det som varit.

Den upplevelsen var utan tvekan den mest intensiva och härliga hon någonsin varit med om i sitt långa liv. För ett ögonblick hade hennes hat mildrats något men det fanns ännu kvar i medvetandet. Efteråt hade hon tänkt på att inte låta sig påverkas av det som hänt. Sanningen var att hon hölls fången av en sinnessjuk människa som när som helst kunde få för sig att slå henne sönder och samman och i värsta fall ta livet av henne.

Carl-Henrik hade handlat allt som skulle behövas för en perfekt midsommarmiddag. Till lunch hade de bara tagit varsin smörgås för att vara förberedda för allt det goda som sedan väntade. Helena var inte särskilt förtjust i sill men trots att det var Carl-Henriks favorit, hade han uteslutit det från menyn. Det blev i stället hummer och havskräftor, ostbricka med druvor och små salta kex. Grillad oxfilé med färskpotatis och kryddsmör samt en jordgubbstårta fullsmockad med färska jordgubbar. Champagne var en självklarhet och med andra viner och snaps med olika kryddningar, utgjorde midsommarbordet en syn för gudarna. Helena tittade på dukningen med stora ögon då hon kom ut i sin nya sommarklänning.

"Är inte det här lite väl överdrivet? Vi är ju bara två personer och det här verkar ju vara för ett större sällskap."

Carl-Henrik log ett brett leende.

"Inget är för överdrivet åt den mest perfekta kvinnan i universum."

Helena kände sig nästan lite generad då hon satte sig ner på stolen som Carl-Henrik dragit fram.

De åt och drack tills solen började gå ner över granskogen. Helena var förvånad över hur de kunnat få i sig så mycket mat. Hon bävade lite över hur det skulle kännas i morgon, men glömde snart bort det då berusningen började göra sig allt mer påmind. Carl-Henrik började även han bli påverkad och fick lite problem med balansen. Det stod i alla fall klart att han inte var mer onykter än att han ville ha sex. Helena som kunde känna ett svagt illamående förklarade att hon inte mådde bra, men det verkade inte Carl-Henrik ta någon notis om. Han slet och drog i henne och när hon försökte värja sig, slog han till henne hårt i ansiktet. Helena vacklade till och blev nykter på en sekund. Då hon såg hans kolsvarta och ihopknipna ögon förstod hon att det inte fanns någon återvändo. Hon kastade sig runt hans hals och försökte låtsas som om inget hänt, men det var för sent.

Då hon morgonen därpå vaknade, kändes det som om hon blivit överkörd av en buss. Hennes första känsla var att hon hade en fruktansvärd baksmälla, men då hon såg sig i spegeln, fick hon en chock. Ena ögat var igensvullet och hon hade en hemsk fläskläpp. Halsen bar skarpa märken efter hans naglar. Då hon satte sig ner för att kissa, spred sig en fruktansvärd smärta från underlivet och upp genom magen. Hon tittade ner i toalettstolen och såg att där var blod. Hatet som en längre tid legat undertryckt, började nu sakta arbeta sig upp igen och var snart i full blom. Hon kunde inte hålla tillbaka tårarna, men det var inte av smärta eller sorg de rann nedför hennes kinder. Det var bara av hat och inget annat.

Carl-Henrik verkade inte ta så allvarligt på det som hänt kvällen innan. Han bad om ursäkt för att han råkat göra henne illa och baddade hennes ansikte med en antiseptisk lösning. Helena undrade om han egentligen var medveten om vad han hade utsatt henne för, men hon höll de tankarna tyst för sig själv. I själva verket spelade det ingen roll vad han var medveten om eller inte. Nu fick det vara slut på känslor som inte drog åt samma håll. Nu fanns bara ett fokus och det var att komma därifrån och få den jäveln inom lås och bom.

Sommaren gick mot sitt slut och Helena kämpade med sitt hat. Carl-Henrik hade inte nämnt något om incidenten på midsommar utan verkade se det mest som ett litet olyckligt missöde som uppkommit under berusning. Han fortsatte att vara snäll och tillmötesgående och Helena spelade med. Någon upprepning av den ovanliga kärleksstunden de haft tidigare hade inte skett. Carl-Henrik hade visserligen försök, men insett att det inte var så lämpligt då Helenas underliv ännu inte hade läkts tillräckligt.

En mörk och grå höstmorgon i början av oktober då Carl-Henrik åkt till jobbet, fattade Helena sitt beslut. Det var nu det skulle ske och det fanns ingen återvändo. Skulle hon misslyckas så fick det väl vara så. Hon orkade inte längre och hennes livslust höll på att ta slut.

Hon gick till den svarta garderoben, öppnade glasskåpet och tog ut flaskan med Propofol. Försiktigt lättade hon på locket och luktade på innehållet. Det stack till i näsan. På nedre hyllan i skåpet fanns några tomma sprutor. Hon tog upp en, kände försiktigt på den vassa nålen och sedan sög hon upp innehållet ur flaskan tills sprutan blev fylld. Det märktes inte så mycket på flaskan, men för säkerhets skull tog hon ut den i köket och fyllde på med lite vatten. Det brusade lite och hon blev orolig för att det kanske skulle bli någon reaktion, men det lugnade sig och hon kunde andas ut. Hon hittade en liten plastknopp som hon trädde över sprutspetsen så att den inte skulle fastna då hon stoppade den i fickan.

Carl-Henrik kom hem ungefär vid samma tid som han brukade. Helena hade lagat omelett och gjort en grönsallad. Det verkade han ganska nöjd med och satte sig genast ner och började äta.

"Ska inte du också äta?"

"Nej, jag är inte särskilt hungrig. Jag tror jag tar något lite senare. Jag tänkte titta lite på tv. Har du något emot det?"

Hon ställde sig bakom honom och lade sina armar runt hans hals.

"Nejdå, titta du bara. Jag kommer när jag har duschat."

Helena förde försiktigt ner ena handen i byxfickan och tog upp sprutan. Hon lyckades peta bort plastproppen med tummen och pekfingret men den ramlade ner på golvet. Carl-Henrik tittade ner.

"Tappade du något?"

I samma ögonblick tryckte hon in nålen i Carl-Henriks nacke och sprutade in vätskan. Hon tog några steg tillbaka och tittade med skräck på vad som skulle hända. Carl-Henrik reste sig hastigt och fick tag i sprutan som han drog ut med ett ryck. För ett ögonblick fruktade Helena att dosen var för liten, men den farhågan försvann då hon såg att han började flacka med blicken och sedan ramlade i golvet. Hon stod som förstelnad i några sekunder innan hon rusade ner i sitt rum, drog på sig en tröja och snörde på sig sina gymnastikskor.

Hon vågade inte springa med risk för att snubbla och kanske stuka sig. Med raska bestämda steg gick hon ner för backen och när hon kom ner på landsvägen började hon jogga. Det borde ta cirka tjugo minuter innan hon skulle komma fram till riksvägen om hon höll bra fart, men bara efter fem minuter var hon tvungen att stanna och vila. Efter en halvtimme kunde hon skönja strålkastarna från bilarna och efter ytterligare fem minuter var hon ute på riksvägen.

De första bilarna körde bara förbi trots att hon viftade med armarna som en vettvilling. Så äntligen stannade en bil framförd av en gammal farbror som verkade vara i åttioårsåldern.

Helena försökte hålla sig lugn trots att hon andades häftigt av ansträngningen.

"Hejsan, får jag åka med in till samhället?"

Gubben bad henne stiga in och släppte upp kopplingen så fort att bilen fick motorstopp. Han startade om och körde iväg i maklig takt. Han tittade på Helena och log så att hon kunde se att han var tandlös i underkäken.

"Vad gör en sådan här liten dam ute i obygden då?"

Helena log lite avvaktande.

"Jag fick fel på bilen så jag var tvungen att försöka ta mig hem på annat sätt."

Gubben tittade igen med sina pliriga ögon.

"Kunde du inte ringa efter en bärgningsbil?"

"Jodå, det skulle jag gjort om jag hade haft mobilen med mig."

Mycket mer blev inte sagt innan det började tätna bland bebyggelsen och snart var de framme vid samhället.

"Här kan jag gå av. Tack så hjärtligt för skjutsen och kör försiktigt."

Helena såg sig om och kände nästan inte igen sig. Det var fem år sedan hon sist varit här och det hade byggts om en del. Men hon visste var huset låg, så hon började gå med raska steg. Det högg till i hjärtat då hon började se konturerna från deras hus och hon ökade takten. Att trädgården inte skulle se ut som då hon försvann hade hon räknat med, men att växthuset var ersatt av en stuga gjorde henne både förvånad och lite ledsen. Hon öppnade grinden och med hjärtat dunkande som hammarslag, knackade hon försiktigt på dörren. Den öppnades nästan genast och där stod en liten pojke och tittade med stora ögon på henne. Besvikelsen var stor då hon förstod att Peter tydligen hade flyttat, men hon tyckte att hon behövde förklara sig, så hon frågade pojken om hans mamma eller pappa var hemma. Då vände sig pojken om och ropade:

"Pappa! Det står en tant här."

Kapitel 39

Långsamt började Carl-Henrik att kvickna till. Först visste han inte vad som hänt men snart började det klarna. Den sista minnesbilden han hade, var att Helena stod bakom honom och kramades, sedan hade det stuckit till i nacken. Han kastade en blick på väggklockan och såg att han varit borta i över fyra timmar.

Han tog några djupa andetag och reste sig till sittande ställning. Det snurrade i skallen och ett lätt illamående kom krypande. Han kände igen symtomen och förstod att han injicerats med narkosmedel. På vingliga ben tog han sig upp och började gå mot tukthuset. Då han väl kommit fram satte han sig ner i fåtöljen för att pusta ut. Efter att ha vilat i några minuter, öppnade han glasskåpet och började plocka bland flaskorna. Det verkade inte fattas något, men han upptäckte ganska snart att plomberingen på flaskan med Propofol var bruten. Efter att ha letat en stund, hittade han den burk han var ute efter. Snabbt tog han ett par tabletter och öppnade en flaska vichyvatten som han sköljde ner dem med. Illamåendet avtog snabbt och han var snart på benen igen.

Den första känslan som kom över honom var en oerhörd besvikelse. Allt hade gått så bra och han hade inte haft minsta anledning att misstänka att Helena skulle kunna göra något sådant här. Sedan kom ilskan. Han knöt sina händer så att knogarna vitnade, bet ihop tänderna hårt och pressade sig bakåt i fåtöljen så det knakade i ryggstödet. Hur kunde hon, nu när allt höll på att bli så bra? Han förbannade sig själv över att han inte varit tillräckligt observant och försökte dra sig till minnes om det funnits några tecken han ignorerat.

Snart började tabletterna han tagit, påverka honom så han fick svårt att sitta still. Han blev rastlös och skyndade sig till datorn. Han knappade fram den senaste övervakningsfilmen och kunde då se vad som utspelat sig. Han zoomade in ansiktet på Helena då hon gav honom sprutan. Hon såg kall och uttryckslös ut och han fick nästan rysningar. Carl-Henrik gick tillbaka in till tukthuset, stängde dörren och satte sig ner utan att tända lyset. Han andades djupt och långsamt och lät varje muskel i kroppen gå ner i viloläge. Det var så han brukade göra då han behövde tänka och fatta viktiga beslut. Efter en stund kom han ut och satte genast igång med allt det han bestämt sig för att göra.

Han hade valt mellan tre olika scenarion. Det första var att ta livet av sig. Det skulle han kunna göra snabbt och smärtfritt, sedan skulle alla bekymmer vara ur världen. Det andra var att ange sig själv, ta sitt straff och sitta på anstalt ett antal år, för att sedan försöka gå vidare i livet. Han var ju bara lite över fyrtio och skulle säkert kunna ha många bra år kvar. Det tredje var att förneka allt och hävda att Helena uppehållit sig frivilligt hos honom. Det skulle visserligen bli oerhört svårt och kräva en hel del tur, men om han lyckades kanske livet inte skulle behöva förändras till det sämre. I alla fall inte i det långa loppet.

Carl-Henrik valde det tredje alternativet och satte omedelbart igång med alla förberedelser.

Han tog upp mobilen och tryckte fram gps-appen och kunde genast se att den visade att Helena var kvar i huset. Han rusade ner till Helenas rum och fann hennes armbandsur på nattygsbordet bredvid sängen. Ett tag hade han nästan trott att hon skulle ligga där i sängen och att allt som hänt bara varit en hemsk dröm. Men övervakningsfilmen var ingen dröm och han förbannade sig själv för att ens ha tänkt tanken. Han gick tillbaka upp och satte sig återigen framför datorn för att se vad filmen från utomhuskamerorna visade. Där kunde han se Helena med raska steg gå nedför backen och ut på vägen. Varför hade hon inte tagit bilen? Var hans första tanke. Sedan kom han ihåg att han berättat för henne att bilen endast kunde startas med röstigenkänning. Det var en åtgärd han vidtagit då den förra bilen blivit stulen vid arbetet. Det hade visserligen blivit fruktansvärt dyrt, men kompenserats av att han fått en lägre försäkringspremie. Hon kunde ju också bara tagit hans mobil och ringt polisen. Visserligen var det fingeravtrycksupplåsning, men det skulle inte varit något problem då han legat utslagen. Kanske var det så att hon fruktat att ingen skulle tro henne om hon inte uppenbarade sig i egen hög person? Det fanns inte så stor anledning att spekulera i hur hon tänkt. Nu var det som det var och det var dags att agera. Med en hastig titt på klockan räknade han ut att Helena för länge sedan hunnit in till stan och troligtvis redan var hos polisen. Det fanns ingen tid att förlora.

Carl-Henrik gick noggrant tillväga. Han raderade alla övervakningsfilmer som skulle kunna ligga honom i fatet och sparade övriga på ett USB-minne som han gömde i ett lönnfack i sin gamla chiffonjé som stod i vardagsrummet. Han plockade ner alla övervakningskameror och stoppade ner dem i eldningstunnan som stod på baksidan av huset. Där lade han även allt annat som skulle kunna vara till nackdel för honom, fyllde rejält med diesel och tände på.

Nästa steg var att röja i Helenas rum. Han bar upp alla hennes kläder och hängde in dem i en tom garderob i sovrummet. Sängkläder och allt annat som kunde peka på att hon vistats där, tog han bort.

Carl-Henrik var både svettig och andfådd då han ansåg sig vara klar. Något hade han säkert glömt bort, men det viktigaste var i alla fall gjort. Efter att ha packat en väska med lite ombyte och hygienartiklar, satte han sig ner i soffan och pustade ut, men hann inte vila lång stund innan han hörde sirenerna på avstånd.

***

Gripandet hade skett helt odramatiskt. Han hade varit lugn som en filbunke trots att en himla massa poliser kommit instormande med dragna vapen. Nere på stationen hade han fått lämna ifrån sig väskan och blivit placerad i ett förhörsrum där han fått vänta i flera timmar på att en förhörsledare från Stockholm skulle anlända. Det kändes som en evighet, men till slut öppnades dörren och en mager man med pipskägg och skrynklig kavaj satte sin ner mitt emot honom.

"Hej! Mitt namn är Lars Sundell och jag är förhörsledare. Förstår du varför du är här?"

"Det gör jag" sa Carl-Henrik och mötte lugnt mannens blick.

Förhörsledaren gjorde en kort paus och drog lite i pipskägget innan han fortsatte.

"Det är mycket allvarliga anklagelser som riktats mot dig. Hur ställer du dig till det?"

"Det kan jag svara på om du berättar vad det är för anklagelser."

"Du har hållit en kvinna inlåst i ditt hem i flera års tid. Där har du utsatt henne för upprepade våldtäkter och grov misshandel. Det är vad det handlar om."

Carl-Henrik skakade på huvudet och log.

"Men det där stämmer inte alls. Hur i hela friden har Helena lyckats få er att tro på en sådan osannolik historia?"

"Så du erkänner alltså att Helena Grevsjö har befunnit sig i din bostad under flera år?"

"Ja, det stämmer, men det var högst frivilligt. Varken någon våldtäkt eller misshandel har förekommit."

Förhörsledaren gjorde en ny paus och kliade sig i örat med en penna.

"Du sa att du visste varför du är här. Vad var det då du trodde att du var misstänkt för?"

"Att ha underlåtit att meddela att en saknad person befunnit sig i mitt hem och att inte ha reagerat då personen i fråga blivit dödförklarad. Jag vet inte om det är ett brott, men inser att det i alla fall är högst oetiskt."

"Av vilken anledning befann sig Helena Grevsjö i ditt hem?"

"Vi var förälskade, är det korta svaret. Jag inser naturligtvis att vårt agerande varit helt åt skogen, men du förstår väl vilken påverkan en kvinna kan ha på en man, speciellt om han avgudar henne."

"Hade det inte varit enklare att hon bara lämnat sin man och ni blivit tillsammans som vanligt folk?"

"Naturligtvis och det var också min önskan. Men Helena var rädd för sin man och vågade inte gå ifrån honom. Det var tänkt att hennes vistelse hos mig bara skulle vara under några dagar, men dagarna blev till veckor och efter att det började skrivas om hennes försvinnande och den stora sökinsatsen, insåg vi att vi gjort bort oss. Du ska veta att jag vädjade och bad att hon skulle ge sig till känna, men hon vägrade."

"Du är läkare om jag förstått saken rätt?"

"Ja, det stämmer."

"Då kan man kanske tycka att du borde ha förstått bättre. Varför i hela friden agerade du på det viset?"

Carl-Henrik borrade in sin blick i förhörsledarens ögon.

"Har du varit vansinnigt förälskad någon gång?"

Förhörsledaren skruvade på sig.

"Vad har det med saken att göra?"

"Jo, då skulle du veta hur det kan påverka en människas omdöme, och få en att bete sig på ett sätt som är allt annat än vettigt."

"Okej, du var förälskad, men uppenbarligen delades inte de känslorna av Helena Grevsjö efter som hon riktar dom här allvarliga anklagelserna mot dig."

"Hon var lika förälskad som jag, det kan jag garantera. Men tiden har sin gång och då jag började inse att jag inte orkade med det här hemlighetsmakeriet längre och inte fick något gehör, så började mina känslor att svalna. Det kunde hon inte ta och den sista tiden har varit ganska påfrestande för oss båda. Då jag berättade för henne att jag ville avsluta vårt förhållande, blev hon hysterisk och strax därefter gav hon sig av."

Förhörsledaren tuggade på sin penna han nyss haft i örat.

"Ja, vi får väl se vad som händer. Kvinnan har lämnat en trovärdig berättelse och åklagaren har godkänt husrannsakan. Vi fortsätter i morgon så kanske nya fakta framkommit."

Carl-Henrik var nöjd över hur förhöret utvecklat sig. Han hade fått fram det han ville och såg optimistiskt fram emot en eventuell rättegång. Då skulle han ha ett ess i rockärmen.

Kapitel 40

Peter hörde först inte vad Henke ropade.

"Vad säger du?"

Henke ropade ännu högre.

"Det står en tant här!"

Peter lade ifrån sig tidningen och reste sig.

"Det är väl förstås Jehovas vittnen eller någon försäljare" tänkte han och suckade. " På en fredagskväll också."

Han gick ut i hallen och såg att det stod en kvinna i dörren precis som Henke sagt. Plötsligt var det som om hans steg började gå i ultrarapid och han stannade halvvägs till dörren. Den känsla som sköljde över honom var skrämmande. Peter blundade hårt och öppnade ögonen sakta. Visst var det väl fantasin som satte griller i huvudet på honom? Det var ju ändå lite dålig belysning i hallen. Han tog några steg närmre.

"Hej Peter! Känner du inte igen mig? Det är jag, Helena."

Det började snurra i huvudet och det kändes nästan som att han skulle svimma. Han började andas häftigt och gick ner på knä. Henke blev rädd och ropade allt han förmådde:

"Mamma! Pappa är sjuk."

Ludmilla störtade ut från badrummet endast iförd spetstrosor och med en handduk virad runt håret.

"Men herregud! Peter vad är det som har hänt?"

Samtidigt som hon böjde sig ner och tog tag i honom, fick hon syn på kvinnan i dörren. Först förstod hon inget alls. Hon såg att det var Helena som stod där men kunde inte ta in det. Hon var ju död.

Helena hade väntat sig att det skulle komma fram någon okänd person. Då hon fick se att det var Peter, blev hon först oerhört lättad men lite fundersam över vem den lilla pojken kunde vara. Då kvinnan i spetstrosor kom springande blev hon ännu mer förvirrad, men samtidigt slog det henne att Peter kommit då pojken ropat på pappa. Tanken hade nog funnits där någon gång, att Peter efter dödförklaringen skulle gå vidare och kanske hitta en ny partner. Det hade i alla fall gått fem år sedan hon försvann. Men att nu stå inför detta faktum, kändes som att få en kniv i hjärtat.

"Jag förstår att det måste kännas märkligt att se mig, men jag har hållits fången av en läkare som heter Carl-Henrik Wiberg ända sedan dagen då jag försvann för fem år sedan. Kan ni hjälpa mig och skjutsa mig till polisen?"

Peter reste sig upp. Han var fortfarande förvirrad men inte värre än att han uppfattat vad hon sagt.

"Men hur är det möjligt? De sa att du var död."

"Jag vet, men det var inte mig de hittat."

"Men det fanns dna och det var ditt."

"Jag vet inte hur det gått till, men snälla, kan ni hjälpa mig? Han kan vara här i vilket ögonblick som helst."

Ludmilla var den som först skakat av sig chocken. Hon sprang snabbt in i badrummet, tog på sig en badrock och var strax ute igen.

"Peter har druckit och jag har inget körkort, men vi ringer i stället. Det är nog det bästa. Kom in och lås dörren för guds skull. Peter! Ring polisen."

Ludmilla tog Helena under armen och ledde henne in i köket. Peter fumlade med sin mobil. Han darrade så kraftigt att han hade svårt att trycka in siffrorna, men till slut stod det 112 på displayen och han tryckte på ringsymbolen.

"Larmcentralen. Vad är det som har hänt?"

Peter tog några djupa andetag och försökte lugna ner sig men det gick inte att undvika att darra på rösten.

"Ni måste skicka hit polisen, det är bråttom. Min fru har kommit hem."

Rösten i andra luren lät lugn och sansad.

"Okej, men vad är det som har hänt? Är det en olycka?"

Peter förstod att han skulle vara tvungen att framstå som trovärdig och att han måste lugna ner sig och förklara tydligt. Han tog ett djupt andetag så att lungorna blev helt fyllda och pressade saka ut luften.

"Min fru heter Helena Grevsjö och hon försvann för fem år sedan. Efter att ha hittat en död kropp man trodde var hennes, blev hon dödförklarad. Nu står hon här mitt framför mig, livs levande. Hon har hållits inlåst av en galning hela tiden och nu fruktar hon att han är på väg efter henne. Kan ni skicka hit polisen, snälla!"

Det blev tyst i luren en lång stund.

"Okej, vad är det för adress och hur var ditt namn?"

Peter uppgav alla uppgifter och vädjade att de skulle skynda sig.

Vid köksbordet berättade Helena i korta drag vad som hänt och vad hon blivit utsatt för. Peter hade svårt att ta till sig det han hörde. Det fanns så många frågetecken, både om hennes historia och vad som skulle hända nu. Han hade sörjt klart och fått ett underbart liv och något så fantastiskt som en egen son. Den känsla som i detta ögonblick sköljde över honom var inte bara förvirrande. Den var också smärtsam och på gränsen till outhärdlig.

Det dröjde inte länge innan de hörde sirener ute från gatan och kort därefter bankade det på dörren. Peter rusade fram och öppnade. Där stod två poliser, en i uniform och en civilklädd som Peter genast kände igen. Det var utredaren som hade haft hand om fallet från början.

Efter ett kortare förhör och att man konstaterat att det verkligen var Helena Grevsjö som satt där, tog de med henne till polisstationen. En polisbil blev stationerad utanför för att vara beredd om gärningsmannen skulle dyka upp.

Utredaren förhörde Helena ytterligare i bilen och när han tyckte att han hört tillräckligt, beordrade han via telefon att Carl-Henrik Wiberg skulle gripas i sitt hem, misstänkt för människorov.

Helena blev placerad i skyddshäkte där hon fick mat och rena sängkläder. Hon kikade då och då ut genom det lilla fönstret i celldörren och vid ett tillfälle tyckte hon att Carl-Henrik skymtade förbi iført handfängsel. Då kände hon sig tryggare och kunde så småningom falla i sömn.

***

Peter och Ludmilla satt mitt emot varandra vid köksbordet. De höll i varandras händer.

"Vad händer nu?" Sa Ludmilla med gråten i rösten. Peter såg in i hennes glansiga ögon men fick inte fram ett ord. Känslorna var så starka och allt brast för honom. Alla åren av sorg och förtvivlan som äntligen varit över, kom nu tillbaka. Om han hade varit ensam och väntat, skulle detta varit en glädjens stund, men nu hade han en ny familj och han visste varken ut eller in.

Ludmilla böjde sig fram över köksbordet och kramade om honom.

"Jag tar Henke med mig och åker ner till mamma och min syster i Albanien, så får du tid att tänka. Jag förstår att det är svårt för dig och du kanske behöver få vara ensam ett tag."

Peter tittade upp och torkade bort tårarna med handflatan.

"Nej, ni ska stanna här och allt ska fortsätta som det varit. Ni ska inte behöva lida för något som ingen kunnat påverka. Vi ska rida ut den här stormen tillsammans."

"Så du vill att vi ska fortsätta vara en familj då?"

"Ja, det vill jag."

Ludmilla slöt ögonen och kände en oerhörd lättnad. För ett ögonblick hade hon varit övertygad om att Peter skulle vilja skiljas och bli tillsammans med Helena igen.

"Hur blir det med Helena då? Hon kanske har andra planer?"

Peter suckade djupt.

"Jag vet inte och jag vill inte tänka på det, inte just nu i alla fall. Om de får tag i den där läkaren lär det väl bli rättegång först och sedan får man väl se."

"Men vi ska väl hjälpa och stötta henne? Tänk vad hon har fått utstå."

"Ja, det är klart att vi ska, men jag vet inte riktigt hur."

Kärleken till Helena hade aldrig tagit slut. Den fanns där väl inbäddad i ett moln av ljuva minnen. Känslan hade funnits där ända sedan första gången de träffades. Då han fått dödsbudet, dog den inte, den bara gick till vila. Men kärleken till Ludmilla och Henke var också stark och den var inte vilande. Om det var någon som måste lida för det som hänt så inte var det Henke och Ludmilla. Helena hade lidit tillräckligt och det kändes tungt. Han själv hade också lidit men kommit tillbaka som en hel människa. Helena skulle säkert också komma tillbaka. Så väl kände han henne att han var övertygad om att hon skulle gå vidare med sitt liv. Hon hade alltid varit stark och beslutsam och den egenskapen hade hon säkert i behåll. Beslutet var hårt att fatta men den insikten gjorde det något lättare.

Kapitel 41

Husrannsakan hos Carl-Henrik hade inte gett något som kunnat användas som bevis mot honom. Visserligen hade man funnit en del olagliga preparat, men då han var läkare, var det inte med säkerhet som någon visste vad som gällde.

Både Carl-Henrik och Helena fick genomgå många och omfattande förhör och då åklagaren gick igenom dem, blev hon allt mer osäker. Men Helenas vittnesmål vägde något tyngre. Att hitta på en sådan osannolik historia utan att det inte skulle finnas ett uns av sanning, verkade inte rimligt. Ytterligare en omständighet som föll till Carl-Henriks nackdel, var då bakgrundskontrollen visade vad som hänt då han var tonåring. Att ha en mamma som utövat incest och en pappa som dömts för ett brutalt mord på mamman i sonens åsyn och sedan tagit livet av sig, var något man inte kunde bortse från. Vem som helst skulle förmodligen bli djupt störd av en sådan uppväxt.

Efter att ha konsulterat ett antal psykologer och andra sakkunniga, beslöt i alla fall åklagaren att väcka åtal, även om hon inte var hundraprocentigt säker på att det skulle räcka till en fällande dom. Men ärendet var så pass intressant att det skulle vara värt att pröva.

Rättegången blev omfattande och följdes med stort intresse av massmedia runt om i landet. Många experter uttalade sig men var oense om vem som talade sanning.

Ett stort frågetecken var hur det kunde komma sig att Helenas dna funnits vid den uppeldade kroppen. Carl-Henrik förklarade att han inte hade den minsta aning och inte heller Helena kunde ge något trovärdigt svar. Hon hade länge misstänkt vad som skett och det hade skrämt henne något så oerhört. Men hon hade inga bevis och att försöka få rätten att tro på att Carl-Henrik hade bragt någon om livet bara för att få henne dödförklarad, skulle nog inte vara särskilt klokt. Det skulle kunna vändas mot henne och få henne att framstå som mytoman. Det räckte gott med det hon redan berättat och det hade utnyttjats av hans advokat för att få henne att framstå som en fullfjädrad lögnerska.

Nu var Carl-Henrik inte åtalad för mord, utan människorov, misshandel och våldtäkt. Då åklagaren inte kunde presentera några direkta bevis förutom Helenas vittnesmål och uttalanden från psykologiskt sakkunniga, började det se mörkt ut för henne. Spiken i kistan kom då Carl-Henriks advokat i sin slutplädering tog upp ett USB-minne och fick tillåtelse att presentera något som helt skulle fria Carl-Henrik från varje misstanke.

Den gick ett sus genom rättssalen då filmklippen började spelas upp på den stora skärmen. Där kunde alla se hur Helena och Carl-Henrik åt, pratade och skrattade tillsammans. Då de var ute i trädgården och krattade och lekfullt knuffade på varandra. Mysiga stunder i soffan med vin och tilltugg där de kramades och pussades. Efter en kort sekvens där Helena i extas skrikit ut sin njutning, stoppade domaren filmvisningen. Helena förstod vad klockan var slagen. Hon reste sig upp och skrek ut sin frustration och ingen kunde undgå att höra.

"Din jävel! Varför visar du inte alla filmer där du misshandlar mig, hotar mig till livet och våldtar mig om och om igen."

Längre hann hon inte innan vakterna kom och förde ut henne.

***

Rättegången utföll precis så som alla förväntat sig. Carl-Henrik blev satt på fri fot och Helena fick stå där med skammen. Efterspelet blev påfrestande och hon kände hur all livslust försvann. Hon hade förklarat för Peter hur hon flera gånger försökt fly och hur hon fruktat att Carl-Henrik skulle ta livet av henne om hon skulle försöka igen. Hur han injicerat henne med ett preparat så smärtsamt att det inte gick att föreställa sig och hur hon hela tiden tänkt på och längtat efter Peter. Ett tag hade det känts som om Peter skulle vilja ta henne tillbaka, lämna sitt nuvarande liv och låta allt bli som förr igen. Men den förhoppningen sköts i sank då han med gråten i halsen låtit meddela att det inte skulle bli så. Det tog fullständigt knäcken på Helena och hon hade övervägt att ta livet av sig.

Hon fick tillgång till en liten lägenhet i ett hyreshus i utkanten av stan. Efter att ha vilat ut och återhämtat sig under några månader, tog hon kontakt med kommunen och undrade om det fanns möjlighet att komma tillbaka till sitt gamla jobb. Där var man inte särskilt entusiastisk utan förklarade att det för tillfället var anställningsstopp och hänvisade till arbetsförmedlingen. Helena hörde aldrig av sig dit utan föll allt djupare in i depression. Hon saknade inte pengar. Halva huset och bohaget var hennes och det hade ordnats upp efter att Peter kontaktat banken. Hon hade också uppnått den ålder då hon kunde börja ta ut sin pension. Det var ännu oklart vad som skulle hända med livförsäkringen som betalats ut, men det var inte hennes bekymmer.

Mitt i allt det svarta, började en tanke skava. Skulle hon dö för vad Carl-Henrik gjort? Skulle han få gå ostraffad och fortsätta leva sitt liv som om inget hänt? Skulle någon annan behöva lida, och att han inte behövt stå till svars för sina handlingar? Nej, så fan heller. Det fick bara inte ske.

Ju mer hon började tänka i de banorna, desto mer började depressionen att ge vika och ge plats åt helt andra känslor. Helena började känna sig starkare och tanken på självmord blev allt mer avlägsen. Hon bestämde sig för att ta tag i sitt liv och inte låta sig tryckas ner av grubblerier över det som varit.

***

Peter hade svårt att hantera situationen. Det hade krävts mycket mod att förklara för Helena att han inte tänkte ta henne tillbaka. Om han hade fått precis som han önskat hade han levt ihop med båda, men det skulle så klart ingen av kvinnorna gått med på. Ibland kunde fantasin skena iväg och han kunde se sig själv ligga i sängen med Helena och Ludmilla på var sida där de hjälptes åt att göra det skönt för honom. Sådana fantasier fick honom i alla fall att känna sig lite gladare även om det bara var för en kort stund. Nu hade han gjort sitt val och även fast det smärtade, skulle han vara tvungen att stå för sitt beslut och inte låta sitt svårmod gå ut över Henke och Ludmilla.

Han hade suttit i åtskilliga timmar tillsammans med Helena och en psykolog, vridit och vänt på frågeställningar. Det hade säkert hjälpt en del, men att få Helena att förstå hur han tänkt hade varit svårt. Nu verkade det i alla fall som hon accepterat hans beslut och det kändes inte längre lika svårt att träffa henne. Hon hade hälsat på hemma flera gånger och verkade tycka det var roligt att träffa Henke.

Ludmilla hade varit ett stort stöd för Peter, men det var nog Henke som varit den bästa medicinen för att kunna gå vidare. Han hade så klart inte förstått särskilt mycket om vad det hela handlat om och Peter ville inte förvirra honom med allt för detaljerade berättelser, men så mycket fattade han, att pappa var ledsen och att det hade med Helena att göra.

"Pappa du behöver inte vara ledsen. Jag ska hjälpa dig. Jag ska tala om för tanten att hon inte ska gråta så mycket för att det är då du blir ledsen."

Peter klappade Henke på huvudet och log.

"Det ska du nog inte göra. Det är inte hennes fel."

"Vems fel är det då?"

"Det är en elak farbror varit dum mot henne."

"Då ska jag säga till honom att sluta vara dum och att han ska säga förlåt."

Peter kunde inte låta bli att dra på munnen åt sin lillgamla son.

"Du är snäll du, men det är nog ingen idé. Det skulle han nog inte bry sig om. Han är sjuk förstår du."

Det gick i alla fall åt rätt håll och Peter började så småningom att känna sig nästan som vanligt igen. Det är klart att inget var ju som förut. Det var mycket jobb med allt som skulle ordnas med. Bouppteckning och annat som behövde klaras upp. Nu hade han nytta av sina kunskaper inom ekonomi och uppgörelsen med Helena hade blivit tillfredsställande för dem båda. Livförsäkringen som betalats ut var ett svårt kapitel och det hade ännu inte kommit till någon lösning, men försäkringsbolaget hade lovat att det skulle få ta sin tid och inte orsaka några större bekymmer.

Han hade hjälpt Helena med att hitta bostad och flytta hennes ägodelar. Nu var han glad över att han sparat allt på vinden. Det underlättade mycket för både honom och henne.

Efter rättegången hade han försökt att stötta henne så mycket han kunde. Ludmilla hade visat förståelse men Peter hade på känn att hon inte tyckte det var särskilt roligt att han tillbringade så mycket tid med Helena. Det löste sig då Helena börjat komma i ordning och förklarade att hon gärna ville vara för sig själv och tänka en tid.

Peter hade ringt några gånger, men Helena hade varit ganska kortfattad och det kändes nästan som om hon inte ville ha någon kontakt. Peter blev orolig över att hon skulle sjunka djupare in i depression och uppmanat henne att ta kontakt med psykologen de båda varit hos. Det hade hon lovat att göra och det gjorde honom lite lugnare, ända tills den dag då han fick beskedet som vände upp och ner på allt.

Kapitel 42

Det var länge sedan Helena varit på salong. Nu låg hon i alla fall där, bekvämt utsträckt på en skön brits och lät sin kropp behandlas med mjuka och väldoftande oljor. Fötterna fick en ordentlig genomgång och vaxningen kändes skön fast den gjorde lite ont. Hon hade varit hos frisören innan rättegången skulle börja och där hade man haft ett rejält arbete för att få ordning på hennes hår. Under hela vistelsen hos Carl-Henrik hade inget sådant varit möjligt. Han hade visserligen skaffat allt som behövdes för att sköta både hud och hår, men att på egen hand försöka klippa sig så att det såg bra ut, var inte så enkelt. Särskilt huden var besvärlig. Hon var just ingen ungdom längre och de begynnande rynkorna tycktes inte vara mottagliga för någon typ av behandling. Det verkade i alla fall som om behandlingen på salongen varit effektiv. Då hon kom hem och såg sig i spegeln kunde hon inte undgå att känna sig belåten. Hon hade ofta fått höra att hon såg yngre ut än hon var och nu kunde hon faktiskt hålla med. Man kanske ser det man vill se, men oavsett så var väl huvudsaken att man kände sig nöjd själv.

Hon hade köpt nya kläder också. Lite modernare stuk än hon tidigare haft. En hel eftermiddag ägnade hon sig åt att mannekänga för sig själv framför spegeln. Till slut hade hon hittat sin nya stil och med de nya glasögonen och lite smink kunde hon betrakta sin spegelbild med stor tillfredsställelse. Hon sträckte på sig, sköt fram brösten och ett leende spred sig över hennes ansikte. Det var precis så här hon skulle se ut då hon tog klivet in i sitt nya liv.

Efter att ha fattat sitt beslut om hur hennes framtid nu skulle te sig, kunde hon lämna bitterheten hon kände gentemot Peter, bakom sig. Visst fanns där en tagg som stack och den skulle förmodligen sitta kvar för all framtid, men den gjorde inte lika ont längre. Peter hade valt utifrån sina egna känslor och det fanns inget hon kunnat göra åt den saken. Hade han inte blivit förälder skulle hon ha kunnat sticka en kniv i både honom och Ludmilla. Så hade det i alla fall känts ibland i de svåraste stunderna. Men hon tyckte om Henke som var så lillgammal och söt och inget var ju hans fel.

Nu var det var allt mer sällan som hon föll tillbaka i destruktiva tankebanor. Hon började känna sig stark och tränade regelbundet för att hålla sig i form. Träningen började bli som ett gift och snart kunde hon känna att något fattades om hon någon gång hoppat över joggingturen.

Det var lördagsmorgon och Helena hade bestämt dagen innan att det var idag det skulle ske. Hon tog ett långt varmt bad, tog på sig det nyinköpta setet av underkläder som i hennes tycke nästan gränsade till det porriga. En åtsittande topp med en urringning som inte lämnade mycket åt fantasin och en svart och ganska kort kjol med spetsar nertill som kanske inte kändes helt passande för hennes ålder, men satt väldigt bra. Ett par högklackade skor som gjorde henne ett halvt huvud längre och slutligen en kofta med fuskpäls som hon hängde över axlarna. Hon satt en lång stund framför sminkbordet. Efter att ha ordnat till håret, gick hon ut i hallen och speglade sig i den stora spegeln där hon kunde se sig själv i helfigur. Hon vred sig i olika vinklar, justerade koftan som hängde lite snett och rättade till glasögonen. I samma ögonblick mindes hon hur det hade känts då Carl-Henrik köpt kläder till henne och att hon då tyckt att det inte var hon som stod där. Det var samma känsla den här gången, men skillnaden var att det nu var på hennes villkor och hade ett annat syfte. Hon tog fram mobilen och slog numret till taxi. Den kom efter tio minuter.

"Hejsan! Vart ska du?" Frågade taxichauffören.

"Släntmyran Valtorp. Vet du var det är?"

"Nej, men jag har GPS."

***

Carl-Henrik hade haft det ganska hett om öronen efter rättegången. Massmedia hade varit på honom som flugor och velat ha ett uttalande, men han hade vägrat att svara på några frågor. Sjukhusledningen hade också krånglat en del och övervägt om han skulle kunna vara kvar på sin tjänst efter allt som hänt. Visserligen var han frikänd men man hade ifrågasatt hans omdöme. Man hade undrat hur han kunnat hamna i en sådan absurd situation. Carl-Henrik hade fått dem på andra tankar då han hotat att gå till arbetsdomstolen och övertygat dem om att ett arbetsrättsligt ärende troligtvis skulle falla till hans förmån.

Personalen på hans avdelning hade stöttat honom till hundra procent. Ingen hade för ett ögonblick trott på skriverierna om att han skulle kunna vara skyldig.

Efter rättegången hade opinionen vänt och han hade börjat beskrivas som en snäll men ack så godtrogen man som råkat i klistret på grund av en svartsjuk och lögnaktig kvinna. Han tyckte inte om den beskrivningen, men hade avstått från att kommentera.

Han hade funderat mycket på varför han inte lyckats. Det mesta hade gått enligt planerna och mot slutet hade han nästan känt att han kommit i mål. Det hade varit ett chockartat uppvaknande då han insett sitt misslyckande och det hade tagit hårt på honom. Skulle han kanske ha tagit i lite hårdare? Hon hade reagerat precis som han ville och alla tecken visade på att hon skulle ge med sig. Men där hade han haft fel. Hon var tydligen av hårdare virke än han kunnat ana och så här i efterhand kunde han förebrå sig själv att han varit så naiv.

Det var då han satt sig ner för att dricka sitt eftermiddagskaffe som han såg en kvinna komma gående uppför grusgången. Först kände han inte igen henne, men då hon kommit närmare kunde han se att det var Helena. Hon var sig inte lik men att det var hon fanns ingen tvekan om. Han skyndade sig ut.

Helena mötte hans blick och log med hela ansiktet.

"Hej Carl-Henrik! Nu är jag här."

Carl-Henrik visste inte vad han skulle tro. Det här hade han inte väntat sig.

"Hej Helena! Vad gör du här?"

Hon gick fram till honom.

"Är det inte här jag hör hemma?"

"Jo, det var min högsta önskan som du vet, men sedan hände något som förändrade allt."

"Ja, och det är jag ledsen för. Jag var väl helt enkelt inte mogen. Men nu när jag haft tid att tänka så har jag insett att du nog i viss mån lyckades i alla fall. Annars skulle jag väl inte kommit tillbaka. Eller hur?"

Carl-Henrik tog ett steg tillbaka. Han kände sig osäker och det var en känsla han inte var bekväm med. Framför honom stod hans stora kärlek, vacker och inbjudande som aldrig förr. Men hon hade svikit honom och det smärtade.

"Vad får dig att tro att jag skulle vilja ta dig tillbaka efter allt som hänt?"

"Du får väl försöka inse att det inte alltid går som man tänkt sig och att det ibland inträffar saker som förändrar ens liv. Nu är jag i alla fall här och överlämnar mig i dina händer. Du får göra vad du vill med mig och jag kommer aldrig att lämna dig igen."

Carl-Henrik tog ett djupt andetag. Det fanns mycket han skulle vilja göra med henne och nästan varje natt hade han drömt om hur hon underkastade sig hans önskningar och skänkt honom den njutning han så väl behövde. Men om hon lämnade honom igen skulle han nog inte stå ut.

"Jag vet inte vad jag ska säga. Det här kom så oväntat och jag behöver tid att tänka. Men du kan väl komma in så får vi prata."

Helena kände att hon var på väg att lyckas. Hon hade varit osäker på hur han skulle reagera och var beredd på att han kanske skulle köra iväg henne. Att han nu ville prata var ett gott tecken och betydde att hennes plan inte verkade helt omöjlig, bara hon nu kunde sköta sina kort rätt.

De satt i timmar och pratade om det som varit och hur det skulle kunna bli i framtiden. Nu behövde det inte vara något hemlighetsmakeri längre och allt skulle bli så mycket enklare. Carl-Henrik kände hur glädjen och livslusten kom tillbaka och han började bli allt mer upphetsad.

"När du sa att jag skulle få göra allt jag vill med dig, menade du allvar då?"

Helena nickade.

"Ja, det menade jag. Jag kommer att ta emot dig med all min kärlek och jag kommer aldrig mer att lämna dig."

De orden räckte för Carl-Henrik. Han var nu så upphetsad att det inte fanns en möjlighet att stå emot. Han beordrade Helena ner på knä, tog tag i hennes hår samtidigt som han började örfila henne så kinderna blev röda. Han tryckte hennes huvud tätt mot sig så att hon var nära att kvävas och skrek så högt att det skar i hennes öron då han lät den vilande vulkanen brisera.

Helena kände hur hon var nära kräkas, men hon lyckade behålla lugnet. Då det hela var över och hon såg hans lyckliga min, förstod hon att hon lyckats. Nu var det hon som styrde och även om det skulle ta år av smärta och förnedring skulle hon inte ge vika för en sekund.

Kapitel 43

Det kom som en chock för Peter då han fick reda på att Helena flyttat hem till läkaren. Inget av det hon berättat om sina hemska upplevelser var alltså sant. Han var oerhört arg och kände sig både lurad och bedragen. Under hela rättegången och tiden efteråt, hade han trott på och stöttat Helena. Tanken på att hon inte talat sanning hade aldrig funnits där. Allt hon sagt hade varit lögn och det läkaren sagt under rättegången hade stämt. Att efter mer än fyrtio års äktenskap få reda på att ens fru inte varit den han trott, kändes fruktansvärt. Vad mer hade hänt under deras tid tillsammans som han aldrig fått reda på? Samtidigt kändes det skönt att inte längre behöva gå och ha dåligt samvete för det val han gjort. Nu kändes det helt rätt och han skulle inte behöva grubbla något mer över det.

Men ilskan ville inte riktigt gå över. Frågorna fanns där och han skulle gärna velat ha konfronterat henne. Ludmilla försökte få honom på andra tankar och gjorde så gott hon kunde för att muntra upp honom. Det hjälpte för det mesta och då Henke pockade på uppmärksamhet kunde Peter vara sig själv och helhjärtat gå in för att alla skulle vara nöjda och glada.

Det kom besked från försäkringsbolaget om att livförsäkringen nu skulle betalats tillbaka. Det var inget trevligt besked trots att Peter förstått att det var oundvikligt. Det var i alla fall tur att de gått med på en avbetalningsplan. Det fanns lite pengar kvar på banken, men mycket hade gått åt till den nya bilen och till garaget han låtit uppföra bredvid Ludmillas ateljé.

I garaget fanns inte plats för någon bil som det var tänkt från början. I stället fanns där en snickarbänk och en uppsjö av olika verktyg. Peter hade aldrig haft någon egentlig hobby. Han hade alltid tyckt om att snickra och jobba med trä, men aldrig skaffat några ordentliga verktyg eller någonstans att vara. Då han fått försäkringspengarna och köpt den nya bilen bestämde han sig för att bygga garage, men då allt stod klart och han såg potentialen, blev det till en snickarverkstad i stället. Nu hade både han och Ludmilla varsitt utrymme att odla sina intressen och få lite egen tid. Henke ville också ha något eget så det blev även en liten friggebod för hans del där han kunde ha sina leksaker. Då tog de inte så mycket plats inomhus.

Peter fick ofta sällskap av Henke då han var ute och snickrade. Henke tyckte det var roligt att dra i spaken på pelarborrmaskinen och att trycka på knappen till bandsågen och han försökte också härma sin far då han hyvlade och filade på olika träbitar. Ibland hände det att han fick en sticka i fingret och tyckte att det var mycket intressant att se på då Peter drog ut den med en pincett, för att sedan sätta på ett litet plåster. Han visade alltid upp sitt finger för Ludmilla och förklarade med stolthet hur duktig han varit som inte gråtit fast det gjort så ont.

Peter snickrade på något som skulle bli en överraskning till Ludmilla som snart skulle fylla år. Ett skåp med en massa mindre fack där hon kunde förvara småsaker i sin ateljé. Han var noga med att skyla över det med en matta då hon ibland kom för att se vad han höll på med. Henke hade lovat att hålla tyst och då Ludmilla en gång frågat honom vad pappa gjorde, hade han plirat med ögonen och sagt att det skulle bli en överraskning. Ludmilla berättade aldrig för Peter vad Henke sagt utan höll god min. När så födelsedagen kom och hon fick sin present kunde hon inte undgå att bli en aning besviken. Hon hade sin bestämda uppfattning om hur saker och ting skulle se ut. Det skulle gärna vara lite krusiduller och ornament och se gammaldags ut. Skåpet som Peter snickrat till var nog praktiskt till förvaring, men någon fröjd för ögat var det då inte med sina raka kanter och avsaknad av snickarglädje.

"Tycker du om det?" Sa Peter och sken som en sol."

För ett ögonblick tvekade Ludmilla om hon skulle vara ärlig eller inte. Men när hon såg hur stolt och glad han var över sitt arbete, bestämde hon sig för att en liten vit lögn nog skulle vara det rätta.

"Ja, den är jättefin! Vad duktig du är."

Peter kromade sig av stolthet. Han hade lagt ner mycket jobb på skåpet och var helnöjd med resultatet.

"Du kan sätta små etiketter på lådorna så du vet vad du har i dem."

Ludmilla nickade och tänkte samtidigt på var hon skulle placera det så att det inte kom i blickfånget allt för mycket.

"Det ska jag göra. Tack så jättemycket."

Hon kramade om Peter och gav honom en blöt puss på munnen.

Det blev en lyckad födelsedag som avslutades med att Ludmilla visat sin tacksamhet på det sätt som Peter tyckte allra mest om.

***

Peter hade inte haft kontakt med Helena sedan hon flyttat, men så en kväll då han var ute i garaget, ringde hans mobil.

"Hallå!"

"Hejsan! Det är Helena. Har du tid att prata lite eller ringer jag och stör?"

Först hade Peter tänkt lägga på, men nyfikenheten tog överhand.

"Det är okej, vi kan prata."

"Vad bra. Hur har ni det?"

"Jo, tack det är väl bra."

"Hur är det med Henke då, han växer väl så det knakar?"

"Jodå, han håller på att bli stora karln nu."

"Och Ludmilla? Är det bra med henne?"

Nu började Peter bli smått irriterad men försökte lägga band på sig.

"Jodå Ludmilla har det bra men hon växer inte som Henke."

Helena fnissade lite i andra luren.

"Vad gör du annars då?"

Nu kunde inte Peter hålla sig längre.

"Ringde du bara för att småprata? Du har inget annat du skulle vilja säga? En förklaring kanske?"

Det blev tyst en lång stund.

"Jag förstår om du är besviken, men allt är inte som du tror."

"Jaså! Men hur är det då?"

"Det kommer du att få veta, men inte ännu."

"Okej, men varför inte nu? Hur kunde du ljuga för mig om allt. Vad har du mer ljugit om under alla år då vi varit tillsammans? Hur många gånger har du varit otrogen? Är det tio gånger eller hundra?"

"Jag har aldrig varit otrogen."

"Vad kallar du historien med läkarjäveln för då? Hur länge hade det pågått?"

Helena började gråta och han hade svårt att höra vad hon sa.

"Jag kan inte säga något mer, men du kommer att få veta sanningen det lovar jag."

"Sanningen ja, hur tror du jag någonsin ska kunna lita på dig igen."

"Det vet jag inte, men den dagen kommer då allt får sin förklaring. Nu måste jag lägga på för Carl-Henrik kommer."

Peter höll kvar mobilen vid örat länge efter att det blivit tyst. Det var inte mycket han fått veta mer än att hon förnekat att hon ljugit. Han hade hoppats på att få en vettig förklaring men i stället hade det blivit ännu fler frågetecken.

Han berättade senare för Ludmilla att Helena hade ringt och att han då krävt en förklaring men inte fått någon.

Ludmilla kunde känna Peters frustration.

"Men vilken människa. Varför kunde hon inte bara tala om som det var?"

"Ja, det är ett mysterium, men hon sa att jag någon gång ska få veta sanningen."

"Ja, och vad skulle det vara? Att hon blev tvingad att flytta ihop med honom?"

"Ja inte vet jag, men jag hörde på henne att det var något hon inte kunde berätta just nu i alla fall."

Ludmilla satte sig tätt intill Peter och kramade om honom.

"Vad det än är så är det i alla fall du och jag nu och Henke förstås. Visst har vi det väl bra?"

Peter nickade och strök Ludmilla över håret.

"Ja, det har vi och så ska det förbli vad som än händer."

Kapitel 44

Trädgården började nu se ut ungefär som Helena föreställt sig. Det hade gått lite fortare än hon trott och det berodde på att de kunnat anlita entreprenörer i stället för att behöva göra allt själva. Det återstod ännu lite planteringar och den nya stenläggningen runt poolen var ännu inte klar. Men i stort sett var det mesta i ordning.

Carl-Henrik hade varit flitig och jobbat hårt nästan varje kväll då han kommit hem från sjukhuset. Ibland kunde Helena bli förundrad över hur mycket energi han hade. Men han var ju vältränad och inte särskilt gammal så det kanske inte var så konstigt.

Till en början hade deras förhållande varit lite stelt. Carl-Henrik hade varit avvaktande precis som om han ville känna sig för, men med tiden hade han mjuknat och nu var han för det mesta hjärtvänlig och på gott humör.

De hade ofta suttit och pratat om allt som hänt och hur de skulle gå vidare i livet. Helena hade varit noga med att inte ta upp något som rörde hans sjuka sida och hon var mycket förvånad över att han själv inte verkade bry sig särskilt mycket om den saken. Efter varje gång han slagit henne hade han stängt in sig i sitt hemliga rum och Helena förstod att det var där han bearbetade sina tankar.

Våldtäkterna och misshandeln pågick med jämna mellanrum, men nu kunde hon inte längre kalla det för våldtäkt. Hon hade gått med på det frivilligt och på något vis förlikat sig med tanken på att det var så det måste vara. Någon gång hade det hänt att han inte varit våldsam och snabb, utan precis så omtänksam och tålmodig som då han tagit henne till himmelens portar första gången. Men det var inte ofta det hände och Helena räknade heller inte med det. För det mesta var det slag och sparkar och några våldsamma stötar. Det hade varit nära att gå riktigt illa en gång. Carl-Henrik hade svårt att kontrollera sin styrka och slagit Helena så hårt att hon blivit medvetslös. Hade han inte varit läkare skulle det kunnat slutat där.

Men Helena hade varit tapper och beslutsam. Inte någon gång hade hon klagat eller jämrat sig trots den hemska smärtan och förnedringen. Det var nästan som om allt det onda hon fått utstå, bara gjort henne starkare. Hon hade förmågan att stänga av då det var som värst. Smärtan gick inte att undvika, men hon hade lärt sig att hantera den.

En dag då de var tillsammans ute för att färdigställa det sista som återstod i trädgården, frågade Helena:

"Du Carl-Henrik, kommer du ihåg att du en gång berättade för mig att jag i framtiden skulle få precis vad jag önskade mig? Står du för det fortfarande?"

Carl-Henrik såg på henne med en allvarlig min.

"Självklart. Om det bara ligger inom min förmåga så. Vad är det du vill?"

"Tycker du att vi har det bra nu?"

"Ja, det är klart. Varför skulle vi inte ha det?"

"Älskar du mig?"

Carl-Henrik släppte spaden och tog ett fast grepp om hennes nacke.

"Det vet du att jag gör. Har du någonsin tvivlat på det? Jag älskar dig av hela mitt hjärta och kommer alltid att göra det."

Helena kämpade mot sina inre demoner som levde jävlar i hennes huvud.

"Älskar du mig så mycket att du skulle vilja ha mig som din hustru?"

Carl-Henrik såg henne djupt i ögonen.

"Inget skulle göra mig lyckligare."

Helena blundade hårt. Hon hade varit orolig för vad han skulle svara och nu kände hon bara ett lugn och en djup tillfredsställelse. Hon undvek att vidareutveckla ämnet och ville det låta sjunka in ordentligt.

Carl-Henrik kunde inte släppa tanken. Skulle det äntligen bli fullbordat det han så länge drömt om? Det var hans kvinna som fört det på tal. Inte han, och det var ett bevis på att alla ansträngningar och hans oändliga tålamod till sist lönat sig. Han blev så uppfylld av känslor att han var tvungen att gå in till tukthuset och bearbeta alltsammans.

Carl-Henrik vred ner belysningen så det nästan blev helt mörkt, lutade sig tillbaka i fåtöljen och slöt ögonen. Sakta och med hjälp av långsam andning, sjönk han in i ett djupt avslappnat tillstånd. Olika händelser skimrade förbi och stannade då hans mors ansikte uppenbarade sig. Hon satt över honom och stirrade med hård och kall blick på honom. Hennes ansikte förvreds nästan till oigenkännlighet då hon skrek ut sin extas samtidigt som hon började slå honom i ansiktet. Han såg sin far stå i dörröppningen och betrakta spektaklet med en galen blick. Sedan såg han blodet från moderns sönderslagna ansikte droppa ner över honom. Plötsligt var det som om det var Helena som satt där. Hon tittade ner och log mot honom och bakom allt blod kunde han förnimma hennes vackra glansiga ögon.

Carl-Henrik vaknade upp med ett ryck och reste sig häftigt. Hans upphetsning gick bara inte att trycka tillbaka. Han rusade ut, sprang fram till Helena och kastade sig över henne så att hon föll omkull. Med ena handen tog han ett kraftigt struptag på henne samtidigt som han slet av henne byxorna.

Helena höll precis på att förlora medvetandet av syrebrist då allt plötsligt var över. Carl-Henrik rullade av och lade sig på marken bredvid henne. Hans andades häftigt men log som ett barn som nyss fått en fin present.

Den här gången blev Helena faktiskt rädd. Hon hade lärt sig att ta slagen och smärtan, men att bli strypt, det hade aldrig hänt förut. Vad skulle ske nästa gång om nu allt började eskalera? Hon undvek att säga något utan låg bara still och försökte se ut som om hon uppskattat det som hänt.

Carl-Henrik vände sig mot henne och strök henne på kinden.

"Om du bara visste hur lycklig du gjorde mig då du sa att du ville bli min fru."

Helena log och tog hans hand.

"Jag vill att du ska vara lycklig och den lyckan kommer bara att bli större då vi blivit man och hustru."

"När tycker du att vi ska slå till?" Frågade Carl-Henrik.

Helena låtsades tänka efter.

"Jag vet inte, kanske så fort som möjligt. Vad tycker du?"

Carl-Henrik satte sig upp.

"Men då gör vi väl det så fort det går. Ska vi göra det i kyrkan?"

"Nej, jag gick ur för länge sedan. Kan vi inte bara göra det så enkelt som möjligt, bara anlita en vigselförrättare och kanske göra det här i vår vackra trädgård?"

"En jättebra idé och så kan vi duka upp en bröllopsmiddag vid poolen, bada och dricka champagne och sedan älska hela natten under stjärnorna. Sedan åker vi på en lyxig bröllopsresa. Vart skulle du vilja åka?"

Helena visste redan vart hon ville. Det hade hon vetat innan hon tagit steget att komma tillbaka.

"Jag skulle vilja resa till Lofoten."

"Okej, med Hurtigruten då?"

"Nej, bara du och jag. Jag vill vara ensam med dig och få uppleva midnattssolen från någon bergstopp där vi kan spana ut över de oändliga vidderna och bara låta oss uppfyllas av naturens skönhet."

Carl-Henrik fick något drömskt i blicken när han såg det framför sig. De stod på en klippavsats hand i hand och såg ut över det trolska landskapet där vita fjälltoppar reflekterade midnattssolen mot fjorden nedanför så att ljuset nästan blev overkligt.

De hade precis hunnit klart med det sista i trädgården. Helena hade jobbat mycket på egen hand. I rabatterna prunkade det av blommor och blad. Buskar och träd stod precis där Helena planerat och det nymålade staketet nere mot gärdet lyste vitt och vackert. Runt poolen låg stenläggningen i smakfullt formade mönster och de nya trädgårdsmöblerna i paviljongen bredvid poolen lockade till sköna stunder med ost och vin. Det såg verkligen fantastiskt ut och de kunde nu betrakta sitt verk med stolthet.

"Äntligen!" Skrek Carl-Henrik och slog ut med armarna. "Nu är det bara en vecka kvar tills jag har semester. Då ska vi verkligen njuta av allt det här. Men först är det något vi ska göra. Vet du vad det är?"

"Nej, berätta?"

Carl-Henrik körde ner handen i byxfickan och tog upp en liten ask som han öppnade.

Där låg två guldringar, den ena slät och massiv och den andra med en diamant som gnistrade vackert.

"Det här är våra vigselringar. Jag har bokat en vigselförrättare och han kommer redan på söndag innan semestern. Sedan bär det iväg till Arlanda där jag bokat flygbiljetter till Svolvaer i Lofoten. Jag har inte bokat hotell ännu utan tänkte att vi kan göra det tillsammans."

"Tror du att det finns plats då?"

"Jadå, det är bara en fråga om pengar."

Helena kände hur pulsen ökade och hon blev varm och nästan lite darrig. Nu var det alltså på gång och det fanns ingen återvändo.

Kapitel 45

Ludmilla skulle fylla år igen. Hon hade tjatat länge om att de skulle åka till Albanien och hälsa på hennes släkt och nu tyckte hon att det var ett bra tillfälle. Peter var inte särskilt sugen på att åka dit. Dels så var det nästan ingen där som kunde prata varken engelska eller svenska och så var han inte så förtjust i att flyga. Men att stå emot Ludmillas tjat och få henne på andra tankar visade sig vara en omöjlig uppgift. Hon hade även fått Henke att stå på hennes sida och han hjälpte till med tjatet på ett effektivt sätt. Peter hade inget annat val än att gå med på det. De skulle ju bara vara där i en vecka och det kunde han väl stå ut med. Det skulle kosta en del och ekonomin var inte precis som den varit tidigare, men om de inte slösade för mycket skulle det nog lösa sig.

**

I slutet av augusti bar det av. Flygresan tog bara någon timme, men det var tillräckligt för att Peter skulle önska att han inte följt med. Inte nog med att starten och landningen var traumatisk. Det var också ganska hårda vindar och planet hade krängt ordentligt. Peter var tvungen att kräkas två gånger innan de äntligen landat och han fick komma ner på fast mark.

På flygplatsen blev de hämtade av Ludmillas syster och en manlig kusin som hade bil. Det där hetsiga och obegripliga pladdret i munnen på varandra som Peter hade så svårt för, satte igång så fort systrarna fått syn på varandra. Kusinen var däremot inte särskilt pratsam av sig, han satt bara tyst och rökte genom hela bilresan.

Efter några timmars bilfärd var de framme vid ett stort och ganska misskött hus. Tomten var i oordning och det låg en massa bråte överallt.

"Här är mitt barndomshem" sa Ludmilla och sken som en sol.

Hennes mor kom utspringande med sådan hastighet att Peter befarade att hon skulle ramla. Hon var så andfådd då hon kom fram att hon inte kunde prata. Henke överöstes med pussar och kramar och till slut blev det lite för mycket. Peter fick även han sin beskärda del av ömhetsbetygelser från modern och han bet ihop trots att hon luktade vitlök så han var tvungen att hålla andan. Då hon hämtat sig efter ansträngningen från språngmarschen, föll hon in i systrarnas pladder som nu urartat till ett outhärdligt crescendo.

"Herregud" tänkte Peter. Hur kan de över huvud taget uppfatta vad som sägs?

Det verkade i alla fall som om de fick sagt det de ville och pladdret lugnade ner sig en aning. Peter och Ludmilla blev visade var de skulle sova och modern hade tydligen propsat på att Henke skulle ha ett eget rum och det verkade han inte ha något emot. Han gjorde stora ögon då han fick se alla jakttroféer och bössor som hängde på väggarna. Ludmilla förklarade att det var hennes morfar som skjutit alla hjortar och vildsvin och låtit stoppa upp en del huvuden.

Dagen då Ludmilla fyllde år, dukades det upp till fest. Släktingar och grannar började strömma till och snart var de så många att Peter tappade räkningen. Han viskade till Ludmilla och undrade vilka de var.

"Ingen aning" sa hon och ryckte på axlarna. "Jag känner igen några stycken, men jag var ju så ung då jag flyttade in till Tirana så jag kommer inte ihåg vilka alla är."

Festen började med en förskräcklig massa mat. Det var inte allt som föll Peter och Henke i smaken men Ludmilla verkade inte banga för vare sig gristunga eller fårmage. Men det fanns mycket annat att välja på som smakade utmärkt. Ludmilla hade berättat att det troligen skulle förekomma en hel del att dricka, så Peter var beredd. Men att det skulle bli ett sådant hejdlöst supande hade han inte räknat med. Efter att alla ätit, samlades de manliga deltagarna i en grupp för sig och spritflaskorna radades upp. Kvinnorna höll mest till i köket och tjattrade på så det stod härliga till. Ibland hördes hysteriska skratt och Peter kunde nästan förstå att de skvallrade om sina karlar.

Han försökte till en början att hålla sig lite utanför, men blev snart med milt våld tvingad att sitta ner och deltaga i festandet. Glas efter glas hälldes upp och det kanske hade gått an om det smakat bra, men rävgiftet i flaskorna var något så vedervärdigt otäckt att han verkligen fick bita ihop för att få ner något i strupen. Han ville ju inte verka omanlig på något vis så han försökte hålla jämn takt med de övriga.

Det skålades och pratades och Peter begrep inte ett ord, men i takt med tilltagande berusning, började han tycka att det blev roligt trots allt. Han blev lite orolig för hur Henke skulle reagera, men han var tydligen hos kvinnorna i köket. Där var det lugnare med drickandet även om några glas vin slank ner då och då.

Peter kunde inte komma ihåg hur kvällen slutat. Han vaknade på morgonen med en fruktansvärd huvudvärk och med ett hemskt illamående. Ludmilla ställde fram en hink bredvid sängen som om det vore något helt naturligt. Efter att Peter spytt några gånger började han att i alla fall känna sig så pass bra att han kunde kliva upp. Det var omöjligt att få i sig någon frukost och när Ludmillas mamma försökte mata honom med en brödbit doppad i flott, var han tvungen att rusa från bordet.

Resten av dagen blev ganska tung men fram mot kvällningen började han känna sig som folk igen.

Som tur var blev det inget mer festande och resten av vistelsen blev både rolig och intressant. Ludmillas kusin skjutsade runt dem mellan olika sevärdheter. Ibland stannade de till vid någon liten restaurang och avnjöt några av traktens specialiteter eller bara tog en kopp kaffe. Vädret kunde inte varit bättre och då det var dags att återvända till Sverige, kunde Peter summera resan och faktiskt känna sig ganska nöjd.

Flygresan hem blev inte lika skakig som ditresan även om landningen inte varit särskilt trevlig. Peter lovade sig själv att aldrig sätta sig i ett flygplan igen men han anade att det inte skulle gå att undvika. Ludmilla hade inte så långt kvar till hon skulle fylla femtio och hon hade redan börjat fundera över om hon inte skulle vilja fira den i Albanien.

***

Det var skönt att vara hemma igen och allt var snart sig likt. Ludmilla hade börjat fundera på om hon inte skulle skaffa sig ett deltidsjobb nu när Henke snart skulle börja skolan. Peter tyckte det var lite onödigt. De hade så de klarade sig på hans pension, men om hon verkligen ville och inte bara gjorde det för ekonomins skull så var det väl upp till henne. Hon sa att hon skulle fundera på saken till nästa år.

Peter hade inte haft en tanke på Helena under en ganska lång tid nu. Han var fortfarande arg och besviken men de känslorna hade han lyckats begrava så djupt att de inte påverkade honom i någon större omfattning. Då och då och särskilt när han låg och inte kunde somna kom tankarna och funderingarna. Han lyckades nästan alltid att skaka av sig dem, men vid enstaka tillfällen var han tvungen att fortsätta tänka. Vad hade Helena menat med att han en gång skulle få veta sanningen? När skulle den dagen komma och vad hade hon egentligen syftat på?

Han hade inga större förhoppningar om att han någonsin skulle få svar och blev mycket förvånad då telefonen en dag ringde och det var Helena.

"Hej! Det var länge sedan. Hur är det?"

"Jo, tack det är väl bra. Hur är det själv?"

"Det är bra, men den här gången ska vi inte småprata. Jag har något viktigt att säga dig."

Peter kände hur han blev spänd.

"Jaha, vad är det då?"

"Det kan jag inte säga på telefon. Kan du komma hit?"

"Nej, det vet jag inte. Varför kan du inte säga det på telefon om det nu är så viktigt?"

"Nej, jag kan inte det. Du kommer att förstå när du får höra."

"Okej, du vill alltså att jag ska komma till dig, vad säger läkaren om det då?"

"Han är inte här."

"Är han bortrest?"

Det blev tyst i luren

"Ja, det kan man säga. Kan du komma eller inte?"

"Jag måste prata med Ludmilla först. När ska jag komma i så fall?"

"I morgon om du kan."

"Och läkaren är inte där då?"

"Nej! Du har mitt nummer. Kan du ringa när du bestämt dig?"

"Ja, jag ringer i morgon bitti."

Peter visste inte vad han skulle tro. Vad kunde det vara som var så viktigt att det inte gick att berätta på telefon? Han ropade på Ludmilla att hon skulle komma.

"Vet du vad? Helena ringde precis. Hon sa att hon hade något viktigt att berätta."

Ludmilla satte sig ner.

"Vad då, vad sa hon?"

"Hon sa att hon inte kunde tala om det på telefon utan att jag måste åka dit."

"Men gud, vad kan det då vara. Tänker du åka?"

"Jag vet inte, men man blir ju nyfiken."

"Men det låter lite riskabelt. Vad ska läkaren säga? Han kanske skulle kunna bli våldsam."

"Han var tydligen inte där. Hon lät så konstig då jag frågade, så jag undrar vad som hänt."

"De kanske har separerat?"

"Det tror jag inte, då skulle hon väl inte vara där."

"Nej, det har du rätt i. När ville hon att skulle du komma?"

"I morgon. Tycker du att jag ska åka?"

"Ja, nu blir jag ju så nyfiken. Tänk om du får reda på något som får allt att framstå på ett nytt sätt. Du kanske får reda på något som är bra?"

"Det vet jag inte vad det skulle kunna vara. Helena har jag lämnat bakom mig och du och jag kan väl inte gärna ha det bättre?"

"Det var inte så jag menade, men jag har ju märkt hur du ligger och grubblar ibland på nätterna. Du kanske får något svar som gör att du inte känner dig lika sviken längre?"

"Ja, eller också blir det åt andra hållet. Jag litar inte på den kvinnan, men hon ska få en chans att förklara. Om det är det okey för dig om jag åker?"

Peter kunde inte somna den kvällen. Han var tvungen att ta en sömntablett.

Nästa morgon efter frukost ringde han Helena.

"Hej! Kan jag komma nu?"

"Ja gör det, men kom ensam."

Kapitel 46

Vigselförrättaren var en kollega till Carl-Henrik, som också var verksam som fritidspolitiker för Moderaterna. Han hade med sig två andra arbetskamrater som skulle tjäna som vittnen. Efter den korta ceremonin bjöds det på kaffe och tårta. Carl-Henrik hade klargjort att det skulle bli en synnerligen enkel tillställning utan några festligheter, så efter kaffet åkte kollegorna därifrån.

Helena betraktade sin vackra diamantring.

"Vad fin den är. Den måste ha kostat mycket."

Carl-Henrik skrockade belåtet.

"Du skulle bara veta. Men det är du värd och mycket mer därtill."

På kvällen dukade de upp en middag vid poolen precis som de fantiserat om tidigare. Det blev gratinerad hummer till förrätt, halstrad ryggfilé av hälleflundra med potatispuré och vitvinssås till huvudrätt samt en underbar liten hallonbakelse till efterrätt. Champagne till alla rätter och en liten skvätt portvin till efterrätten och kaffet.

Den myckna champagnen kändes i både huvudet och benen på Helena och var till god hjälp för att hålla henne lugn. Hon bävade inför bröllopsnatten. Carl-Henrik hade sagt att den skulle bli speciell och oförglömlig och Helena fruktade att det inte fanns något positivt i de orden. Men vad som än skulle hända hade hon lovat sig själv att härda ut och inte visa några som helst tecken på obehag.

Efter maten föreslog Carl-Henrik att de skulle bada. Helena kände sig lite kulen trots att det var ganska varmt, så hon sa att hon ville vänta. Carl-Henrik klädde av sig naken och ställde sig vid poolkanten. Han sträckte ut armarna och spände på sig så att musklerna rullade på hans skuldror. Han vände sig om och Helena såg att han var upphetsad. Det var obehagligt att känna något man inte ville, men det gick bara inte att undvika. Att se en sådan attraktiv man och samtidigt veta att det var hon, en äldre kvinna som kunnat vara hans mor, som var föremål för hans upphetsning. Det gick bara inte att värja sig emot. Det var förmodligen champagnen som hjälpte till att göra henne svag. Hon reste sig och tog av sig sina kläder och gick fram till honom.

Carl-Henrik omfamnade henne och de kysstes passionerat. Hon kunde känna hans upphetsning mot sin mage och böjde sig ner. Han höll fast hennes huvud en kort stund innan han lyfte upp henne och kysste henne på nytt.

"Kom, nu hoppar vi i. Det är varmare i vattnet än här uppe."

De simmade runt och skojade med varandra en bra stund. Hon hade aldrig sett Carl-Henrik så lycklig förut och för ett kort ögonblick började hon nästan tveka om hon verkligen ville fullfölja det hon planerat.

Carl-Henrik tog ett stadigt tag om hennes midja och lyfte upp henne på poolkanten. Han lutade henne bakåt och särade på hennes lår. Allt som hände därefter var bara som en enda dimma för Helena. En ljuv dröm som var alldeles underbar.

Carl-Henrik klev upp och torkade sig. Han gick fram till Helena som fortfarande låg kvar vid poolkanten. Han lyfte upp henne och bar henne långsamt mot ingången.

"Har du sett fram mot bröllopsnatten?"

Helena nickade och log. Hans fråga hade väckt henne från sitt dvalliknande tillstånd och hon började känna hur skräcken kom krypande.

Han gick direkt in i sovrummet och lade ner henne på sängen.

"Minns du att jag sa att vår bröllopsnatt skulle bli något alldeles extra?"

Det mindes Helena men hon fick inte fram ett ljud. Hon bara nickade.

"Lovar du att vara med mig hela vägen? Jag ska vara så försiktig jag kan och uppmärksam på hur du reagerar."

Då Helena såg hans blick förstod hon att det här skulle bli värre än det någonsin varit förut. Hon försökte andas lugnt men kände hur pulsen ökade och hon började kallsvettas. Carl-Henrik gick i väg och började rota i en garderob och kom tillbaka med några repstumpar. Han band fast hennes händer och fötter i sänggavlarna och gick sedan därifrån. Helena provade att rycka i repen, men de var väl fastknutna och hon kände att hon var helt utlämnad åt sitt öde.

Tiden gick och hon började undra var han tagit vägen, då plötsligt rummet fylldes av musik på hög volym. Det var något klassiskt stycke hon inte kände igen, men det var dramatiskt och kändes i varenda nerv. Då Carl-Henrik kom in i rummet hajade hon till. Först kände hon inte igen honom. Han hade svärtat sitt ansikte och tagit på sig en smutsig overall som han brukade ha då han skulle göra något grovjobb. Han betraktade henne ett ögonblick med ett ansiktsuttryck som signalerade ondska och djupt förakt, innan han satte sig grensle över henne.

Det första slaget kändes inte så mycket. Det var med öppen hand över hennes ena kind. Det andra slaget gjorde lite ondare men var fortfarande uthärdligt. Sedan kom slagen med knuten näve. Helenas huvud for fram och tillbaka och hon började känna sig yr. Då hon kände hur blodet började rinna ur näsan skrek hon till honom att sluta, men han verkade inte höra. Han började slita i hennes hår och dunkade hennes huvud så hårt i kudden att hon kunde känna ribborna under madrassen. Då han trängde in i henne var det med sådan kraft att hon trodde att hon skulle gå sönder. Men snart kändes det som om smärtan var på väg att försvinna och sakta sjönk hon in i ett tillstånd av medvetslöshet.

Då hon vaknade, kändes det som om alla ben i kroppen var brutna. Smärtan var fruktansvärd och hon var nära att skrika, men hon lyckades behålla lugnet. Nu var hon inte bunden längre och hon tände sänglampan. Carl-Henrik var inte där men hon såg att det kom ett svagt ljussken från dörrspringan till hans hemliga rum.

Tydligen satt han där för att bearbeta sina synder och Helena hoppades att han skulle bli kvar där en lång stund. Hon torkade sitt ansikte med kudden som redan var nedstänkt av blod och gick fram till spegeln. Många gånger hade hon betraktat sig själv i spegeln och tyckt att det inte var sig själv hon såg. Den här gången var det inte en lyxhora, en förnäm dam eller en sofistikerad affärskvinna. Nej, det var ett brottsoffer. En sönderslagen spillra av något som en gång varit en stark och självständig kvinna med ett lyckligt liv.

Det var mitt i natten så hon gick tillbaka till sängen och kröp ihop under täcket.

"God morgon min älskade. Har du sovit gott?"

Carl Henrik satte sig på sängkanten och såg ömt på henne. Han tog fram en flaska desinficeringsmedel, droppade lite på en bomullstuss och baddade försiktigt hennes sargade ansikte.

"Hade du det skönt?"

Helena ville skrika rakt ut men nickade bara och log mot honom.

"Ja det var det, men nu har jag lite ont."

"Ja det kan bli så, men det går över. Du ska få några värktabletter så ska du se att det snabbt blir bra. Jag har gjort frukost men du kanske vill duscha först?"

"Det vill jag nog" sa Helena och stapplade iväg mot badrummet.

Det var ingen vacker syn hon såg då hon betraktade sitt sönderslagna ansikte i badrumsspegeln. Ögonbrynen var uppsvullna och ena mungipan hade spruckit upp så att munnen såg grotesk ut. Efter att hon duschat försökte hon dölja sina skador med krämer och puder. Det blev inte så lyckat men i alla fall något bättre.

Carl-Henrik satt vid frukostbordet och smuttade på en kopp kaffe samtidigt som han tittade i sin mobil.

"Det verkar som om vi får tur med vädret. Det ligger ett stadigt högtryck över hela Nordnorge och det ska visst hålla i sig. Du har väl inte glömt att det är i övermorgon vi ska åka?"

Helena hade inte glömt, hon undrade bara om hon skulle klara av att resa då hon hade så ont och var så illa tilltygad.

"Nejdå, det har jag inte, men du ser väl hur jag ser ut. Vad ska folk tro?"

"Det löser sig. Jag ska se till att du blir återställd."

Efter att de ätit frukost, bad Carl-Henrik Helena att komma in till hans arbetsrum där han plockat fram lite utrustning och olika preparat för att lappa ihop henne. Hon satte sig ner och blundade hårt. Det stack till på några ställen men sedan kände hon inget. Carl-Henrik sydde varsamt ihop hennes spruckna mungipa med silkestunn tråd och små täta stygn. Han sprutade in något i de svullna ögonbrynen och baddade sedan ansiktet med en vätska som sved en del trots att hon fått bedövning. Sedan lade han ett bandage runt hennes ansikte och gav henne två tabletter.

"I morgon tar vi av bandaget och då ska du se att det är mycket bättre. Sedan kan du dölja resten med smink då vi ska åka."

Helena hade nog vetat att han var skicklig i sin yrkesutövning, men hon blev ändå förvånad över resultatet då hon dagen därpå tog bort bandaget. Det var en avsevärd förbättring och med ett rejält lager smink och solglasögon skulle nog ingen lägga märke till att hon blivit svårt misshandlad.

***

Så var det då dags för den efterlängtade bröllopsresan. Carl-Henrik var uppspelt som ett barn på julafton och under hela bilresan till Arlanda tjatade han om hur roligt det skulle bli och hur fantastiskt de skulle ha det. Helena hakade på och försökte hålla honom kvar i det goda humöret.

Det gick inget direktflyg till Lofoten utan de fick byta plan i Oslo för att sedan ta sig vidare till Bodö på norska kusten och därifrån via propellerplan till Svolvaer.

Det var eftermiddag och strålande väder då de kom fram. Det gudomliga landskapet tonade upp sig vart de än såg och fjordarna med det klarblå vattnet låg inbjudande och hälsade dem välkomna

Första dygnet tog de in på hotell i staden där de tillsammans tittade igenom broschyrer och websidor med olika boenden som fanns att tillgå. Snart hittade de drömboendet. Det var en ensligt belägen timmerstuga med hög standard som låg högt upp på en klippavsats med utsikt över fjorden långt nedanför. Det var naturligtvis redan bokat, men Carl-Henrik lyckades förhandla så att de skulle få vara där i några dagar. Det hade kostat en ansenlig summa, men han verkade inte tycka att det var så farligt.

Dagen efter tog de en taxi upp till stugan. Det var verkligen precis så fantastiskt som det sett ut på bilderna, om inte ännu vackrare.

Första dagen strosade de mest omkring och njöt av naturupplevelsen och de var då de fann platsen som slog allt annat. Det var en avsats högre upp med en vidunderlig utsikt. En smal stig omgiven av lodräta väggar, ledde till en platå där de skulle kunna se midnattssolen lysa mellan bergen. Från platån stupade det hundratals meter rakt ner mot den grönskimrande fjorden.

"Här ska vi tillbringa natten" sa Carl-Henrik och fick något drömskt i blicken. Helena gick försiktigt fram mot kanten och tittade ner. Hon hisnade av synen och tog genast ett kliv tillbaka.

"Ja, här blir perfekt" sa hon och log.

Kapitel 47

Helena stod på altanen endast iklädd en morgonrock. Hon hade ett glas färskpressad äppelmust i handen och blickade ut över sin egendom. Trädgården prunkade av blommor och grönska och allt var hennes verk. Det klarblå vattnet i poolen skimrade så fint av krusningarna från den lätta sommarbrisen. En bit därifrån reste sig hennes stolthet, det stora växthuset med automatiska vädringsluckor och konstbevattning.

Boningshuset var nyrenoverat både inomhus och utvändigt. Den ljusblå fasadfärgen hade ersatts med en ljusgul färg och det matchade trädgården på ett smakfullt sätt.

Det hade tagit sin tid att få ordning. Allt det gamla i huset skulle bort och ersättas med nytt. Nu hade det inte varit så jobbigt för henne då hon anlitat hantverkare för det mesta arbetet, men lite hade hon i alla fall gjort själv. Huvudsaken var att det blivit precis som hon tänkt sig, och så var det verkligen. Trädgården var alldeles för stor för att hon skulle kunna sköta den själv, men hon hade anställt en trädgårdsmästare på deltid som skötte allt det hon inte orkade eller hade lust med. Nu kunde hon gå runt och titta på det vackra och bara peka om hon ville ha något gjort.

Det enda hon inte ändrat på var Carl-Henriks hemliga rum. Det som han brukade kalla för tukthuset. Innan renoveringen då hon fortfarande var vilsen och brottades med motstridiga känslor, hade hon gått in dit, satt sig ner i skinnfåtöljen och dämpat belysningen. Då hade ett lugn kommit över henne som varit till stor hjälp då hon bearbetat sina tankar. Hon förstod då det som Carl-Henrik en gång förklarat, att det var något speciellt med tukthuset. Det var nästan som om rummet hade något övernaturligt över sig. Något som fick alla vilsna tankar att samlas ihop till något som blev begripligt och fick ett sammanhang.

Efter Norgeresan hade hon suttit där i många timmar och funderat över om hon gjort rätt. Något svar hade hon inte fått till att börja med, men hon fick återuppleva det som hände på Lofoten och det hade varit till stor hjälp. Innan hade händelsen bara varit som en vag dröm, något som inte kändes riktigt verkligt. Men i tukthuset hade hon fått återuppleva allt igen, klart och tydligt.

***

Carl-Henrik kunde inte slita sig från den makalösa utsikten. Han tog ett litet kliv närmare kanten och kikade ner.

"Herregud Helena! Kan du tänka dig hur långt ner det är? Kom och titta."

Helena stod bakom honom och höll ett stadigt grepp om hans midja.

"Nej jag vill inte titta, jag får svindel"

Carl-Henrik tog tag i hennes händer.

"Det är ju otroligt. Tänk om man skulle ramla ner då skulle det säkert ta en minut innan man träffade vattnet. Undrar vad man skulle hinna tänka under tiden?"

Helena drog bort sina händer och tog ett steg tillbaka. Hon blundade hårt och tvekade en bråkdels sekund innan hon tog sats och knuffade till honom. Ett avgrundsvrål skar i hennes öron, som blev svagare och svagare för att till slut tystna helt. Hon kikade försiktigt över kanten men kunde inte se var kroppen slagit i vattnet. Det var nära att hon hoppat efter, men något höll henne kvar.

***

Det svar hon fått i tukthuset var att hon gjort det rätta, men att det skulle medföra att hon för resten av livet skulle vara tvingad att bära på bördan av att ha tagit en annan människas liv. Det var en tung sten som lagts på hennes axlar men hon var tvungen att acceptera att det måste vara så. Det var priset hon fått betala för sin frihet och sin upprättelse. Om det varit värt det eller inte, skulle framtiden få utvisa.

Peter kände sig en aning illa till mods då han satte sig i bilen för att åka till Helena. Han undrade vad hon skulle berätta och om det skulle kunna ändra hans uppfattning om henne. Om hon inte hade en trovärdig förklaring utan bara upprepade samma saker som under rättegången skulle det inte göra någon skillnad. Han hade ju sett filmerna och fotografierna och det var väl ganska uppenbart att Helena inte haft några större obehag av att vara tillsammans med läkaren. Hon hade skrattat och skojat och nästan betetts sig lite skolflicksaktigt. En misshandlad och våldtagen kvinna skulle inte bete sig så. Det blev allt mer obegripligt ju mer han tänkte på det. Varför hade han inte upptäckt att det var något i deras förhållande som inte var som det skulle? I över fyrtio år hade de varit tillsammans och det hade inte funnits minsta lilla tecken på att hon skulle velat lämna honom. Men tydligen så hade han misstagit sig och inte uppfattat något. Det som var ännu mer obegripligt var att inte Helena hade sagt något eller bara givit en minsta liten vink. Hon hade alltid varit rak och ärlig och aldrig dragit sig för att påpeka om det varit något hon känt sig missnöjd med. Varför hade hon inte gjort det den här gången?

Om hon skulle berätta något som helt fick honom att ändra uppfattning och börja tro på hennes historia, vad skulle det då få för konsekvenser? Han hoppades att det inte skulle hända. Det skulle innebära att allt det han lämnat bakom sig åter skulle komma upp till ytan och det val han gjort skulle börja skava igen. Det var smärtsamt nog det som varit och det kändes så himla skönt att det äntligen var över.

Han svängde av riksvägen upp mot Kvarnsjön och snart var han framme vid uppfarten till läkarens hus. Först tänkte han åka förbi och parkera lite längre bort, men ångrade sig då han insåg att det här var ett legalt besök. Han körde upp för backen och stannade bilen strax innan grusgården.

Det såg annorlunda ut än då han var här sist. Visserligen var det ett antal år sedan, men han kunde fortfarande minnas det tydligt. Han klev ur bilen och såg sig omkring. Det såg lyxigt ut.

Helena reste sig från solstolen då hon hörde bilen komma. Hon vinkade till Peter och tog på sig en badrock. Peter kände först inte igen henne. Hon var så olik sig och såg nästan ännu yngre ut än då hon försvann.

"Ja, nu är jag här. Är det säkert att du är ensam?"

Helena nickade.

"Ja, det är säkert."

"Är han på jobbet?"

"Nej, han är död."

Peter stannade upp och undrade om han hört rätt.

"Vad är det du säger, är han död?"

"Ja, han är död och det är jag som dödat honom."

"Men herregud!"

"Kom och sätt dig så ska jag berätta. Det var därför jag ville att du skulle komma."

Peter tänkte att hon blivit galen på riktigt och övervägde att vända på klacken och åka hem. Men nyfikenheten tog över så han satte sig ner.

"Nå, vad är det du vill berätta?"

"Det jag säger nu måste stanna mellan oss, lovar du det?"

"Det kan jag inte lova. Ludmilla och jag har inga hemligheter för varandra."

"Det kan så vara, men just det här måste bli en hemlighet mellan dig och mig, annars kan jag inte säga något."

"Men snälla Helena, hur ska jag någonsin kunna lita på att det du säger är sant, efter allt som hänt?"

"Därför att allt jag sagt och säger är sant oavsett vad du tror."

Hon började berätta om hur hon efter rättegången övervägt självmord, men kommit på andra tankar då hon läst alla nedsättande artiklar om henne i tidningen. Carl-Henrik hade fått sympati och förståelse. Hon hade förlorat allt och han hade klarat sig ur alltsammans, fri från skuld. Hon berättade om hur hon planerat allt i minsta detalj och utstått åratal av förnedring för att nå sitt mål och om giftermålet och bröllopsresan till Lofoten där han fick sitt straff.

Peter suckade tungt.

"Så nu är du inte bara en lögnerska utan en mördare också?"

"Kalla mig vad du vill, men någon lögnerska är jag inte. Om du ser tillbaka på vårt liv tillsammans, kan du då påminna dig om att jag någonsin ljugit för dig?"

"Nej inte innan, men om det här med läkaren. Jag såg filmerna."

"Ja, men du såg inte alla filmer han raderat där han våldtog och misshandlade mig. Du var inte med då han hotade mig till livet och plågade mig med olika gifter så att jag trodde jag skulle sprängas av smärta. Du var inte med då han mördade en oskyldig människa för att få omvärlden att tro att det var jag som var död."

"Men det har du väl inga bevis för?"

"Nej men det var så, det lät han mig förstå utan att säga det rakt ut. Han var ju en psykopat."

Helena fortsatte och orden verkade aldrig ta slut. Hon grät och var allvarlig om vartannat och ju mer Peter fick höra, desto mer började han tro på att hon verkligen talade sanning. Det var ju så orimligt att hon skulle lämnat honom för en annan utan att säga något. Hålla sig undan från omvärlden trots att hon visste att många letade efter henne och offrade sin dyrbara fritid för hennes skull. Det var inte likt Helena, hon skulle aldrig göra så och nu började saker och ting falla på plats och bli begripliga.

Peter visste inte riktigt vad han skulle säga.

"Vad har du för planer nu då?"

Helena såg på honom. Hon gjorde en svepande gest i luften.

"Allt det här är mitt nu. Huset, trädgården, bilen ja allt, och det är betalt. Jag har åtskilliga miljoner på banken och kan göra precis vad jag vill i resten av mitt liv. Vad jag har för planer? Jo, det ska jag säga dig, det är att du kommer tillbaka till mig, du och Henke. Vi ska bli en familj, en lycklig familj som har allt vi kan önska oss. Ludmilla är fortfarande ung och hon ska inte gå lottlös. Om hon får tillräckligt för att kunna leva gott och bekymmerslöst och får behålla huset, ska du se att hon inte skulle bli särskilt ledsen. Det är vad jag vill."

Peter kände hur ett tungt täcke av vemod lade sig över honom.

"Men snälla Helena det förstår du väl att jag inte kan. Det är för sent nu och Henke behöver sin mamma."

"Men han kan vara hos sin mamma så mycket han vill."

"Det är inte så enkelt. Jag har ett nytt liv nu. Jag var lycklig med dig, tro inget annat, men vi kan aldrig få tillbaka det som varit. Det är bara att inse och det är ingens fel."

"Jo, det är Carl-Henriks fel."

"Jag är ledsen Helena men det kommer aldrig att bli vi två igen. Jag åker nu och jag lovar att bevara din hemlighet, det behöver du inte oroa dig för. Du måste acceptera det här och gå vidare med ditt liv."

Peter reste sig och gick till bilen utan att vända sig om. Han hörde Helenas snyftningar och det kändes oerhört tungt.

***

Helena satt kvar ute hela dagen tills solen började gå ner och gick sedan raka vägen in till tukthuset. Hon satte sig i fåtöljen och drog ner belysningen, andades djupt och lutade sig tillbaka. En bild uppenbarades på näthinnan då hon blundade hårt. Bilden av Peter och Henke som stod bredvid varandra, höll varandras händer och log mot henne. Men det fanns också något i bilden som störde. Något som inte skulle vara där. En suddig kontur av en inkräktare.